www.tredition.de

Jan Erhard
ERSTER KLASSE

Das Buch

Charlotte Menzius, beruflich wie privat gescheitert, erhält von ihrem ehemaligen Chefredakteur eine zweite Chance: Sie soll das Rohmaterial recherchieren für eine neue Biografie über Dr. Richard Forster, den Bundeskanzler. Zunächst geben die Informationen das wenig überraschende Bild eines ehrgeizigen, charismatischen, zur Not rücksichtslosen Mannes. Aber dann stößt sie in ein Dickicht vor, das nur aus Lügen und Halbwahrheiten zu bestehen scheint. Charlotte stellt immer gefährlichere Fragen, bis Unbekannte sie mit dem einzigen Druckmittel erpressen, das sie in die Knie zwingen kann – dem Leben ihrer Tochter.

Der Autor

Jan Erhard wurde 1969 in Bochum geboren, wuchs in Rüsselsheim auf und studierte Philosophie und Geschichte in Berlin. Seit 2003 arbeitet er an historischen Abenteuerromanen über die Entstehung Angkors, des Weltwunders in Kambodscha.

2013 erschien *Milchozean*, 2014 *Weltenschlange*, weitere Bücher sind in Vorbereitung. *Erster Klasse* ist sein erster Thriller.

Jan Erhard lebt mit seiner Familie im brandenburgischen Teltow.

Meiner Mutter und meiner Schwester.

Jan Erhard

ERSTER KLASSE

Thriller

© 2016 Jan Erhard
Umschlag unter Verwendung von:
›Nächtlicher Blick auf Bundeskanzleramt über die
Spree‹ (Avda/ avda-foto.de),
GER Bundesverdienstkreuz 3 BVK 1Kl.svg
aus Wikimedia Commons

Verlag: tradition GmbH, Hamburg

ISBN
Paperback   978-3-7345-3590-1
Hardcover   978-3-7345-3591-8
e-Book   978-3-7345-3592-5

Printed in Germany

Die Deutsche Nationalbibliothek verzeichnet diese
Publikation in der Deutschen Nationalbibliografie;
detaillierte bibliografische Daten sind im Internet über
http://dnb.d-nb.de abrufbar.

Zwei Unfälle

Nach stundenlangem Warten fährt der Wagen an und beschleunigt. Die Reifen greifen knirschend in den schmutzigen Überresten der ersten Schneefälle des Jahres. Die Straße ist menschenleer und dunkel. Ohne Licht rast der schwarze BMW immer schneller auf die rote Ampel zu – und ignoriert sie. Vor der Kurve bremst er gerade so weit ab, dass die Räder auf der Fahrbahn bleiben, und biegt dann in die Lise-Meitner-Allee ein. Auf den dreihundert Metern bis zur nächsten Kreuzung treibt der heulende Motor bis auf neunzig km/h. Plötzlich blenden die Nebelscheinwerfer auf und erfassen einen weißhaarigen Passanten in braunem Lammfellmantel, der humpelnd die Straße quert. Lautes Hupen durchbricht die Stille. Vom grellen Licht geblendet schwankt der Mann dem Geräusch entgegen, ehe die Stoßstange seine Kniescheiben zerschmettert. Sekundenbruchteile später schlägt sein Kopf dumpf auf die Motorhaube. Wie eine von Fäden gezogene Puppe wird der Tote emporgerissen, segelt über das Auto und landet in den grauen Schneehügeln am Straßenrand. Der BMW bremst scharf ab, wendet und kommt zurück. Die Scheinwerfer beleuchten den grotesk verrenkten Körper und die geplatzte Schädeldecke des alten Mannes. Die Lichter erlöschen. Der Wagen gibt Vollgas und verschwindet in der Nacht, bevor die aus der Eckkneipe kommenden Menschen das Nummernschild erkennen können.

– – –

Einsatz Protokoll 472/03

3.41 Uhr: <u>Notruf</u> von einem Steiner, Mathias aus dem Lokal ›Eddis Destille‹ in Dienststelle eingegangen. Inhalt: Unfall mit Fahrerflucht in Lise-Meitner-Allee, lebloser Fußgänger.

3.47 Uhr: Einsatzwagen vor Ort.

<u>Bericht</u>: Mann, ca. 65-75 J., wahrscheinlich frontal angefahren u. geschleudert. Tod bereits eingetreten (Totenschein steht noch aus). Keine Ausweispapiere. Alkoholisiert? Schwere der Verletzung weist auf überhöhte Geschwindigkeit des Kfz hin. Laut Zeugen Mathias Steiner und Udo Eppler (Adr. erfasst) hörten sie gegen ca. 3.38 Uhr in ›Eddis Destille‹ Hupen, dumpfes Geräusch und kurzen Schrei von der Straße. Darauf verließen sie das Lokal und sahen Pkw dunkler Farbe wegfahren (Fabrikat und Kennzeichen wg. ausgeschalteter Fahrzeugbeleuchtung nicht erkennbar).

Einsatz-Protokoll 473/03

4.11 Uhr: anonymer <u>Notruf</u> in Dienststelle eingegangen. Inhalt: Verkehrsunfall in Schopsdorfer Str., Höhe Tankstelle. Ein Pkw, zwei bewegungslose Insassen.

4.17 Uhr: erster, um 4.24 Uhr zweiter Einsatzwagen vor Ort.

<u>Bericht</u>: Fahrer hat in alkoholisiertem Zustand bei zu hoher Geschwindigkeit die Kontrolle über Pkw (dunkelgrauer BMW 730i, amtl. Kennzeichen B - HC 5070) verloren. Vermutlicher Unfallhergang: Pkw schert auf Gegenfahrbahn aus, Fahrertür touchiert Laternenpfahl (Lackspuren), bevor er halbrechts-frontal gegen Wand des Hauses Schopsdorfer Str. 22 prallt (Bremsspuren). Beide Insassen (Fahrer, m., ca. 40 J., Beifahrer, w., ca. 4 J.) bewusstlos angetroffen u. verletzt, Beifahrer schwer (medizinisches Protokoll beigefügt). Fahrer erlangt Bewusstsein wieder, bestreitet jede schuldhafte Beteiligung, Atemalkoholtest: 2,1 Promille. Beifahrer zu keiner Aussage fähig. Fahrer vorläufig festgenommen.

Dr. Motschmann, Notarzt, Johanniter Unfallhilfe, seit 4.33 Uhr vor Ort:
Mann, ca. 40J.: Alkoholgeruch, leichte Quetschungen im Brustbereich (Ursache wahrscheinlich Gurt), fortgesetztes Erbrechen, kurz andauernde Orientierungslosigkeit. Wg. Ausschluss Schädel-Hirn-Trauma Verbringung ins nächstgelegene Krankenhaus angeordnet.
Mädchen, ca. 4 J.: anhaltende Bewusstlosigkeit (Koma?) infolge Aufprall auf vorderer Konsole (Schädelbruch bzw. Trümmerfraktur im Bereich des oberen Gesichtsschädels? Einblutungen?). Keine weiteren sichtbaren Verletzungen. Wegen Lebensgefahr sofortige Verbringung ins nächstgelegene Krankenhaus angeordnet.

Der Auftrag

Sie wippte leicht auf der mit Kunstleder bespannten Kombination aus Dreh- und Ohrensessel, schwenkte nach links und nach rechts. Unablässig trommelten ihre Finger auf die Lehnen. In der nächsten Sekunde ertappte sie die eigene Rastlosigkeit und verkrampfte sich, schlug die Beine übereinander und verschränkte die Arme vor der Brust. Dann nahm ein anderer Gedanke sie gefangen und wieder beherrschte Nervosität ihren Körper. Sie wollte nicht hier sein. Vielmehr sollte sie bei ihrer Tochter sein. Das war sie ihr schuldig und das schien das Mindeste, das sie für sie tun konnte. Doch sie brauchte auch Geld. Die Kleine benötigte neue Schuhe, logopädische Kurse, anspruchsvolleres Spielzeug ... Vorgestern hatte sie in einer deprimierenden halben Stunde eine Liste der Dinge aufgestellt, die sie sich einfach leisten können musste. Aber solange Robert nicht zahlte, reichten Sozialhilfe, Kindergeld und die Leistungen der Stiftung höchstens für den größeren Schutzhelm. Schuhe und Kurse blieben leider unbezahlbar. Sie brauchte also einen Job. Und die Zeit, in der sie noch wählerisch hatte sein dürfen, war schon lange vorbei. Nur deshalb saß sie in diesem ranzigen Büro eines sogenannten leitenden Redakteurs Innenpolitik. Vier Sessel, verschlierter Glasschreibtisch ohne erkennbaren Nutzen, schmutzig-gelbe Raufasertapeten und die unvermeidlichen Kandinsky-Drucke an den Wänden. Die austauschbare innenarchitektonische Grundlage deutscher Geschäftigkeit. Ob man nun einen Zahnarztstuhl, Bankschalter oder die zwanzigbändige Auslegung des Grundgesetzes mit ihnen kombinierte, diese Accessoires überlebten alles. Bloß hatten sie in diesem Fall schon eindeutig bessere Zeiten gesehen. Fahrig warf sie die

Haare zurück. *Meine Güte, was denke ich für schwachsinniges Zeug!*

Immerhin passte ›ranzig‹ wirklich perfekt – nicht nur auf die Räumlichkeiten, sondern auch für die Art der Tätigkeit, die man von ihr hier erwarten würde: Man konnte von der Arbeit leben, sie brachte einen nicht um, aber man musste nach übermäßigem Genuss zwangsläufig würgen. Was genau er ihr zu bieten hatte, wusste sie nicht. Doch er hatte sie sicher nicht ohne triftigen Grund in seine Schmuddelkammer eingeladen. Für einen Besuch aus reiner Freundlichkeit schien ihr Verhältnis jedenfalls zu kompliziert. Oder auch zu einfach: Sie empfand für ihn nur Mitleid oder Ekel. Mitleid für seine stetige Sucht sich zu produzieren, seine Winzigkeit nur ein wenig größer erscheinen zu lassen. Und geekelt hatten sie seine zahllosen Annäherungsversuche, sexuelle Anspielungen, die häufig bis an die Grenze zur Belästigung gegangen waren. Nie hatte sie jemanden kennengelernt, auf den die Beschreibung ›armes Schwein‹ im vollen Wortsinn besser zutraf.

Überreizt beugte sie sich nach vorn, presste die Handballen gegen die Augen. Musste sie wirklich auf diesen armseligen Wicht warten, erneut ganz unten anfangen? Ja, eindeutig ja. Und dafür verabscheute sie ihn, hasste ihn für sein triumphales Lächeln. Selbstlose Motive hinter seinem Angebot, abermals für ihn zu arbeiten, konnte sie getrost ausschließen. Ihm ging es allein um die Geste des Vaters, der die widerspenstige Tochter voller Genugtuung wieder in den Kreis der Familie aufnimmt. Resigniert dachte sie an das Spiel, mit dem Elise und sie den Morgen verbracht hatten. Auch beim ›Mensch-ärgere-dich-nicht‹ sollte man einfach akzeptieren, dass es nicht alle vier Figuren geschafft haben. Man schluckt seinen Stolz hinunter, fängt noch einmal an, ganz von vorne, und wartet auf eine Sechs ...

Vor über zwölf Jahren hatte sie hier begonnen, in dem Haus, das ihr Sprungbrett geworden war: Zuvor Examen und Promotion in Politologie und VWL – was hatte sie sich auf das ›cum laude‹ eingebildet! –, dann Volontariat. Das ›Rüdesheimer Echo‹ konnte zwar sicher nicht als erste Adresse bezeichnet werden, ermöglichte es aber, nicht nur jedes Wochenende, sondern täglich mit Robert zu schlafen. Unvorstellbar, dass sie das jemals gewollt hatte. Justus, der Sportchef, hatte sie anschließend nach Berlin mitgenommen, zur ›Allgemeinen Zeitung‹, einem ehrgeizig betriebenen Projekt, in der Hauptstadt ein neues überregionales Blatt zu etablieren. Heute war davon keine Rede mehr. Anstatt einer Vollredaktion arbeiteten hier nur noch einige unterbezahlte sogenannte freie Mitarbeiter, die sich von wenigen fest angestellten Redakteuren in moderner Leibeigenschaft ausbeuten ließen. Aber damals hatte ihr der erste echte Job alle Chancen gegeben, auf dem heiß umkämpften Berliner Markt Außergewöhnliches zu produzieren. Ihr Artikel zur Verschmutzung öffentlicher Toiletten im Regierungsviertel war allerdings nicht nur aus thematischen Gründen noch verlacht worden. Mit der einigermaßen schonungslosen Skizze einer langjährigen Männerfreundschaft zwischen dem christdemokratischen Fraktionsvorsitzenden und dem postkommunistischen Bürgermeister einer brandenburgischen Hundert-Seelengemeinde, die von dreister Korruption und der Fähigkeit erzählte, politische Überzeugungen wie dreckige Unterhosen zu wechseln, hatte sie dann erste Aufmerksamkeit erregt. Und nachdem sie einen millionenschweren Skandal um den Ausbau des Flughafens ausgegraben hatte, war ihr Stern aufgegangen. So ging es weiter. Als sie den sechsten Artikel zum Bausumpf schrieb, hingen schon vier Skalpe an ihrem Gürtel. Einer stammte übrigens von eben jenem Fraktionsvorsitzenden, der auf Kosten eines Baumolochs eine Gruppe von zweiundzwanzig Parlamentariern für drei Wochen auf den Peloponnes geführt hatte. Offiziell hatte das Gremium in Griechenland Marmorsäulen bestaunt und dabei eine wesentliche Frage geklärt: Welcher Boller-Typ sollte für die Randstreifen der neuen Straße, die zum Ost-Terminal des Flughafens führte, ausgewählt werden? Nun ja. Die letzten von ihr recherchierten Artikel musste dann bereits ein Kollege fertig schreiben. Sie bezog währenddessen in Hamburg ein erheblich größeres Büro und lebte beim ersten Nachrichtenmagazin der Republik ihren Traum.

Heute saß sie wieder hier, als ob sie die letzten zwölf Jahre nie genossen oder durchlitten hätte. Und das Laufrad drehte sich. *Allerdings rennt ein Hamster auch ohne vier Happy-Maker pro Tag immer weiter.*

Er hieß Hans-Dieter Rothe, wurde Hadi genannt und schien kaum noch durch die Tür zu passen. Schweres Schnaufen, ähnlich dem Prusten eines Wals, der die Meeresoberfläche durchbricht, hatte ihn bereits angekündigt. Sämtliche Extremitäten waren kurz und aufgequollen, rostrote Locken klebten an der feuchten Stirn. Niemand wusste, wie Hadi aussah, wenn er nicht schwitzte. Seine unreine Haut, erinnerte sie sich, entschuldigte er mit einer ominösen Wasserallergie, der er zum Zweck der Körperpflege mit einer Emulsion begegnen müsse – was er gerne demonstrierte.

»Hi, Kleines. ´spätung tut mir leid, weißt ja, wie des is´, hoffentlich g´mütlich g´macht.«

Begrüßung, Entschuldigung, Absicherung und versuchte Aufbesserung der Großwetterlage – zusammengenuschelt in knapp drei Sekunden. Sie hatte diese Satzfürze, so hatten die alten Kollegen Hadis Kommunikationsversuche genannt, zuerst kaum verstanden und irgendwann festgestellt, dass er an keinem Sprachfehler litt. Vielmehr achtete er auf seine Aussprache genauso wenig wie auf sein äußeres Erscheinungsbild.

Mehr Zeit nahm sich Hadi für ein Seufzen, das den Plumps in seinen Sessel begleitete. Erst nachdem er den Billig-Zigarillo bedächtig ausgedrückt hatte, schaute er auf. Voller Vorfreude, denn insgeheim hatte er seine ehemals beste Rechercheurin schon lange wiedersehen wollen. Ihre Größe übertraf seine Erinnerungen. Allerdings ging ihm das – zwanzig Zentimeter kleiner als der Durchschnitt – häufig so. Dagegen erinnerte er sich sehr gut daran, wie ihre Brüste eine Bluse ausfüllten. Er ahnte, dass sie es hasste, wie eine Zuchtstute begafft zu werden. Aber sie würde nicht weglaufen. Aus der reinen Not heraus hatte sie den Weg gefunden, daher schien Eile unnötig. Natürlich wollte er ihr helfen, hatte sie immer gemocht. Nein, das war nicht wahr. Er hatte sie geliebt und doch stets gewusst, dass diese Liebe unerwidert bleiben musste. So beschränkte sich seine Verehrung auf eine Art modernen Minnedienst mit starker körperlicher Komponente. Und wenn er seine Hilfe anbot, dann durfte er sie nach der langen Zeit auch endlich einmal wieder anschauen. Also wanderte sein Blick von den Brüsten hoch zu den dunkelbraunen, nahezu schwarzen Haaren, die bis auf die Schultern hingen. Der wie ein Zebra gemusterte Haarreif passte zu einigen weißen Strähnen, die in ihre Stirn fielen und auf die letzten Jahre schließen ließen. Die Augen würden seinen Spaziergang beenden, deshalb widmete er sich zunächst den hellen, klar konturierten Zügen: Sanft geschwungene Wangen, ein entschlossenes Kinn – aber von den Nasenflügeln liefen frühe Falten bis zu den Mundwinkeln. Noch einmal ihr Busen, dem er so oft einsame Gedanken gewidmet hatte. Dann die dünnen Arme und schmalen Hände. Sie zitterten. Vielleicht aus Wut, vielleicht aus Angst, vielleicht zitterten sie auch immer. Genügend Pillen nahm sie bestimmt. Der Anflug von Mitleid wich allerdings rasch wieder anderen Gefühlen, als er die Konturen ihrer langen, von einem dunklen Wickelrock verborgenen Beine zu erahnen suchte. Ja, sie war die schönste Frau, die er persönlich kannte. Nicht so sexy und drall wie die Damen auf den verklebten Seiten seiner Magazine und dennoch erotischer als jede Nutte, die er bis zum heutigen Tage in Anspruch genommen hatte. Und sie war von ihm abhängig – allein dieser Gedanke hätte seine Erektion gerechtfertigt. Früher hätte er peinlich berührt die Beine übereinandergeschlagen, doch jetzt brauchte sie ihn! Ja, er würde ihr helfen, aber er wollte sich auch gut dabei fühlen. Und wenn die Erinnerung an diese Sekunden das Einzige blieb, was ihm seine Großzügigkeit einbrachte, dann durfte er sie genießen.

»Hadi, wärst du so freundlich, mir endlich ins Gesicht zu schauen.« Die Stimme klang unterdrückt, fast tonlos.

Giftig. Das war immer das Erste, was er dachte, sobald er ihrem Blick begegnete. Ein solches Grün irritierte zunächst, obwohl die Farbe jetzt nur noch entfernt an eine Katze erinnerte. Es schien verschleiert, nicht mehr so klar wie damals, als sie ihm stolz und aufgeregt den ersten Artikel zur Durchsicht vorgelegt hatte. Kleine Fältchen, die in zarten Mäandern nach außen liefen, rahmten die Augen ein.

»Hadi, wir wollen das hier professionell über die Bühne bringen. Also vorweg: Ich hege weiterhin kein irgendwie sexuell motiviertes Interesse an deiner Person. Falls mit deiner Einladung solche Hintergedanken verbunden waren, dann bin ich weg.« Ihre Stimme war tatsächlich noch leiser geworden, fast schon ein Flüstern. Man musste sich konzentrieren, um ihr zu folgen. Sie schluckte, wartete offensichtlich angespannt auf seine Reaktion.

Die Lüge ließ ihn lächeln. Sie würde immer wieder kommen, ganz egal, was er tat. Er war ihre einzige Chance. Sie bluffte also, hatte den dritten König aufgedeckt und hielt ihre letzten Karten in der Hand. Doch beide sahen sie sein Full House mit Assen und wussten, dass sie keinen Vierling hatte.

»Scho' recht, Kleines. Tut nu' gut, dich zu seh'n.« Er zwang seine Stimme, nicht gänzlich in die Undeutlichkeit abzugleiten. »Wie geht's dir?«

»Den Umständen, die dich bestimmt nicht interessieren, entsprechend. Komm' jetzt bitte zum Punkt. Was hast du für mich?«

Arrogante Schlampe ... Sie gab sich aufreizend abweisend. Ohne Regeln, Kollegen und vor allem Gewissen hätte er ... nichts. Er begehrte nicht nur ihren Körper, er wollte ihre Anerkennung als Mann, und falls das nicht möglich war, zumindest als guter Freund. »I´ hab´ ´nen Job.«

»Gut.«

»I´ hab´ ´nen Scheiß-Job für dich.«

»Warum hast du mich dann hergebeten?«

Mit einem breiten Grinsen fixierte er ihr linkes Auge. »Weil wi´ beide wissen, dass du jeden Job annimmst. Wenn du für ´ne Photo-Reporte alle ´dammten Klos an der Autobahn fotografieren müsstest, du würdst´es tun und au´ noch ›Danke‹ sagen.«

Sie senkte den Blick, holte Luft und stieß die Worte wie Pfeile aus. »Geil´ – dich – nur – auf, Hadi, bis du platzt. Gibst du mir etwas? Oder hast du nur Grütze?«

»Ich habe nichts zu schreiben.«

Sie hörte Mitleid in dem ausnahmsweise deutlichen Satz und sie hasste es. »Du verdammter ...« Sie schluckte wieder. »Was dann?«

Auch ihre Schultern bebten nun. Das Zittern fiel kaum auf, wenn man nicht genauer hinsah, aber es war da und verriet ihre Schwäche. *Armes Mädchen ...* Er wollte sie nicht resigniert, jedenfalls nicht so.

»´Ne Recherch´. Un´ zwa´ über unser aller Kanzler. Gar nich´ so furchbar schlecht, oder!?«

»Welche Art von Recherche meinst du?«

»Infomation´n für´ne Biografie ...«

»Quatsch!«, unterbrach sie ihn ungeduldig. »Es gibt doch schon mindestens fünf Biografien über ihn. Also was wird das? Eine Beschäftigungstherapie kann ich mir selbst suchen.« Ihre Augen blitzten kurz und verschleierten sich dann wieder.

Als er sich in die Höhe hievte, gaben seine überforderten Knie ein gequältes Knacken von sich. Er trat ans nikotingelbe Fenster und betrachtete eine tote Fliege, die irgendwie den Weg zwischen die Doppelglasscheiben gefunden haben musste. Aus dem Augenwinkel sah er ihr wütendes Achselzucken.

»Hadi, ich will schreiben, nicht nur recherchieren. Aber vor allem wollte ich für eine Zeitung arbeiten, sogar, wenn es deine ist. Ich dachte, das wäre dir bewusst ...«

Er zündete sich einen weiteren Zigarillo an und atmete den Qualm gegen die Scheibe. Die Straße unten war regennass. Ein Auto fuhr in eine Pfütze vor dem Zebrastreifen und ließ einen Schauer auf der Mutter niedergehen, die dort mit ihrer Tochter wartete. Zornig fuchtelte sie dem Fahrer hinterher. *Hilflos, genau wie sie. Zeit für ein paar Wahrheiten.*

»Charlotte ...« Auf dem verschmutzten Glas konnte er nur ahnen, wie sich ihre geschwungenen Augenbrauen leicht hoben, als er sie mit ihrem Namen ansprach. »Lotte,« sagte er wie zu einem Kind, »kennst´e irgend´nen Redakteur, der dir was anbiet´n würde außer mir?«

Sie schwieg und musterte den Teppich.

»Nein? Un´ warum wohl?«

»Du weißt verdammt gut, woran das liegt,« schnappte sie zurück.

»Ja, nur erinnerst de´ dich selbst?« Er drehte sich um, setzte den immensen Hintern auf das Fensterbord und schaute ihr direkt ins Gesicht.

Sie wich seinem Blick aus.

»Mensch, du bist tot in ´er Branch´. Ja, du warst ´mal ´ne echte Nummer. Aber jetzt bekomms´ de nur noch Mitleid von ´en Kolleg´n.«

Sie legte die zitternden Hände vor die Augen. »Sei still.« Ein deprimiertes Flüstern.

»Nee, hab´ g´rad´ erst angefang´n. Du musst endlich einseh´n, in welcher Lage ´de dich befindest. Damals hast´e plötzlich alle Aufträg´ geschmiss´n, nix mehr produziert ...«

»Die Diagnose ... es war eine Ausnahmesituation. Aber das ist Vergangenheit! Und das weißt du genau!«

Leiser Trotz, bevor sich die Schnecke in ihr Haus zurückzieht. Hier konnte nur schonungslose Härte helfen. »Schau de an! Klar, de siehst immer noch klasse aus. Leider is´ das nur die Hüll´. Inn´drin bist ´de leer wie ´ne Plastiktüt´.« Er brüllte fast, wollte sie unbedingt erreichen. »'N waidwundes Reh, vor vier Jahr'n angeschoss'n. Seitdem schleift 's sich durch'n Wald, will vergess'n, dass es verletzt wurd', und trägt dabei 'ne klaffende ...«

»Sei still.« Der spitze Schrei lief in verhaltenes Schluchzen aus. »Sei endlich still, einfach still ...«

Er trat hinter sie und betrachtete mitleidig die hochgezogenen, verkrampften Schultern. »Nee, i' werd' nie mehr still sein. Das war i' schon viel zu lang. I' bin de' Einzige, zu dem de geh'n kannst. Und ich werd' 'de 'dammt noch mal helf'n.«

Ihr Schweigen irritierte ihn. Aber was sollte sie auch sagen? Also fuhr er fort. »Du wi'st nich' für die Zeitung arbeit'n. Das riskier' ich nich'. Du wirst alles rausfind'n, was man üb'r 'n Forster schreib'n kann. Und damit mein' ich das, was noch nie g'schrieb'n wurd'. I' denk', 'de wirst mir zustimm'n, dass die bisherig'n Biografi'n grott'nschlecht sin'. Entweder er wird beweihräuchert oder es werd'n nu' Banalität'n serviert. Ergo: Find' des, was noch keiner gefund'n hat!«

Als sie weiterhin schwieg, seufzte Hadi ungeduldig. »Bevor 'de fragst: Nee, 'de wirst die 'grafie nich' schreib'n, das mach' ich. Ich werd' de auch selbst bezahl'n, des hat mit 'nem Verlag nix zu tun.«

Sie nahm die Hände nicht von den Augen. Aber immerhin registrierte er, wie sich ihr Rücken ein wenig entspannte.

»Wie viel?«

»Fünftausend im Voraus, fuffzehn bei Lieferung.« Als er an seinen überzogenen Dispokredit und die ungeduldigen Mahnschreiben der Bank dachte, bereute er das großzügige Angebot. Auch fragte er sich, ob er jemals eine Biografie verfassen würde. Er wollte zwar schon seit Jahren mit der Zeitung aufhören und den übrigen ehemaligen Journalisten und jetzigen Bestseller-Produzenten nacheifern, bloß klappte es nicht. Er führte es auf mangelnde Disziplin zurück, zudem mochte er nichts Überflüssiges produzieren. Nein, er würde nie ein Buch über Forster schreiben. Dennoch – und dieser Gedanke hatte etwas Beruhigendes – ließen sich möglicherweise allein die Resultate der Recherche vermarkten.

»Lächerlich. Ich werde jetzt gehen.« Aber sie stand nicht auf.

»Ach ja?« Er verzog das Gesicht zu einer höhnischen Grimasse. »I´ werf´ ´ner zerstört´n Ex-Redakteurin zwanzigtausend Kröt´n vor die Füß´, und das nennst ´de lächerlich? Dir bleibt gar keine and´re Wahl, sonst wärst´e niemals hergekomm´n zu dem klein´n, fett´n Wichser, der dich nur betatsch´n will. Sag´ einfach ›Danke‹!«

Ein kurzes Schnauben.

»Bedank oder verpiss´ dich!«, schrie er ihr direkt ins Ohr, sodass sie heftig zusammenzuckte.

Und nach einer Weile, gepresst, nahezu unhörbar: »Danke.«

Sein Kopf ruckte befriedigt zurück. »Gut, d´s hätt´n wir. ´Ne Bedingung noch: ´De schluckst von jetzt an bis zur Übergab´ der Infos keine Psychopill´n mehr.«

Sie schoss nach oben und drehte sich zu ihm um. »Leck – mich – am – Arsch!« stieß sie fast genüsslich auf seine verklebten Locken herunter. Aber sie blieb stehen, nahm nicht ihre Tasche und ging.

Die offene Abneigung schockierte ihn zuerst, dann verzog er die feisten Lippen zu einem Schmunzeln. Einen Moment lang betrachtete er einen Knopf auf ihrer weißen Bluse – eine Handlänge von seiner Nase entfernt. *Gott, sie riecht so gut ...*

»Des fänd´ i´ zwar auch ganz geil, doch ´de musst begreif´n, was für ´ne billige Nummer ´de hier gibst.« Seine Hand berührte den glatten Stoff, strich langsam an der Unterseite ihrer linken Brust entlang, wog ihr Gewicht, umschloss und drückte sie ein wenig. Er spürte ihren Herzschlag, flatterig und leicht. Dann blickte er ihr mitleidig in die verkniffenen Augen. »Verstehst ´de? ´De schlägst mich nich´, weil i´ der letzte bin, auf den ´de bau´n kannst. Schluck´ endlich dein´ Stolz runter un´ keine Pillen mehr. Und sei´s nur weg´n Elise.«

Er nahm die Finger von ihrem Busen, trat zurück und formte aus beiden Händen eine Schale. Sie sollte ihre Handtasche öffnen und die Happy-Maker hineinlegen. Aber sie sah bloß die unübersehbare Wölbung in seinem Schritt. Wusch sich diese feiste Drecksau dort unten auch nur mit einer Emulsion?

— — —

Es war schon wieder passiert. Ihr roter Renault stand vor dem Block, in dem sie und Elise in einer Drei-zimmerwohnung lebten, und sie wusste nicht, wie sie dorthin gekommen war. Die Fahrt – sie musste ja wohl gefahren sein? – schien vollständig aus ihrer Erinnerung getilgt. Inzwischen nannte sie so etwas Wachschlafen, und in letzter Zeit hatte Charlotte immer häufiger wach geschlafen, wenn sie von ihrer Tochter getrennt war. Sie schaute die graue Fassade der Mietskaserne hinauf und suchte das erleuchtete Fenster des Kinderzimmers. Seit Jahren schon wollte sie umziehen, weg aus diesem schmutzigen Kasten, aus diesem verdreckten Bezirk, der in Hundekot versank, und wo man in ständiger Furcht vor Alkoholikern, Bullterriern und deren Herrchen lebte. Obwohl sich Elise offenbar nicht an ihrem Wohn-umfeld störte, kannte sie doch auch nichts anderes. Charlotte hingegen hätte alles dafür getan, in einen hellen, geräumigen Neubau ziehen zu können. Dass Ha-di ihre Brüste betatscht hatte, war nur ein geringer Preis für eine Perspektive gewesen. Sicher noch keine Neu-bauwohnung, aber ein Anfang. Das sprichwörtliche kleine Licht am Horizont, das ihr eventuell den Weg aus diesen grauenhaften Jahren wies, die sie nur unter Drogen überlebt hatte. Automatisch öffnete sie das Handschuhfach, holte eine schmale, türkisfarbene Medikamentenschachtel heraus, knipste sich zwei Tab-letten ab und wog sie in der Hand. *Vielleicht sollte ich tatsächlich von diesem Zeug loskommen und es mal wieder mit der Realität probieren. Allerdings kann ich mich nicht erinnern, wie sich das anfühlt ...* Konnte sie oder irgendjemand mit solch einer Wirklichkeit leben? Ja, schon, es gab diese Typen, man las von ihnen, sah eine Doku im Fernsehen. Menschen, die in den Abgrund geschaut und sich dann irgendeinem Gott zugewandt hatten. Nur war sie nicht besonders religiös und hatte bisher noch jeden Versuch ihrer Mutter, sie mit in einen Gottesdienst zu nehmen, unter zentnerschwerem Zynismus begraben. Worauf sollte sie denn hoffen? Sicher gab es das Buch Hiob, nur es zu lesen und es zu erleben, machte einen gewaltigen Unterschied. Ihr Paradies war unwiederbringlich zerstört, daher gab es nichts zu hoffen und somit auch nichts zu glauben. Gott war etwas für Leute, die keine wirklichen Probleme kannten. Hastig schluckte sie die Psychopharmaka hinunter. Nur mit Mühe konnte sie sich daran erinnern, von welchem Ort sie losgefahren war. Sie hatte einige Stunden in der Staatsbibliothek zugebracht, war dann in die Amerika-Gedenk-Bibliothek gefahren, und ... Nein, sie hatte das Archiv der Allgemeinen Zeitung besucht. In der AGB hatte sie hingegen zum letzten Mal mit Robert ... Sie unterdrückte den Gedanken und schaltete den Motor ab. Es schneite schon wieder, und weiße Flocken legten sich auf die Scheibenwischer.

Natürlich hatte sie den Job angenommen. Hadi war ein schleimiger Kotzbrocken, doch er wollte nun einmal zwanzigtausend Mark in sie investieren. Und trotz der ganzen Gafferei, der sexistischen Sprüche und seiner Beschränktheit mochte sie ihn dafür. Aus welchen Gründen er es getan hatte, kümmerte sie wenig. Immerhin, es schienen nicht die schlechtesten Motive, sonst hätte er ihr sicher das Angebot gemacht, mit dem sie eigentlich gerechnet hatte. Wahrscheinlich hätte sie für diese Summe sogar mit ihm geschlafen. Angewidert verzog sie das Gesicht. Dass er es nicht gewollt hatte, war eindeutig ein netter Zug von ihm. Auch die Tabletten hatte sie ihm gegeben, allerdings nicht sofort. Erst hatte sie einen Druckbleistift aus ihrer Handtasche gezogen und ihn mit all der Kraft, die sie aufbringen konnte, zwischen seine Beine gestoßen. Mit den zitternden Händen hatte sie zwar leider nicht zielen können und die dicke Baumwollhose hatte bestimmt Einiges abgefangen, dennoch musste es ordentlich wehgetan haben. Sie hatte gegluckst vor Lachen und, nachdem sie zu Atem gekommen war, dem wehleidigen Scheißkerl noch gesagt, dass sie den Auftrag annähme. Wahrscheinlich hatte er längst eine Notiz angelegt. Hadi hielt den Inhalt aller Gespräche fest, ein Umstand, der die Kollegen schon seit vielen Jahren belustigte. Was er diesmal wohl geschrieben hatte?

Die fünftausend Mark Anzahlung steckten in der linken Innentasche ihrer Wachsjacke. Den Umschlag zu fühlen, beruhigte ungemein. Sie hatte sich für ein bisschen Grapscherei drei Monate Sicherheit gekauft und sie hatte Aussicht auf mehr Geld. Das schien in Ordnung für eine anspruchslose, langweilige Arbeit. Forsters Biografien, die irgendwelche namenlosen Auftragsschreiber bisher zusammengeschustert hatten, lasen sich tatsächlich wie seelenlose Fließbandprodukte. Dürre Informationen über Jugend und politischen Werdegang, garniert mit unbewiesenen Klatschgeschichten und Plattitüden. Kein roter Faden, keine erkennbare Richtung, noch nicht einmal der Versuch, dem Charakter des Mannes näher zu kommen. Der skizzierte Mensch verschwand hinter einem aufgetürmten Brimborium aus Halbwahrheiten. Da waren die biografischen Notizen, die sie aus dem Zeitungsarchiv gezogen hatte, schon hilfreicher gewesen, beschränkten sie sich doch auf Fakten. Allerdings auf wenige:
1947 geboren in Lübeck in der Karl-v.-Ossietsky-Straße, Vater Maurer, Mutter Kellnerin;
1953 eingeschult in die Max-Planck-Schule, Lübeck (Schulgeld aufgrund besonderer Begabung von einer staatlichen Stiftung);
von 1962 - 1965 Schulsprecher und seit 1964 Vorsitzender der Landesschülerversammlung;
1963 Eintritt in die SPD; Mitarbeit in der Jugendorganisation ›Die Falken‹; ab 1964 deren Landesvorsitzender;

1965 Abitur (ein Jahr vorzeitig) am Immanuel-Kant-Gymnasium; Durchschnitt: 1,4; Drittbester des Jahrgangs;

1965 - 1967 Wehrdienst in Mainz; Vorsitzender eines Ortsvereins der Jusos ebendort;

1967 Antritt eines Jurastudiums an der Goethe-Universität in Frankfurt; Stipendium der Friedrich-Ebert-Stiftung;

1969 Wahl zum Vorsitzenden der Jusos Rheinland-Pfalz; jüngster Abgeordneter des Landtags;

1970 SPD-Ortsvereinsvorsitzender in Mainz-Finthen; Verhaftung nach Teilnahme an einer Sitzblockade der Spontis gegen den Vietnamkrieg in Bonn;

1971 erstes Staatsexamen mit Auszeichnung bestanden; Bundesvorsitzender der Jusos; Fernsehauftritt in einer Vorabendsendung des ZDF;

1973 zweites Staatsexamen mit Auszeichnung bestanden; einer der seltenen Einser-Juristen; Eröffnung einer Kanzlei in Mainz;

1975 Promotion in internationalem Recht; Prädikat: magna cum laude; Doktorvater ist Herbert Hinsch; erneutes Mandat in Rheinland-Pfalz;

1976 Heirat mit Dorothea (Doro) Veigel, 28 Jahre, Grundschullehrerin;

1978 jüngster Fraktionsvorsitzender in einem deutschen Landtag; erste Buchveröffentlichung: ›Die Zukunft in unserer Hand‹;

1981 Niederlage bei Kampfabstimmung um die Spitzenkandidatenkür für die Landtagswahl gegen Axel v. Schirach;

1982 Forster lehnt ein Ministeramt in der Landesregierung ab;

1984 Kaufhaus-Affäre Ginzburg; nach Sturz der Regierung v. Schirach Wahl zum Ministerpräsidenten von Rheinland-Pfalz (der jüngste in der Geschichte der Bundesrepublik);

1986 Wiederwahl;

1987 Scheidung; zweites Buch: ›Gedanken über Deutschland‹;

1989 Wahl zum stellvertretenden Bundesvorsitzenden der SPD;

1990 Forster holt die absolute Mehrheit in Rheinland-Pfalz; kritische Äußerungen zur Organisation der deutschen Einheit;

1994 Niederlage bei der Nominierung zum Spitzenkandidaten der SPD; Rückzug aus der Parteiführung; erneut absolute Mehrheit in Rheinland-Pfalz;

1996 nach verlorener Bundestagswahl wird Forster wieder zu einem der stellvertretenden Parteivorsitzenden gewählt;

1998 erneuter Wahlsieg in Rheinland-Pfalz; nach Rommelskirchens Verzicht wird Forster zum Spitzenkandidaten der SPD gewählt; drittes Buch: ›Innovation und Gerechtigkeit‹;

2000 SPD bei der Bundestagswahl stärkste Partei; als Bundeskanzler steht Forster der ersten rot-grünen Regierung vor; Anlaufprobleme, Kommunikationslücken und Schwierigkeiten bei der Darstellung der Regierungstätigkeit; Stabilisierung der Koalition nach plötzlichem Rücktritt des Finanzministers Rommelskirchen; Forster übernimmt auch den Parteivorsitz.

Ehrgeiz war ihre erste Assoziation zu diesen wenigen, dürren Informationen. Ehrgeiz und ein unbändiger Machtwille, vielleicht, nein, wahrscheinlich sogar -gier. Es war immer weiter nach oben gegangen. Forster hatte kein Jahr verschenkt und sich nur kurze Zwangspausen zum Verschnaufen gönnen müssen. *Und sicher scharrte er dabei mit den Füßen auf den Sprossen ...* Aber das war schon eine Interpretation. Sie brauchte sehr viel mehr Fakten, bevor sie auch nur ein provisorisches Urteil über diesen Menschen fällen konnte. Natürlich kannte sie ihn aus dem Fernsehen, aus unzähligen Zeitungsartikeln und Interviews. Er wirkte nicht sympathisch, doch das sagte nichts, denn wirklich einnehmend fand sie keinen einzigen Volksvertreter. Tatsächlich hatte sie sich in den letzten vier Jahren mit politischen Themen kaum auseinandergesetzt. Ihre Tage hatten nur aus Funktionieren bestanden, alles Weitere war durch den Unfall wie mit einem Skalpell aus ihrem Alltag herausgeschnitten worden. Elise das Leben erträglicher gestalten – Anderes hatte nicht interessiert. Sie konnte noch nicht einmal sagen, wer im Kabinett saß, ob der Kanzler beliebt war oder wie die Bevölkerung seinen Regierungsstil aufnahm. Sie musste wirklich von vorne anfangen. Und sie würde damit beginnen, die Lücken zu füllen, die in seinem Lebenslauf klafften.

– – –

In der Wohnung wartete eine böse Überraschung. Schon als Charlotte die Tür hinter sich ins Schloss fallen ließ, hörte sie ein demonstrativ fröhliches »Hallo«. *Der erste Stich der schwarzen Witwe und das Netz ist sorgfältig gespannt ...* Erschöpft und frustriert lehnte sie sich gegen die Regalwand, die schief und vollgestopft die gesamte rechte Seite des sechs Meter langen Flurs einnahm. Mit ihrer Mutter hatte sie nicht mehr gerechnet. Es war ihr entfallen – gut gemeint von ihrem Unterbewusstsein –, dass sie angeboten hatte, die Kleine aus der Tagesstätte abzuholen. Widerwillig hatte sie zugestimmt, obwohl sie so Ingrid wieder ein Stück weit in ihr Leben lassen musste. Jetzt hockte sie bestimmt im Kinderzimmer und gab die begeisterte Oma, die nicht verstehen konnte, weshalb man ihr jemals den Kontakt zu ihrer Enkelin untersagt hatte. *Wegen deiner Selbstgerechtigkeit! Du willst meine Entscheidung und Elises Behinderung einfach nicht akzeptieren. Und du bist hemmungslos illoyal ...*
Schon seit Jahren empfand sie ihre Mutter nur als Bedrohung. Warum war sie auch auf ihre Hilfe angewiesen? Wieso, verdammt noch mal, brachte keiner ihrer sogenannten Freunde die Courage auf und kümmerte sich wenigstens für ein paar Stunden um Elise? Dass diese Bekannten nicht ihren hysterischen Jähzorn erdulden wollten, wenn sie bei der Betreuung ihrer über-

behüteten Tochter versagten, darauf wäre sie nie gekommen.

Charlotte seufzte. Wut half ihr nicht. Rasch schluckte
sie die nächste Tablette, dann schaute sie in den kleinen
Raum und ignorierte zunächst geflissentlich das gesäu-
selte »Hallo Schatz!«, das die Kampfhandlungen eröff-
nete. *Ein gutes Gefühl.*

Elise hatte ihre Mutter nicht kommen hören und saß
vor einem Puzzle-Spiel, das ihre ganze Aufmerksamkeit
beanspruchte. Gerade presste sie einen halbierten Holz-
zylinder in eine dreieckige Form, die vorgestreckte
Zunge zwischen den Lippen. Charlotte wusste, dass ihr
Kind es noch in einer Stunde versuchen würde, wenn sie
niemand störte. Voller Zärtlichkeit berührte sie das linke
Ohr ihrer Tochter, das Ohr, das der monströse lederüber-
zogene Schaumgummi-Schutzhelm nicht bedeckte.
»Hallo Maus ...«, flüsterte sie in einer Liebe, deren
Tiefe sie nie genug nachspüren konnte.

Elise blickte auf, krähte vergnügt und kuschelte sich
an das Knie ihrer Mutter. Eng umschlungen setzten sich
beide auf den rechteckigen Spielteppich, der eine bunte
Straßenlandschaft zeigte.

»Om-ma da,« kam es aus dem kleinen Mund, und ein
schmales Händchen wies auf die grauhaarige schlanke
Frau, die ihnen gegenübersaß.

Charlotte sah nicht auf, sondern konzentrierte sich
auf ihre Aussprache. »Na, was hast du mit Oma gespielt?«, formulierte sie laut, deutlich und langsam.
»Habt ihr eine Puppe angezogen?« Ihre Mutter brachte
immer eine neue Puppe mit, wohl, weil sie davon überzeugt war, dass ein achtjähriges Mädchen nicht mehr
Puzzles für Zweijährige zusammensetzen sollte.

»Jaa. Pup-Puppe zogen.« Elise drehte sich um und
Roberts braune Augen schauten unter wunderschönen
langen Wimpern in ihre Richtung. Die dunkelblonden
Haare, ebenfalls von ihrem Erzeuger überkommen und
zwangsläufig kurz geschnitten, verbarg der verfluchte
Helm fast vollständig.

Charlotte wusste, dass sie alles andere als objektiv war, doch bemerkten sogar ihre Bekannten regelmäßig, was für ein ausnehmend hübsches Kind Elise war.

»Mam-mama lieb hab-haben.«

»Ja, Maus, ich habe dich auch lieb,« hauchte sie und drückte die Kleine fest. Solche Momente waren das ganze Leben wert, aber es blieben eben nur Sekunden.

»Wie war dein Tag, Liebes?«

Zuckersüß – was sonst? »Gut, Mutter, ich habe einen Job.«

»Schön.«

Charlotte strich ihrem Kind sanft über die Wange. Elises Großmutter saß ihnen gegenüber auf einem alten, heruntergekommenen Holzhocker, unter dessen grasgrünem Anstrich immer mehr gelbe Flecken hervor traten, Roberts Lieblingsfarbe.

Schweigen.

Ingrid hatte die Beine übereinandergeschlagen, anscheinend in der Betrachtung von Elises Füßen versunken. Natürlich war sie wieder überschminkt. Obwohl die Temperatur in der Wohnung nie unter 18 Grad fiel, trug sie den obligatorischen Kunst-Nerz. *Bestimmt verwendet sie abends einen Eiskratzer für die Unmengen an Rouge. Und die Welt ist auch kein Dreisternekühlfach ...*

Charlottes Vater war schon vor ihrer Geburt an Leukämie zugrunde gegangen. Dennoch war sie überzeugt davon, dass sie nach ihm geraten war. Zwar stellte ihre Mutter es immer so dar, als ob seine Gene keinerlei bleibende Wirkung hinterlassen hätten, doch konnte Charlotte das nicht glauben. Dafür waren sie beide einfach zu unterschiedlich. Zum einen hielt sie sich weder für so hinterlistig noch so materialistisch wie ihre Mutter, zum anderen ähnelten sie sich auch äußerlich kaum – ein Umstand, der ihre Abstammungstheorie nicht unwesentlich stützte: Entweder musste ihr Vater ein wahrer Riese gewesen sein, oder Ingrid hatte sie adoptiert. Anders ließ sich die Tatsache nicht erklären, dass sie fünfundzwanzig Zentimeter trennten.

Auf dem Spielteppich eng an ihre Tochter gekuschelt bot sich Charlotte eine der seltenen Gelegenheiten, ihre Mutter von unten zu betrachten: Klein und dünn, das war nicht neu. In der letzten Zeit hatte sie allerdings weiter abgenommen, und in Anbetracht des traurigen Zuges um die Mundwinkel konnte man sie schon verhärmt nennen. *Natürlich* ... In den vergangenen Jahren hatte auch sie gelitten. Dennoch war sie standhaft geblieben und würde es immer sein. Von dieser Kraft zeugten tiefe Linien, die ihr ganzes Gesicht überzogen und stets an eine dauerhafte Kriegsbemalung denken ließen. Zu Charlottes Verbitterung entsprang diese Stärke jedoch nicht festem Glauben oder integrer Lebenseinstellung, sondern ordinärer Ignoranz. Tatsächlich kannte sie keinen Menschen, der größere Scheuklappen trug, von ihnen wusste und sich so wenig ihrer schämte.

Nach einer knappen Minute holte Ingrid Luft und hielt den Atem an, die Zeit der unverbindlichen Banalitäten war vorbei. »Liebes ...« Sie schaute Charlotte in die Augen, senkte den Blick und blickte sie dann umso eindringlicher an.

Sie will etwas! Und wie immer steuert sie das Ziel auf Umwegen an. Schon jetzt spürte sie den Druck und ein leichtes Zittern durchlief ihren Rücken. Zur Verteidigung entschlossen umklammerte sie Elise und legte das Kinn auf ihre Schulter.

»Liebes, lass doch das Kind auch einmal in Ruhe. Wie soll sie in ihrer Entwicklung vorankommen, solange du sie derart verzärtelst?«

»Das tue ich nicht!«, schnappte sie automatisch. »Du weißt sehr gut, dass sie häufigen Körperkontakt braucht. Sonst bekommt sie vielleicht eine ihrer Angstattacken.«

»Ich denke eher,« entgegnete Ingrid unbeeindruckt, »dass du hier diejenige bist, die Streicheleinheiten benötigt. Oder spricht das schlechte Gewissen aus dir?« Betont langsam strich sie ihren dunkelgrün karierten Rock glatt. »Aber ich möchte mich nicht mit dir streiten.«

»Natürlich willst du das, wenn du so etwas sagst,« fuhr Charlotte auf. Als Elise zusammenzuckte, senkte sie ihre Stimme: »Weshalb sollte ich denn ein schlechtes Gewissen haben? Wegen Robert? Dieser charakterlose Bastard zahlt keinen Pfennig für seine Tochter, obwohl er – und nur er – ihr Leben zerstört hat.«

»Bitte sprich nicht so vor dem Kind,« zischte ihre Mutter. »Das ist jetzt vier Jahre her, und er hat sich oft genug entschuldigt. Du weißt genau, dass er nur deshalb nicht seinen Verpflichtungen nachkommt, weil du ihm den Kontakt mit Elise verbietest. Und ...«

»Mam-ma Milch hab-haben.«

Erleichtert über die Unterbrechung ging Charlotte mit ihrer Tochter hinaus.

Ingrid senkte den Kopf und verzog traurig den Mund, ehe sie den beiden folgte. Welche Mauern hatte dieses Kind doch um sich errichtet! Aber man musste es versuchen ...

In der kleinen, unaufgeräumten Küche saß Elise, von Charlotte gestützt, auf einem Barhocker und trank aus einer Schnabeltasse. »Om-ma auch Mil-milch?«

»Nein danke, Schätzchen.« Zaghaft legte Ingrid eine Hand auf die Schulter ihrer Tochter. »Ich meine es nur gut, glaub´ mir. Warum sprichst du nicht mit ihm? Robert liebt dich noch, sagt er. Er will zurückkommen und du schaffst das hier doch nicht alleine. Komm schon, sei ...«

»Halt den Mund!«, unterbrach Charlotte scharf. »Es ist mir egal, wen er liebt. Ich liebe ihn jedenfalls nicht, ich hasse ihn.« Leiser fuhr sie fort: »Welche Gefühle sollte ich denn sonst für ihn hegen? Dein Problem ist, dass du die Realität nicht akzeptierst.« *Ich sage das? Merkwürdig.* »Robert hat mich nicht betrogen oder unser ganzes Geld verspielt. Nein, so etwas Banales tat er nicht.« Sie schüttelte den Kopf. Unfassbar, dass Mutter diese simplen Fakten nicht einsehen wollte. »Er raste betrunken mit Elise durch die Stadt.« *Wie oft haben wir eigentlich schon darüber gestritten? Was für*

23

eine sinnlose Kraftverschwendung. »Soll ich besser die Betonwand hassen, die ihren Schädel zertrümmert hat, ja?«

»Bitte, das Kind ...«, Ingrid hob die Hände. Sie hatte Angst. Bei diesem Thema wurde ihre Tochter immer derart wütend, dass ihr nichts anderes übrig blieb, als einzulenken.

Charlotte zuckte nur mit den Schultern und schüttelte das Friedensangebot ab wie eine lästige Fliege. »Was meinst du denn, an was ich jeden Tag denken muss? Deine Enkelin ist nicht schüchtern oder ein bisschen langsam in der Entwicklung. Elise ist BEHINDERT. Ich glaube, du hast dieses Wort noch nie benutzt. Los, sag´ es!« Ihr Zorn sprang aus ihren Augen, suchte wahllos nach Opfern.

Blass und zitternd wich die ältere Frau an den fettverschmierten Ofen zurück. »Bitte ...«, flehte sie mit dünner Stimme.

»Sag´ es!«, stieß Charlotte hervor. »Sag´ es endlich, du verlogenes, selbstgerechtes Biest!«

»Oh Gott,« stöhnte Ingrid und sank laut schluchzend auf den hellblauen PVC-Boden.

Elise ließ sich von ihrer Milch ablenken. Sie sah ihre Oma weinen, die sie, auch wenn es Charlotte nicht wahrhaben wollte, über alles liebte. Mit der Situation überfordert kreischte sie auf und rutschte dabei vom Hocker. Charlotte fing sie gerade noch im Fallen auf. An ihre Brust gekrallt, brüllte das Mädchen weiter und trommelte mit den Ärmchen auf die Schultern ihrer Mutter. Charlotte streichelte ihr hilflos den Rücken. *Nein! Ein Anfall ...* Sie sah drei Nerven zerfetzende Stunden auf sich zukommen. Dann würde Elise, vom Toben vollkommen erschöpft, urplötzlich einschlafen. Wenn sie Glück hatte, soff der alte Postrentner von nebenan in seiner Kneipe, sonst mochten bald zwei schlecht gelaunte Polizisten an der Wohnungstür klingeln. Im sinnlosen Versuch ihre Tochter zu übertönen, konnte sie zumindest ihrer Frustration Luft machen: »Toll. Danke für einen großartigen Abend.«

24

Immer noch schluchzend rappelte sich Ingrid auf und starrte sie an, verunsichert, hilflos.

Charlotte unterdrückte das aufkeimende Mitleid und holte zum letzten Schlag aus. Es war falsch, das wusste sie, aber sie fühlte etwas anderes. »Geh weg! Geh – endlich – weg! Verschwinde aus unserem Leben. Elise braucht dich nicht, hat dich nie gebraucht. Und ich will dich nicht mehr sehen.« Sie senkte den Kopf auf die Schulter ihrer Tochter und schloss die Augen. Und erst als sie das ferne, leise Klacken der Wohnungstür hörte, löste sie sich aus ihrer Starre. Dann schaute sie auf das schreiende Bündel Mensch in ihren Armen und ärgerte sich über ihre Entgleisung. Natürlich benötigten sie Hilfe. Und wenn es Ingrid unbedingt sein musste, warum nicht? *Sie kommt wieder und ich werde mich entschuldigen. Kein Problem ...* Wirklich furchtbar war nur diese anscheinend ewige Schuld, die sie jedes Mal empfand, sobald ihre Tochter litt. Sie hatte zwar nicht am Steuer oder überhaupt im Auto gesessen, doch ihre Selbstvorwürfe minderte diese Tatsache keineswegs.

— — —

Endlich Frieden. Seufzend sank sie in die überschäumende Badewanne, eine grünliche Scheußlichkeit auf lilafarbenen Fliesen, streckte die Beine aus und genoss die wohlige Hitze, die sich langsam in ihrem Körper ausbreitete. Nachdem Ingrid vor knapp vier Stunden gegangen war, hatte Elise pausenlos geschrien, das Essen verweigert und war erst vor einigen Minuten erschöpft eingeschlafen. Seit fast einem Jahr hatte das Mädchen keine Angstattacke mehr gehabt, und in ihrer Erinnerung waren Heftigkeit und Lautstärke dieser Anfälle wohl weichgewaschen worden. *Aber es wird sich nicht wiederholen!* Zumindest hatte sie vor, alles dafür zu tun, dass es so sein würde. Obwohl sie sich gegenüber ihrer Mutter ein klein wenig schuldig fühlte – es half nichts. Nur die Fakten zählten: Sie stritten sich immer, und das konnte das Kind nicht ertragen. Also durfte Elise ihre

Oma bloß noch selten sehen und nur dann, wenn sie nicht dabei war. *Basta.* Dass diese Entscheidung einen bequemen Beigeschmack aufwies, verdrängte sie resolut. Im Verdrängen machte ihr niemand etwas vor.

Sie ließ kaltes Wasser zulaufen. Zeit um die Ergebnisse ihres ersten Arbeitstags nach vierjähriger Pause zu bewerten: Über den Kanzler wusste sie nicht viel mehr als am Tag zuvor. Eigentlich hatte sie die Bibliotheken und Archive auch nicht mit einem bestimmten Ziel durchsucht, sondern nur deshalb, weil ihr nichts Besseres eingefallen war. Als Journalistin schien sie aus der Übung, hatte in den letzten Jahren verlernt, instinktiv zu denken. Immerhin, seine Dissertation hatte sie bestellt und etliche Mappen mit Zeitungsausschnitten durchgesehen, allerdings eher wahllos und flüchtig, wie sie zugeben musste. Ohne Plan oder Struktur konnte sie bereits gesammelte und künftige Informationen nicht sortieren. Also brauchte sie Fragen, die einen Zugang zu diesem Mann ermöglichten.

Ihr Blick fiel auf den Lackstift, der zu ihren Füßen auf dem Rand der Wanne lag. Dann betrachtete sie die dahinter vorspringende gefliese Wand. *Rot auf Flieder kommt auch nicht hässlicher als Flieder pur.* Sie stand auf und schrieb mit dem Stift: ›Wer bist du?‹, auf eine Kachel. Einmal angefangen ging es zügig weiter: ›Warum gerade du?‹, ›Besonderes?‹ Es gab noch viele Fliesen und es war keineswegs ihr einziger Lackstift.

›Mögliche Quellen:
- Ex-Frau (Adr.?)
- Parteifreunde (welche?)
- Gegner
- Mutter (Adr.?)
- Lehrer‹

In Lübeck war sie noch nie gewesen, aber sollte sie in der Vergangenheit beginnen? Zudem hatte sie Hadi gar nicht gefragt, wie viel Zeit ihr zur Verfügung stand. Sie legte sich wieder hin, suchte die angenehme Hitze.

Vielleicht fing sie besser mit den aktuellen Ereignissen an: Warum zum Beispiel war der Finanzminister vor elf Tagen abrupt zurückgetreten, ohne bisher mit einem einzigen Satz seine Entscheidung zu begründen? Sie erinnerte sich an die Bilder im Fernseher, den sie ausnahmsweise einmal angeschaltet hatte, nachdem in der Stadt von nichts Anderem die Rede gewesen war. Gustav Rommelskirchen hatte auf dem Balkon seines Hauses gestanden, seinen kleinen Enkel auf den Schultern, und hatte in die Kameras gelächelt. Mehr nicht. Auch der Kanzler hatte nur sein Bedauern geäußert, mit einem Ausdruck in den Augen, der seine Worte Lügen gestraft hatte. *Vorsicht!* Interpretationen würden sie angesichts so weniger Fakten nicht weiterbringen. Sie fügte ›Rommelskirchen?‹ neben dem Stichwort ›Gegner‹ hinzu. Nicht länger überreizt, sondern endlich müde entschloss sie sich dazu, noch die Haare zu waschen und dann ins Bett zu sinken. Bisher hatte das Babyfon geschwiegen. Es mochte also eine ruhige Nacht werden.

Als sie das Shampoo unter der Brause auswusch, klingelte das Telefon. Eigentlich war bloß ein Mensch so unverfroren, ihr um halb eins auf die Nerven gehen zu wollen. Auf die Frage, was sie auf eine einsame Insel mitnehmen würde, wäre ihr in dieser Sekunde spontan nur eine Antwort eingefallen: den Anrufbeantworter. Lächelnd hörte sie das Klacken, mit dem die Maschine ansprang. Bisher hatte ihre Mutter noch nie das Pfeifen abgewartet, sondern immer schon vorher aufgehängt. Doch jetzt sprach jemand auf das Band, und es war nicht Ingrid Menzius.

»Guten Abend,« sagte die hohe, hastige Stimme eines Mannes, wohl in mittleren Jahren. »Heinz-Josef Köhnen, mein Name, stellvertretender Pressereferent im Bundeskanzleramt ...«

In einem Atemzug sprang sie aus der Wanne und rannte zur Küche. Auf halbem Weg wurde sie sich ihrer Nacktheit bewusst und bemerkte zugleich das Licht im Wohnzimmerfenster des Postrentners schräg gegenüber. *Ach was, der schaut bestimmt die goldene Schlager-*

parade und holt sich bei Carolin Reiber einen runter.
Dafür braucht er mich nicht. Der Mann sagte noch
etwas über späte Störung, langer Tag und Vierundzwan-
zigstundendienst, bis sie endlich das Telefon erreichte.
»Menzius. Hallo,« sprach sie hastig in den Hörer.
»Oh, sie sind doch zu Hause. Ja, guten Abend, Frau
Menzius. Also wie gesagt, ich kann nur um Verzeihung
bitten, bin einfach nicht früher dazu gekommen. Köh-
nen, mein Name, Heinz-...«
»Das hörte ich, Herr Köhnen,« unterbrach sie ihn und
biss sich sofort auf die Lippen. *Was soll er denken?* »Äh
..., ich bin gerade die Tür hereingekommen, als sie an-
riefen. Sie stören mich nicht.« *Na, immerhin.*
»Schön, Frau Menzius.« Seine Stimme schien in der
Tonhöhe etwas abgesunken. »Also kommen wir zum
Thema: Wie können wir sie unterstützen?«
»Bitte?« Sie suchte nach Worten. »Bei welcher Sache
wollen sie mir genau helfen?«
»Nun, sie recherchieren doch für eine Biografie des
Herrn Bundeskanzlers?«
Sie war irritiert – allerdings weniger von der Tatsache, dass der Referent bereits von ihrem Job erfahren
hatte, als über das dreiste Lächeln des Postrentners, der
sie durch zwei Glasscheiben aus fünf Metern Entfernung unverfroren anstierte. *Mistkerl!* Hastig drehte sie
sich um und zog das Telefon mit in Richtung Flur, bis
das Kabel nicht mehr weiter reichte. *Auf der Insel wäre
schnurlos auch nicht verkehrt ...* »Ähm, ja ... Ja, ich
habe den Auftrag übernommen.« Später musste sie Hadi
noch fragen, warum er das Kanzleramt ohne ihre Zu-
stimmung informiert hatte.
»Schön, Frau Menzius.« Jetzt hörte sich Köhnen an
wie ein Therapeut, der die Minuten bis zum Ende der
Sitzung zählt. »Also: Können wir ihnen helfen?«
»Ja. Ja, natürlich. Zum Beispiel ein Interview mit
dem Bundeskanzler ...«
»Das geht leider nicht. Er ist, wie sie wissen, durchaus beschäftigt. Hinzu kommt, dass ihr Vorhaben nicht
von ihm autorisiert wurde, deshalb ...«

»Gut, gut.« Forster wollte später, wenn er sich in die hehre Reihe der Elder Statesmen eingereiht hatte, bestimmt selbst über sein Leben schreiben und dafür brisantere Episoden aufbewahren. »Wie wollen sie mich dann unterstützen?«

»Nun, mit Informationen oder der Organisation von Gesprächsterminen etc.«

»Das wäre toll.« Sie lächelte. *Leicht verdientes Geld.*

»Sehen sie, da kommen wir uns schon näher.« Er hörte sich tatsächlich an wie ein Therapeut. »Vorher sollten wir noch kleine, doch nicht unwichtige Details klären. Ist es in Ordnung, wenn sie uns erstens Aufzeichnungen ihrer Gespräche zur Verfügung stellen und zweitens darauf verzichten, Interviews zum Thema mit irgendwelchen Personen zu führen, zu denen sie nicht von uns ermächtigt wurden und ...«

»Stopp. Jetzt hören sie aber mal zu!« Wütend wandte sie sich um. Eine Sekunde später bemerkte sie wieder den Nachbarn, der ihre durch die Kälte steif gewordenen Brustwarzen anglotzte. *Verdammte alte Sau!* Sie drehte sich erneut um. »Verstehe ich das richtig: Ich muss meine ganze Recherche mit ihnen abstimmen?«

»So möchte ich das nicht formulieren. Sie sollen ...«

»Warum schreiben sie die Biografie dann nicht gleich selbst? Nein danke, sage ich.« *Klasse, Charlotte! Und schon hast du es mit deiner liebenswerten Art vergeigt.*

Nach einer kurzen Pause am anderen Ende antwortete Köhnen, diesmal wieder mit einer etwas höheren Stimme. »Na gut, Frau Menzius. Aber sie sollten darüber noch einmal nachdenken, denn in diesem Fall können sie mit keinerlei Unterstützung von unserer Seite rechnen.«

»Kein Problem, ich wollte mein Bild des Kanzlers sowieso aus der Sicht seiner politischen Wegbegleiter zeichnen. Und netterweise erklärte sich schon Herr Rommelskirchen zu einem Interview bereit.« *Lass´ es funktionieren!* Sie war immer gut im Bluffen gewesen.

Diesmal dauerte die Pause länger und endete mit einem Räuspern. »Frau Menzius, ich sehe gerade, dass

Herr Dorweiler, der Pressereferent, nächste Woche noch zwei unverplante Stunden anbieten kann. Wären sie eventuell an einem zwanglosen Gedankenaustausch mit ihm interessiert?«

»Wenn das Ergebnis ein Gespräch mit dem Kanzler sein könnte, dann ja.«

Eine Zusage erhielt sie nicht. Wahrscheinlich überstieg diese Entscheidung Köhnens Kompetenzen. Aber irgendwann musste sie mit Forster sprechen und vielleicht ließ sich der Pressereferent überzeugen.

Sie schlüpfte in den Bademantel, verließ ihre Wohnung und klingelte beim Postrentner – natürlich erfolglos. Schließlich klebte sie einen Zettel an seine Tür, auf dem mit großen schwarzen Buchstaben stand: ›Vorsicht. Hier wohnt ein geiler, alter Bock.‹ Auf dem Rückweg fiel ihr das blinkende Licht des Anrufbeantworters auf. Noch eine Nachricht, diesmal von Hadi.

»Hallo, Kleines, du meine Kronjuwel´n sin´ inzwisch´n auf´s dreifache Volum´n angeschwoll´n. Werd´n wohl irgen´wann platz´n. Aber des int´ressiert dich sicher nich´.« Leises Lachen. »Du, des Kanzleramt weiß von dein´m Job. Die ham angeruf´n. Kühnen oder so. Keine Ahnung, woher die des wiss´n. Oder hast du se um ´nen Interview gebet´n? Ja? Solltest du de nich´ erst ´mal besser vorbereit´n? Na, wie auch immer. Jeder muss schon selbst ins Klo greif´n. Küssch´n Kleines, ich vermiss´ di.«

Der Kanzler

»Einhundert Jahre TWB, deshalb haben wir uns heute an diesem Ort versammelt. Einhundert Jahre TWB sind auch einhundert Jahre Automobilgeschichte: von den kleinen, den winzigen Anfängen mit drei Angestellten bis zu einem Unternehmen mit fast zweihunderttausend Mitarbeitern und einhundertachtzig Milliarden Mark Umsatz. Also ein echter Global Player. Einhundert Jahre TWB waren einhundert Jahre Erfolg. Und es geht weiter, denn in den vergangenen zwölf Monaten produzierten und verkauften sie über eine Million Autos. Darauf können sie zu recht stolz sein!«

Für den Applaus musste der letzte Satz möglichst laut gesprochen und das Wort ›stolz‹ betont werden. Es klappte natürlich. Er hatte hier ein Heimspiel, war ihr Mann, ein Automann. Die Leute klatschen, einige standen sogar auf. Es faszinierte ihn immer wieder, wie leicht er Menschen begeistern konnte. Es waren viele gekommen zu diesem Festakt, acht-, neunhundert. Etliche sicher bloß im Auftrag ihrer Vorgesetzten, doch die meisten wollten wohl wirklich ihn sehen, den Kanzler. Und sie sollten mit einem guten Gefühl nach Hause gehen können.

»Wir erleben heute eine neue Zeit. Es geht nicht länger um einzelne Produktsparten oder nationale Märkte, es geht um die ganze Welt.« Die Faust geballt und erhoben, ein Griff in die rhetorische Mottenkiste. Seine tiefe, ein wenig röhrende Stimme schlug das Publikum wie stets in ihren Bann. Er schaute in die Gesichter, einige verträumt, andere gelangweilt, viele konzentriert. Diese wachen Augen sagten mehr darüber aus, wie er bei den Leuten ankam, als jede Statistik. Lauter Schwachköpfe, die allen Ernstes meinten, im

Zeitalter der Massenmedien müssten Politiker nicht länger gut reden können. Totaler Nonsens. Natürlich half eine fotogene Visage. Aber da saßen fast Eintausend, die ihm zuhörten. Und von ihrem Eindruck erzählten sie heute Abend ihrer Familie und morgen Kollegen und Freunden. Zehn-, eventuell zwanzigtausend Menschen mit einer halben Stunde Arbeit erreicht: Das schien ungleich wirkungsvoller als ein Fernsehauftritt, bei dem man nie sicher sein durfte, wie er aufgenommen wurde. Hier war das anders. Er las in den Gesichtern, ob er schneller, langsamer, lauter oder leiser reden sollte. Auf jeden Fall mochten sie es am Ende vielleicht nicht zugeben, doch insgeheim denken: Ein großer Mann, und gut, von ihm geführt zu werden. Vor ihren Freunden würden sie nun von ihm sprechen, als ob sie ihn persönlich kannten.

»Es darf nicht nur darum gehen, sich gegen Übernahmen zu wehren. TWB muss die Konkurrenten übernehmen! Haifisch oder Hering. Und sie sehen nicht wie Heringe aus.« Das schien ein wenig dick aufgetragen. Die Mundwinkel einiger Manager in den ersten Reihen zuckten, andere zogen unangenehm berührt eine Augenbraue hoch. Er musste mit Pohlenz darüber reden; keine abgenutzte Metaphorik mehr. Fraßen Haie überhaupt Heringe? Das sollte er ausbügeln. »Seien wir ehrlich,« fuhr er mit gesenkter Stimme fort, die Arme weit ausgestreckt, den Kopf etwas zur Linken geneigt, »ich bin sicher, die meisten von ihnen sind davon überzeugt, dass diese Firma qualitativ hochwertige Produkte herstellt. Aber«, eine kleine Pause, und ein Blick, der über die letzte Reihe schweifte, alle ansprechen sollte, »ich weiß nicht, wie viele glauben, dass das noch ausreicht. Hoffentlich niemand, denn das wäre ein Fehler. Es geht eben nicht mehr nur darum, ein Auto zu bauen, dessen Motor einhunderttausend Kilometer verträgt, ohne dass der Kunde größere Reparaturen vornehmen muss. Nein, heute geht es darum, mindestens eine Million solcher Autos zu bauen und natürlich auch zu verkaufen. Qualität alleine reicht einfach nicht mehr. Qualität muss auch billig sein, und das funktioniert nur durch Quantität. Doch der Markt ist leider nicht unendlich, nicht jeder kann eine Million verkaufen. Jürgen Thorwald«, ein kurzer Wink zur Mitte der ersten Reihe, »hat also recht, wenn er die Expansionsstrategie konsequent vorantreibt. Wir sollten ihm alle dabei helfen.«

Applaus.

Dem Manuskript folgend nahm er einen kleinen Schluck aus dem Wasserglas und beobachtete über den Rand hinweg: Er hatte die Leute im Sack. In der Rolle des älteren, verständnisvollen, auch ein bisschen strengen Bruders, der Gemeinplätze von sich gab, überzeugte er immer. Jetzt stand nur noch rhetorische Routine an.

Ein Jahr. Seit einem Jahr war er nun dort, wo er stets hingewollt hatte. Irgendwie deprimierend, wenn man mit dreiundfünfzig schon keine Träume mehr hatte, alle Ziele erreicht waren. Aber ganz so stimmte das nicht, denn er wollte seinen Job gut machen, wollte, dass die Leute seine Regierungszeit als gute Jahre in Erinnerung behielten. Jahre, in denen sich etwas bewegt hatte in diesem so trägen Land.

Der Weg bis an die Spitze war viel länger und dorniger gewesen, als er ihn sich in verträumten Studentenjahren ausgemalt hatte. Auf der Ochsentour durch unzählige formelle und informelle Parteiversammlungen hatte er Menschen kennen- und hassen gelernt, sich selbst ausdrücklich eingeschlossen. Die ewigen Lügen, das Wechseln der Masken, Verrat, Intrigen – zwar Klischees und doch das Salz in der Suppe. In den letzten dreißig Jahren hatte er letztlich bloß ständig neue Antworten auf immer gleiche Fragen gesucht: Wer behindert mich, wer kann mich ziehen? Und er hatte rasch begriffen. Kaum jemand – aber darauf war er noch nie stolz gewesen – bestimmte schneller die Richtung, aus der der Wind wehte, wusste so genau, wer Freunde und Feinde waren, wie man Freunde gewann und Feinde kaltstellte. Gewöhnlich nannte man das Machtinstinkt und vielleicht passte der Ausdruck. Ein Leben ohne Macht wollte und konnte er sich jedenfalls nicht mehr vorstellen. Und sein Instinkt hatte ihn in den richtigen Momenten fast nie getäuscht, egal, ob er sich mutig, zurückhaltend, vertrauenserweckend, eloquent oder skrupellos hatte geben müssen. Vor dreißig Jahren war sein Ehrgeiz mit anfänglichen, schnellen Erfolgen gewachsen und nichts hatte ihn so stimuliert wie die wenigen, allerdings brutalen Fehlschläge. Immer hatte er es geschafft, wenn auch manchmal erst im zweiten Anlauf. So etwas nannte man im Fußball Kanter-Siege, und die waren stets die schönsten. Natürlich war der Weg kein Spaziergang gewesen, eher ein überlanger Marathon. Die Macht jedoch zu behalten und endlich einmal für ein nicht populistisches Ziel zu nutzen, schien noch schwerer zu sein. Das hatte das letzte Jahr eindeutig bewiesen. Wie viele Fehler hatten sie gemacht ...

»Kurz und gut, ich wünsche ihnen weiteren Erfolg und eine Menge mehr verkaufter Autos im nächsten Jahrhundert TWB.« Während der Beifall aufbrandete, klopfte er die Manuskriptseiten gerade, wie schon so oft auf dem Rednerpult, nicht zwei-, nicht vier-, sondern genau dreimal. Dann trat er von der Tribüne herunter, nickte und steuerte seinen Platz in der ersten Reihe an. Lauten anhaltenden Applaus sollte es nun geben. Zumindest stand dies am Ende des Entwurfs und hätte auch seiner Erfahrung entsprochen. Als sich stattdessen ein nicht zu überhörendes Murmeln in das Klatschen mischte, schaute er irritiert auf – und blieb stehen.

In der Nähe des Eingangs hielten drei Dunkelhaarige ein Plakat in die Höhe, auf dem in roten und schwarzen Buchstaben zweifellos irgendein Vorwurf prangte. Mit der Lesebrille konnte Forster allerdings wenig erkennen. Mehrere Sicherheitsleute versuchten schon, die Demonstranten wegzudrängen, doch diese klammerten sich mit aller Kraft an den Stühlen fest. Plötzlich sprang in der fünften Reihe ein Untersetzter im Nadelstreifenanzug auf, stieg auf eine Lehne und turnte über die Sitze, die Köpfe und Schultern der Menschen. Zwei bullige Schränke von der Security näherten sich von der Seite. Wie in Zeitlupe sah Forster, wie der Mann sich nach vorn kämpfte. In der ersten Reihe angekommen, stellte sich der vielleicht Dreißigjährige auf den Sessel, der für den Kanzler reserviert war, und trat nach den Händen, die nach ihm griffen. Dabei traf er auch Thorwald, den Vorstandchef von TWB, was Forster mit stiller Schadenfreude registrierte. Angst spürte er seltsamerweise nicht. Merkwürdig, dachte er, wenn dieser Idiot jetzt eine Waffe zieht, kann alles vorbei sein und eine Sekunde später bin ich kein prinzipienloser Opportunist mehr, den die meisten in mir sehen, sondern ein Märtyrer. Häufig hatte er sich diese Situation vorzustellen versucht. Es war so vielen schon passiert, also warum nicht ihm? Vor seinem Auge beschleunigten sich die Ereignisse wieder, als der Mann mit durchdringender Stimme und leichtem Akzent einen auswendig gelernten Text deklamierte.

»DAS KURDISCHE VOLK WIRD VOM FASCHISTISCHEN ATATÜRKSTAAT UNTERDRÜCKT. UNSERE FRAUEN WERDEN VERGEWALTIGT, UNSERE KINDER VERSCHLEPPT, UNSERE HÄUSER NIEDERGEBRANNT. DAS NENNEN WIR VÖLKERMORD. WER AN DIE TÜRKEN WAFFEN VERKAUFT, UNTERSTÜTZT DEN GENOZID. FORSTER HAT BLUT AN DEN HÄNDEN. DAS BLUT UNSERES ...«

Sicherheitsleute warfen sich auf den Schreihals und rissen ihn zu Boden. Doch der Mann stemmte sich wieder hoch und stieß den Ellenbogen auf das Nasenbein eines Bodyguards, der mit blutüberströmtem Gesicht zurücktaumelte. Den freien Platz ausnutzend sprang der Kurde zwei weitere Meter vor, zog einen Gegenstand aus seinem Jackett und schleuderte ihn auf Forster, bevor die Wachleute ihre Waffen gezogen hatten.

Aus!, dachte er, und sah bereits die Bilder der Sondersendungen durch den Äther flitzen, ehe der Ballon gegen seine Brust klatschte und zerplatzte. Unter Schock starrte er auf seine Krawatte. Er sah Blut, das nun einem teuren Anzug zu zeitgeschichtlichen Weihen verhalf.

Vier Leibwächter schirmten ihn ab und drängten ihn aus dem Saal in einen Nebenraum, bis sich eine Tür hinter dem Tumult schloss.

Einer der Sicherheitsleute schaute ihn prüfend an. »Sind sie verletzt, Herr ...«

»Nein,« schrie er. Die Emotionen ertrotzten sich ihren Tribut. »Und danken sie Gott dafür. Wenn der Schwachkopf eine Waffe benutzt hätte ...«

»Herr Bundeskanzler, die Personenkontrollen waren wie immer streng,« beschwichtigte Heinrichs, der hünenhafte Chef des Personenschutzes, in tiefem Bass. »Es gab sogar Leibesvisitationen. Niemand ...«

»Ach was! Halten sie den Mund.« Er hatte sich ein Stück weit gefangen und sprach nun leiser, aber auch kälter. »Ich diskutiere doch nicht mit ihnen. Sie haben es vermasselt. Noch eine solche Fehlleistung und sie sind ihren Job los. Und ich verspreche ihnen, dass sie in der westlichen Hemisphäre dann keinen mehr bekommen werden. Verstehen wir uns!?«

Sichtlich verunsichert hob der Leibwächter die Hände. »Herr Bundeskanzler, ich ...«

»OB WIR UNS VERSTANDEN HABEN, FRAGE ICH SIE?« Forster brüllte ihm direkt ins Gesicht.

Heinrichs senkte den Kopf. »Jawohl. Es kommt nicht wieder vor.«

Forster nickte Tina Helmbusch zu, der leitenden persönlichen Referentin und mit dreißig Jahren im Umkreis der Spitzenpolitik die erfahrenste Kraft im Stab. Sie führte ihn zum einzigen Stuhl in dem sonst leeren, fensterlosen Raum, der von zwei verstaubten Neonröhren in kaltes Licht getaucht wurde. Die zierliche, weißhaarige Frau gab ihm eine Roth-Händle ohne Filter und zündete sie an.

Er inhalierte tief.

»Alles in Ordnung, Herr Bundeskanzler.« Das war es eindeutig nicht. Der Chef wirkte angespannt und musste sich beruhigen. Sie befahl den wartenden Leibwächtern, niemand hereinzulassen. »Das wird helfen, Dr. Forster.«

Er schaute auf das mit Wasser gefüllte Glas und die kleine, gelbe Tablette in ihrer Hand. »Was ist das?«, fragte er argwöhnisch.

»Das, was sie immer nehmen.« Müde wandte sich Helmbusch ab. Dieses ewige Misstrauen zermürbte.

»Übrigens, das nächste Mal sprechen sie mit Heinrichs. Das ist immerhin ihr Job. Ich vertrödele meine Zeit nicht mit Subalternen.«

Sie begegnete dem stechenden Blick und nickte. »Natürlich, Dr. Forster.« Sie musste ihn in der Öffentlichkeit transportieren. Und wenn er sich dadurch besser fühlte, auf anderen herumzuhacken, sollte es ihr recht sein. Persönliche Gefühle konnte sie sich dabei nicht leisten.

»Was ist das für ein Raum?« Er überspielte die Nachwirkungen des Schocks mit Konversation.

»Hier warten sonst Schauspieler auf ihren Auftritt.«

»Hm.« Er befühlte seine nasse Weste und hielt sich die geröteten Finger unter die Nase, dann zog er an der Zigarette, bis sie hell aufglühte. »Was meinen sie, ist das Schweineblut?«

»Keine Ahnung, Herr Bundeskanzler. Heinrichs?«

Der grauhaarige Koloss blieb an der Tür stehen. »Das ist kein Blut, nur Farbe.«

»Woher wollen sie das wissen, Mann, wenn sie nicht daran riechen?« bellte Forster in seine Richtung.

Heinrichs hätte fast erwidert, dass er im Gegensatz zu diesem arroganten Arschloch schon oft Blut gesehen hatte, als die Türklinke unter seiner Hand heruntergedrückt wurde.

Ein anderer Referent blickte herein. »Die Pressemeute läuft bald Amok. Das Fernsehen berichtet von einem Attentat und drei Sender schalten live.«

Helmbusch schaute ihren Chef abwägend an. War er bereits so weit?

Forster ignorierte ihr Kopfschütteln, nahm noch einen tiefen Zug und schnippte dann die glühende Zigarette auf das Linoleum. »Gut.« Mit einem Satz stand er auf den Füßen.

Er war groß, an die einsneunzig, allerdings längst nicht so massig wie der Leiter der Sicherheit. Seine schlanke Statur zu erhalten, das gehörte zu seinem Beruf, sagte er immer und bekämpfte deshalb konsequent die Expansionsversuche seines Bauches. Sportlich wirkte er jedoch nicht, dafür trug er die Maßanzüge viel zu selbstverständlich. Die Kameras liebten auch eher sein Gesicht: Zerknitterte Züge und eine strenge, leicht gebogene Nase, graue Augen unter silberbuschigen Augenbrauen, die jetzt entschlossen in die Runde blickten, um jeden davon zu überzeugen, dass er wieder auf der Brücke stand. Mit tiefen Falten, früh ergrauten Haaren und großen, klobigen Händen erinnerte er an einen ehrbar gealterten Kohlekumpel, der er nie gewesen war. Er sah nicht wirklich gut aus, wirkte aber kraftvoll und vital. Die dick aufgetragene proletarische Rechtschaffenheit zählte zu seinem größten Kapital. Zumindest war er der Sohn eines Arbeiters, obwohl er dieses Kapitel seines Lebens gerne ignorierte.

»Dann zeigen wir uns mal. Auf geht´s, Genossen.« Er ging zur Tür.

»Warten sie!« Helmbusch hob die Hand. »Herr Bundeskanzler, der Anzug zum Wechseln dürfte in wenigen Augenblicken gebracht werden ...«

»Unsinn. Meinen sie wirklich, ich lasse mir eine solche Chance entgehen?«

Er betrat den Saal und grüßte die applaudierenden Menschen. Langsam, mit einem bescheidenen, dankbaren Lächeln lief Forster zum Rednerpult. Einfach ein Naturtalent, dachte seine persönliche Referentin, bevor sie sich den nach Nachrichten hechelnden Journalisten widmete.

»Danke, meine Damen und Herren.« Mit zwei, drei Gesten brachte er die Menge dazu, sich zu setzen. »Es ist«, ein längerer Blick in die Ferne, »nichts passiert. Keine Sorge.« Wieder eine Pause, von erleichterten Stimmen aus dem Publikum gefüllt. »Nur ein paar Wirrköpfe, die ihre Ziele mit hässlichen Methoden verfolgen.« Er wies auf seine Kleidung. »Leider ist der Anzug hin, aber wie sie vielleicht wissen, soll der Etat des Bundeskanzleramts ohnehin ein wenig aufgestockt werden. Sogar die Opposition mag wohl nun nichts mehr ernsthaft dagegen vorbringen.«

Die Menschen lachten, zufrieden mit seiner Vorstellung.

»Also, lassen sie sich diesen großartigen Tag nicht verderben. Es geht immer noch um den Geburtstag ihrer Firma. Und sobald TWB das nächste Fest feiert, erinnert sich an diese Episode bestimmt kaum jemand. Vielen Dank.« Er lächelte in die Kameras und trat einen Schritt zurück. Der Wurf des Kurden war mit Gold nicht aufzuwiegen. Obwohl er sonst nur als der große Blender galt, scharte sich nun die verunsicherte Herde um das Alphatier. Dafür genügte schon ein bisschen Farbe. Eigentlich sollte er der PKK einen Dankesbrief schicken ...

Jürgen Thorwald, der Vorstandschef, war bereits während seiner letzten Worte aufgestanden, reichte ihm nun die Hand und stellte sich hinter das Mikrofon. Klein, dick und rothaarig ähnelte er mit seiner überbordenden Energie, die ihm aus jeder Pore zu platzen schien, an einen herumsausenden Kugelblitz.

»Meine Damen und Herren, der Vorstand von TWB zeigt sich zutiefst erleichtert, dass unserem Ehrengast, dem Bundeskanzler und ehemaligem Mitglied des Aufsichtsrats Herrn Dr. Forster, nichts zugestoßen ist. Ferner gilt es ihnen zu danken für die ...«

Wie immer wurde er ungeduldig, solange andere sprachen. Sacht klopfte er mit dem rechten Schuh gegen die Innenseite des Pultes. Hatte der Vorstandschef die Geste registriert? Forster räusperte sich, doch der Andere redete weiter. Schließlich warf er seiner Referentin einen Hilfe suchenden Blick zu. Helmbusch löste sich sogleich von den Presseleuten und kam nach vorne.

Als Thorwald ihr verhaltenes Winken bemerkte, lächelte er kurz und geringschätzig. Immerhin kam er zum Ende: »Ich danke ihnen für ihr Erscheinen, Herr Bundeskanzler.« Er klatschte, bis die Leute einstimmten, wandte sich um und drückte erneut Forsters Hand. Mit der Linken umfasste er den Oberarm des Kanzlers, was nicht nur Heinrichs, den Sicherheitschef, etwas irritierte. Eine solche Geste stand vielleicht dem Bundespräsidenten zu oder noch engen Parteifreunden, aber ganz sicher keinem Konzernchef.

— — —

Mindestens zehn Übertragungswagen und unzählige Kameraleute, Beleuchter, Fotografen und Schaulustige belagerten die Parteizentrale, warteten in der Kälte auf ihn. Und all das, schmunzelte Forster, wegen ein bisschen Farbe am falschen Platz. Wieder einmal wunderte er sich darüber, in welch krassem Missverhältnis das Interesse der Menschen und Medien an seiner Person zu deren wirklicher Bedeutung stand. War die Politik nicht längst von der Wirtschaft überrundet worden? Sogar gewählte Diktatoren wie der britische Premierminister moderierten doch nur noch zwischen diversen Interessengruppen und sorgten dafür, dass kein Sand ins Getriebe der Marktkräfte kam. Dagegen wirkte seine sogenannte Richtlinienkompetenz besonders kümmerlich. Vergessen sollte man auch nicht den bis auf wenige Prozente durch Verträge, Gesetze und Urteile fixierten Staatshaushalt! Wenn wahre Macht vor allem darauf beruhte, wie viel Geld man in freier Entscheidung flexibel verwenden durfte, schien ihm jeder Vorstandschef einer großen Bank voraus. Und trotzdem ärgerten sich die Leute darüber, dass es so unendlich mühsam war, dieses Land zu verändern! Gleichwohl schauten sie zum Kanzler auf, wollten glauben, dass der Leitwolf, den sie in ihm suchten, tatsächlich Berge versetzen konnte. Und – das war sein Kapital – diese Meinung bedeutete auch Macht. Natürlich keine, die man mit Händen zu greifen vermochte. Es funktionierte eher wie an der Börse: Solange die Menschen glaubten, dass er etwas erreichen würde, war es möglich. Dafür hatte er noch mindestens sieben Jahre, wenn er mit seiner Prognose richtig lag, und die nächste Wahl bereits gewonnen war. In dieser Zeit wollte er das Land aus dem Schlummer reißen, in den es während der Jahrzehnte reiner Verwaltung und Wohlstandsanhäufung gefallen war. Es konnte gelingen. Nur seine Eitelkeit musste er begrenzen, durfte sie nicht überborden lassen angesichts zahlloser Schleimer und Speichellecker. Eitle Typen standen sich selbst im Weg. Das hatte er immer gewusst und sich deshalb schon früh mit einer extragroßen Portion Ironie gegen jeden derartigen Anflug gewappnet.

Der von sechs Polizisten auf Motorrädern bewachte Konvoi verlangsamte und fuhr die letzten Meter wie ein Eisbrecher im Schritttempo durch die Menge der Journalisten und Gaffer, die vergeblich versuchten, hinter den abgedunkelten Scheiben etwas zu erspähen. Nunmehr umgezogen wartete Richard Forster darauf, dass ihm ein Personenschützer die Tür öffnete. Auf die anstehende Sitzung des Parteirats freute er sich, fieberte ihr sogar entgegen. In einer Stunde würde eine neue Ära beginnen. Die Zeit der Inkompetenz, der vielen Anfängerfehler seiner Regierung, der ziellosen Hektik und des stetigen Gerangels um die Macht war mit Rommelskirchens Rücktritt endlich vorbei. Jetzt gab er den Platzhirschen und das musste auch der letzte Wadenbeißer akzeptieren.

Das Schild, das den Raum als ›kleiner Konferenzsaal‹ auswies und Unbefugten den Zutritt untersagte, schien in seiner Schlichtheit ein gelungenes Beispiel ungeplanten Understatements. Tatsächlich saßen sie im Allerheiligsten der Partei. Seit Jahrzehnten gaben diese Wände den Rahmen für die wirklich wichtigen Beschlüsse. Sicher bereitete man Strategien, Ränke und Personalentscheidungen in intimerer Runde vor, heute zumeist sogar nur noch am Telefon. Aber vollzogen und umgesetzt wurden diese Entscheidungen vorzugsweise weiterhin an diesem Ort. Viele wussten, dass die Parteitage bloß die Macht der jeweiligen Führung spiegelten. Doch nur wenige ahnten, in welch kleinen, informellen Kreisen diese Macht tatsächlich entstand, geboren wurde oder starb. So waren alle Kanzlerkandidaten, Partei- und Fraktionsvorsitzenden, Minister und Generalsekretäre der alten Dame SPD in diesem Saal aufs Schild gehoben worden. Und hier hatten auch die meisten Verlierer ihre Niederlage eingestehen müssen. Natürlich fanden die Sitzungen unter strengstem Ausschluss der Öffentlichkeit statt. Dennoch konnte man sicher sein, dass alles, was in diesem Raum laut gesprochen wurde, irgendwann in den Zeitungen stand. Der kleine Konferenzsaal atmete Geschichte. Die Tapeten, der Teppich und das Mobiliar – dem Zeitgeschmack angepasst – änderten wenig an dieser Atmosphäre. Geblieben war die Tafel, ein massives, riesiges Relikt aus dem Biedermeier, das in der Kombination mit schwarzen Nappa-Ledersitzen, Tischtelefonen, Laptops und sonstiger Elektronik eindeutig deplatziert wirkte. Es hatte sich wohl einfach niemand getraut, den Tisch zu entsorgen, an dem noch jeder Vorsitzende bisher Platz genommen hatte.

Jetzt war er Parteichef. Und ab heute würde er es auch nicht mehr nur dem Namen nach sein. Wie selbstverständlich ließ sich Forster in den größten Sessel fallen und federte zurück. Durch den Qualm seiner Zigarette beobachtete er die anwesenden Funktionäre und fragte sich, ob er alle Freunde und Feinde begrüßt und zumindest einige Worte mit ihnen gewechselt hatte. Solche banalen Höflichkeiten waren überlebenswichtig. Jeder, der ihm in vermeintlicher Vertrautheit die Hand geben durfte, konnte sich für einen kurzen Moment im Abglanz seiner Macht sonnen. Und jeder, mit dem er redete, hatte wiederum noch mehr Neider. Und jeder, den er nicht grüßte, sehnte sich insgeheim danach oder ließ wenigstens das Messer stecken. Und so weiter. Wie in einer Affenhorde gab es sehr viele Möglichkeiten für das Leittier, sich der Treue seiner Untergebenen zu versichern. In einem Trainings-Video hatte er einmal einen ehemaligen amerikanischen Präsidenten gesehen im Wahlkampf, einen perfekten Kommunikator. Das virtuose Spiel mit Erwartungen und Hoffnungen der Menschen hatte ihn tief beeindruckt. Ein knappes Nicken für den Intellektuellen, eine Umarmung für die sechsfache Urgroßmutter und ein fester Händedruck für den Angestellten – was eine simple Geste ausdrücken konnte, hatte ihn fasziniert. Und heute gab es solche Videos auch von ihm.

Lukas Schmidbauer aus NRW – der clevere Dick –, Thomas Sattler aus Niedersachsen – der schmächtige Doof – und sein Nachfolger Udo Hoyer aus Rheinland-Pfalz – die wichtigsten SPD-Ministerpräsidenten saßen zu seiner Rechten, arbeiteten noch Akten durch oder sprachen in ihre Handys. Felix Schulz, Verteidigungsminister und stellvertretender Parteivorsitzender, saß links und blies den Rauch seiner unverschämt teuren Zigarre genüsslich zur Tischmitte. Dann beugte er sich zu Forsters treustem, fest an der Spitze der Bundestagsfraktion verankerten Weggefährten und erzählte ihm offensichtlich etwas Lustiges. Zumindest fühlte sich Rüdiger Zabelprinz bemüßigt, laut zu lachen.

Die beiden Sessel ihm gegenüber waren leer, und einer von ihnen würde es bleiben. Forster verwaltete Rommelskirchens Finanzressort so lange selbst, bis sich die Partei beruhigt hatte. Diese Entscheidung war ihm nicht leicht gefallen, da sie all diejenigen Parteifürsten gegen ihn aufbrachte, die nicht noch mehr Macht in seinen Händen wünschten. Aber er sollte auch das überleben. Der andere leere Sessel stellte das eigentliche Problem dar: Was bildete sich Kaiser bloß ein, dass er gerade heute zu spät kam? Ahnte der Generalsekretär etwas? Höchstens instinktiv, denn Forster hatte nur Meyer, seinem engsten Vertrauten und Berater, der an der Wand hinter ihm saß, seine eigene, persönliche Agenda mitgeteilt.

Die offizielle Tagesordnung lag vor ihm auf dem Tisch. Das Papier kündigte ein langweiliges Referat über die Bundesratsinitiative der Opposition zur doppelten Staatsbürgerschaft an, wie immer eitel vorgetragen von Sattler, dem derzeitigen Bundesratspräsidenten. Anschließend sollte Kaiser von der Planung und Finanzierung der anstehenden Wahlkämpfe in Hamburg und Baden-Württemberg berichten und auf die gegenwärtige Spendenlage der Partei eingehen. Wusste er, dass er diese Vorträge nie halten würde?

Forster wandte sich zu Meyer um. »Wo bleibt Kaiser?«, fragte er leise.

»Steckt im Stau, Herr Bundeskanzler. Voraussichtliche Ankunft in 20 Minuten,« antwortete der kleine Mann mit unschönem Doppelkinn und dem Gesicht, das stets an einen Fisch erinnerte.

Forsters Berater sprach immer wie ein Automat. Wahrscheinlich wollte er damit seriös, berechenbar und präzise wirken. Tatsächlich beging er auch nur sehr selten Fehler. Sie arbeiteten jetzt seit neun Jahren zusammen und es gab niemanden, der mehr über seine Pläne und seine Vergangenheit wusste. Meyer hatte nie ein öffentliches Amt bekleidet und wurde direkt von Forster bezahlt, was ihn in einer ungewöhnlichen, aber beiden nur angemessen erscheinenden Abhängigkeit hielt. Mit Tina Helmbusch, der offiziellen persönlichen Referentin, lag Meyer in einem immerwährenden Kleinkrieg um sein Ohr, ein Umstand, der Forster ungemein beruhigte. Nur allzu gut kannte er die Geschichten von der gefährlichen Macht früherer Kanzlerberater. Von ihm sollte kein Strippenzieher diese Chance bekommen.

Obwohl sich Meyer in seiner Einschätzung der Machtverhältnisse und Stimmungen wirklich sehr selten irrte, hätte doch einer seiner wenigen Fehler Forster fast alles gekostet. Vor sechseinhalb Jahren, nach Sondierung der wesentlichen Parteigremien und unzähliger Telefonate hatte er ihm geraten, gegen Rommelskirchen anzutreten. Die Partei würde ihn als Kanzlerkandidaten akzeptieren. Aber das tat sie nicht. Meyer hatte die

Macht des sogenannten Landrechts unterschätzt, ein unausgesprochener, nichtsdestoweniger allgemein verbindlicher Kodex, der genau festlegte, was man unter Parteifreunden und insbesondere gegenüber dem Vorsitzenden tun durfte – oder besser unterlassen sollte. Und eine Regel besagte nun einmal, dass die Kanzlerkandidatur immer zunächst Sache des Parteichefs war. Erst wenn dieser verzichtete, konnten andere Genossen aus dem Glied hervortreten.

Natürlich hatten sie das Risiko gekannt und dennoch hatte ihn Meyer mit seiner Einschätzung überzeugt. Auf seinen Rat hin hatte er seine Ambitionen vor dem amtierenden Vorsitzenden verkündet, in den Augen gestandener Sozialdemokraten ein unverzeihlicher Fauxpas. Aber letztlich hatte Meyer keine Schuld getroffen. Nein, sein eigener Ehrgeiz hatte ihn daran gehindert, das Messer zu sehen, in das er gerannt war. Mit einer einzigen unseligen Pressekonferenz waren alle Strategien, Wünsche und Hoffnungen hinfällig gewesen. Und für die SPD hatte er danach nur noch als der Ehrgeizling aus der Pfalz gegolten, der auf jede Disziplin pfiff. Zwar hatte man in diesen Wochen auch Kommentare lesen können, in denen über das Alter des Vorsitzenden räsoniert und die Unbeweglichkeit der alten Dame beklagt wurde, die gute Leute in ihrem Fortkommen hindere, nur besaßen Pressevertreter kein Stimmrecht im Vorstand. Rommelskirchen hatte natürlich reagiert. Und seine Entscheidung, den Kanzlerkandidaten nicht vom Präsidium, sondern zum ersten Mal von normalen Mitgliedern wählen zu lassen, hatte die Partei von seiner Integrität überzeugt. Ein genialer Schachzug, denn Forster hatte sich nicht einmal kleinlaut zurückziehen können, ohne den letzten Rest seines Ansehens einzubüßen. Und dann hatte sich auf Rommelskirchens Zureden auch noch Helga Olpig aufstellen lassen. Die Kandidatur der bei Forsters Linken renommierten Quotenfrau, die gerne die alten Sponti-Sprüche klopfte, hatte sein Stimmenpotenzial drastisch reduziert. Nur einen Wahlgang einzuplanen, keine Stichwahl, sondern die einfache Mehrheit über den Sieg entscheiden zu lassen, war ebenfalls auf Rommelskirchens Mist gewachsen. Ja, der müde, vermeintlich schwächelnde Parteichef hatte schnell, brillant und konsequent auf die dilettantische Herausforderung reagiert und gleich drei Nägel in seinen Sarg geschlagen. Mit lächerlichen einundzwanzig Prozent hatte Forster nicht einmal die absolute Mehrheit des Vorsitzenden verhindern können. So war aus einer bitteren Niederlage, die ein respektables Ergebnis vorausgesetzt hätte, eine Hinrichtung geworden. Man hatte ihn gemieden und die über Jahrzehnte sorgfältig aufgebaute und gepflegte Hausmacht war an diesem Tag zerbrochen. Natürlich hatte er dem Sieger gratuliert und Hilfe angeboten, eine leere Geste, denn beide wussten, dass er in der Ära Rommelskirchen keine zweite Chance bekommen würde. In hohem Bogen war er aus der Bundespolitik ins pfälzische Exil katapultiert worden. In Mainz hatte er anschließend seine Wunden geleckt, die begangenen Fehler analysiert – und gelernt.

Heute gab es die öffentliche Person Rommelskirchen nicht mehr. Er hatte ihn abgeschossen. Und nun würde er endlich die letzten Reste der Macht dieses Widerlings beseitigen, eine Macht, die er während des gesamten ersten Kanzlerjahres gespürt hatte. Schon als der Alte ihm damals vor laufender Kamera zum Wahlsieg gratuliert, ihn seinen politischen Ziehsohn genannt hatte, war das gefrorene Lächeln einer Warnung gleichgekommen. Tatsächlich hatte wenig, fast nichts in diesem Jahr geklappt. Nach außen hin hatte Rommelskirchen natürlich kein Blatt Papier zwischen sie kommen lassen. Doch alles, was aus dem Kanzleramt gekommen war, hatte er hinter den Kulissen blockiert. Im Vergleich mit der Macht eines Parteivorsitzenden, der zugleich das Finanzministerium leitete, ähnelte die Richtlinienkompetenz des Kanzlers eben einem bunten Luftballon. Wahrscheinlich hielten altkluge, langhaarige Studenten bereits Referate in überfüllten Politologie-Seminaren über die Frage, weshalb er ihn überhaupt ins Kabinett berufen hatte. Ja, er hatte gewusst, dass der Parteichef sich nicht fügen würde. Doch ohne Rommelskirchens Bataillone hätte er schon im Wahlkampf die lebenswichtige Unterstützung der rechten Kreise in der Partei verloren. Er hatte einfach nicht gegen ihn Kanzler werden können. Und so war es gekommen, wie es hatte kommen müssen. Nach wenigen Wochen waren Euphorie und Aufbruchstimmung verflogen, bis sich die Journaille enttäuscht vom strahlenden Wahlsieger abgewandt hatte. Kübel voller Jauche waren über ihn, den einstigen Medienliebling ausgeschüttet worden. Stümperhaft, ziellos, unvorbereitet, chaotisch – die Presse hatte kein gutes Haar an seiner Regierung gelassen. Zunächst hatte der Stab noch den kleineren, im Regieren unerfahrenen Koalitionspartner in die Schusslinie gerückt. Dezente Hinweise hatten insbesondere den intriganten Chefs diverser Länderfraktionen die Schuld an der ganzen Unordnung gegeben, doch hatte ihnen das letztlich niemand abgenommen. Immerhin war er der Kanzler und damit verantwortlich. In Rommelskirchens Netz gefangen hatte er sich nicht einmal wehren können. Jede Kritik am Parteichef und Finanzminister wäre ihm sofort als weiterer Beweis mangelnder Autorität ausgelegt worden. Dann allerdings hatte der Alte einen Fehler begangen. Rommelskirchen hatte seine Absichten zu einer umfassenden Steuerreform veröffentlicht, ohne deren Inhalt, der den offiziellen Plänen zum Teil diametral entgegen lief, mit ihm abzusprechen. Anscheinend hatte er geglaubt, bereits auf der sicheren Seite zu sein. Tatsächlich hätte er nur abwarten müssen, bis die Forderungen nach Auswechslung des Kanzlers nicht mehr zu ignorieren gewesen wären. Anschließend hätte er als der erfahrene, unbelastete Nachfolger einen Neuanfang beginnen können. Aber das hatte ihm nicht gereicht. Er hatte auch als Etatchef Spuren hinterlassen, vor dem chaotischen Hintergrund mit einer fundierten Steuerreform glänzen wollen.

Die Erinnerung ließ Forster lächeln. Solche Chancen bekommt man selten, vor allem, wenn man vor dem Abgrund steht.

Natürlich hatte er die Steilvorlage genutzt und Rommelskirchens Alleingang als Teil einer langen Kette von Fehlleistungen und Intrigen des Finanzministers dargestellt. Und plötzlich hatte der Alte als Sündenbock gegolten, alleine verantwortlich für all die Pannen der Regierung. Forster könne ja, falls man ihn nur ließe, so hatten die Blätter geschrieben. Doch mit einem machtgierigen Parteivorsitzenden in seinem Kabinett wären dem Kanzler die Hände gebunden. Die Botschaft war angekommen, seine Werte in den Umfragen waren endlich wieder gestiegen, die der Koalition allerdings weiter gefallen, denn Rommelskirchen hatte nicht aufgegeben. Erneut hatten die Pressekommentare nach personellen Konsequenzen, manche schon nach einem neuen Kanzler verlangt. So war es ein sehr langes Jahr geworden und an seinem Ende musste der Kampf entschieden werden – Showdown. Sie beide hatten auf eine Blöße des anderen gewartet, Intrigen gesponnen, Fallen aufgestellt und Rommelskirchen hatte zuerst die Nerven verloren. Das war die ganze Geschichte.

Der Generalsekretär ließ immer noch auf sich warten.

»Mein Gott, wo bleibt Kaiser denn?« Thomas Sattler, der hagere niedersächsische Ministerpräsident, klappte den Ordner zu und legte seinen Füller auf den Tisch, exakt parallel zur rechten Kante der grünen Schreibunterlage.

Forster zündete sich eine weitere Zigarette an. Sattler war ein eitler Knochen, doch in seiner Eitelkeit auch berechenbar und deshalb ungefährlich. Dieser Gockel, amüsierte er sich, bildet sich bestimmt etwas darauf ein, dass er als Bundesratspräsident nach der Etikette über ihm stand. »Wir beginnen jetzt.« Er nickte entschlossen in Richtung von Zabelprinz. »Kaiser kann sich später informieren.«

»Schön.« Sattler warf sich in Positur und setzte seine Lesebrille auf. »Wir wollen zunächst die Fakten darlegen.« Er berichtete von dem sehr unterschiedlichen Echo, das die Koalitionspläne zur doppelten Staatsbürgerschaft in den Medien hervorriefen. Insbesondere die katholisch-konservative Öffentlichkeit, doch auch die bodenständigen Teile ihrer eigenen Klientel reagierten irritiert auf den Vorstoß der Regierung.

Forster unterdrückte ein Gähnen. Dass die Opposition nun versuchte aus der Verunsicherung Kapital zu schlagen, schien selbstverständlich. Sattlers aufgesetzte Besorgnis, die aus dem anschließenden Monolog über die polarisierenden fremdenfeindlichen Parolen ihrer politischen Gegner sprach, grenzte deshalb an Heuchelei. Aber das war nicht neu. Er musste nur daran denken, wie engagiert und unentwegt Sattler für benachteiligte Schichten eintrat, obwohl er als Champagnersozialist nie einen Finger gekrümmt hatte. »Alles klar, Thomas,« unterbrach er gelangweilt, »Populismus findet sich wohl überall. Wie reagieren wir?«

Sattler schien pikiert, er hätte wahrscheinlich noch eine halbe Stunde länger reden können. Sein fleischiges, vernarbtes Gesicht arbeitete, deutete eine gewisse Ratlosigkeit an. Strategie war nicht seine Sache, hatte ihm nie gelegen. Er war zum Repräsentieren und Moderieren geboren, alles andere betrachtete er als unter seiner Würde.

Man konnte sich nur wundern, dachte Forster, wie solche Pfauen es doch immer wieder in Führungspositionen schafften. Auch wegen dieses offenkundigen Mangels an Weitsicht hatte er bewusst nicht Sattler gefragt, sondern Zabelprinz zugenickt. Wie so oft hatte er sich mit dem schlaksigen Fraktionschef abgesprochen. Er war ein alter Freund, den er schon bei der Bundeswehr kennengelernt hatte. In der brutalen Konsequenz, mit der er seinen Körper fit hielt – er joggte jeden verdammten Tag zehn Kilometer –, hätte er alle zur Verzweiflung gebracht, die mit ihren Pfunden kämpften, wenn seine hastigen abgehackten Bewegungen nicht an einen Hampelmann erinnert hätten.

»Ich denke,« sagte Zabelprinz, »wir sollten Plakate schalten von Negern oder besser Negerkindern mit der Frage: ›Warum dürfen sie nicht Deutsche sein, Herr Hofer? Etwa wegen ihrer Hautfarbe?‹«

»Nicht schlecht, Rüdiger.« Forster überlegte. Dem christdemokratischen Parteichef rassistische Ansichten vorzuwerfen, war noch keine hinreichende Taktik. Aber das wusste Zabelprinz natürlich. Es ging bloß darum, die anderen, vor allem Felix Schulz, den Verteidigungsminister, mit ins Boot zu holen.

Und dieser nutzte die vermeintliche Gelegenheit sofort. »Ist das nicht übertrieben?« Die nasale, leise Stimme klang nachdenklich. »Glauben die Leute, dass die Konservativen tatsächlich fremdenfeindliches Gedankengut pflegen? Und selbst wenn: Was bedeutet das für die Umfragen?« Er streifte die Asche seiner Zigarre auf eine Weise ab, die an den großen verstorbenen Fraktionsvorsitzenden der alten Generation erinnerte.

Weitere zwanzig Kilo auf den Rippen, belustigte sich Forster, und er sieht auch genauso aus.

»Wir liegen unter dreißig Prozent,« fuhr Schulz fort, »ich bezweifle, dass eine Rassismus-Kampagne etwas einbringt, nach all dem ...«

Ja, er war gut. Der Seitenhieb galt ihm und musste zunächst ungerächt bleiben. Im Gegensatz zu Sattler dachte Schulz konzeptionell, und mit mehr Glück und Durchsetzungskraft hätte er sogar Kanzler werden können. Sicher wollte er das immer noch, blieb aber isoliert und kalkulierbar. Er ahnte nicht einmal, dass er ihm den Ball direkt vor die Füße gespielt hatte.

»Ich stimme zu.«

Bis auf Zabelprinz und wahrscheinlich Meyer, den er nicht sehen konnte, schauten ihn alle Anwesenden verwundert an. Es geschah nicht oft, dass er dem Verteidigungsminister recht gab.

»Ich denke, wir sollten das Gesetz aktiv erklären. Natürlich attackieren wir die Schwarzen. Doch wir müssen ebenfalls zeigen, dass unsere Politik sachliche Vorteile bringt. Die Leute wollen ja nicht nur nicht rassistisch sein, sondern überzeugt werden. Also, Vorschläge bitte!« Es fühlte sich stets wie ein kleiner Triumph an, wenn er gestandene Parteisoldaten um den Finger wickelte. Schulz, der Einzige in der Runde, der eine

Gegenposition hätte beziehen können, hatte ihm bereits beigepflichtet. Der Zug stand auf den Gleisen.

Der Verteidigungsminister machte das Beste daraus und zeigte seine starke, kreative Seite. »Welche Fakten sollen wir transportieren? Ich meine, ...« Irritiert blickte er auf, als Kaiser eintrat und sich wortreich entschuldigte.

Forster winkte ab. »Schön, dass wir nun vollzählig sind. Felix, würdest du die Kampagne den festgelegten Zielen entsprechend bis morgen entwerfen? Danke. Du kannst mir telefonisch berichten.«

Eingeschnappt legte Schulz die Brille zur Seite. War das die Vergeltung für seine unüberlegte Spitze? Er sollte sich besser im Griff behalten, auch wenn ihn dieser sogenannte Bundeskanzler und seine Lakaien anwiderten. Falls er sich nicht zurücknahm, konnte er der Hardthöhe bald Ade sagen. Forsters Macht nahm immer noch zu, also musste er aufpassen und durfte keine neuen Fronten errichten. Seine Zeit der Abrechnung würde kommen, dessen war er sicher. Forster misstraute ihm, und das zu Recht. Jede einigermaßen aussichtsreiche Chance würde er nutzen, um diesen Kretin loszuwerden. Das schuldete er dem Land und natürlich seinen persönlichen Ambitionen. Allerdings schien er jetzt erst einmal abgefertigt, das Thema beendet. Und eine Nachtschicht stand an ...

Forster wandte sich mit einem Lächeln an den noch stehenden Generalsekretär. »Georg, mein Freund, setz´ dich doch bitte. Wir haben schon angefangen, aber du hast nichts Gravierendes verpasst.« Lässig wies er auf einen der beiden freien Sessel.

Der unscheinbare Udo Hoyer, Forsters Nachfolger in Rheinland-Pfalz, ein typischer Verwaltungsmann, mittelgroß, grauhaarig, ohne Ecken und Kanten, funktional, egal, wo man ihn hinstellte, machte einen für seine Verhältnisse guten Witz, als Kaiser an ihm vorüberging: »Und, passte bei dir das Gravierende wieder?«

Während der Generalsekretär das Gesicht verzog, erfüllte lautes Lachen den Raum. Hoyer spielte auf den

Umstand an, dass in einem großen Massenblatt am Tag zuvor unter der Überschrift: ›An der Nase des Mannes erkennt man ...‹, die Länge von Kaisers entsprechendem Körperteil erörtert worden war. Das ebenfalls dort platzierte Foto hatte Kaisers zerboxte Nase gezeigt, die sogar den Vergleich mit Karl Maldens Kolben nicht scheuen musste.

Nachdem er die schadenfrohe Runde umkreist hatte, ließ sich der Generalsekretär in einen Sessel fallen, knallte einen Ordner auf den Tisch und streckte in demonstrativer Gelassenheit die Beine aus.

Er spielt, dachte Forster, er spielt immer. Nie hatte sich Kaiser festnageln lassen, war stets ein Chamäleon geblieben. Jeder erblickte in dem blonden, dicken Mann, der mit seinen vierunddreißig Jahren eigentlich viel zu jung für seinen Job schien, etwas anderes: Manche bewunderten den begnadeten Entertainer, Naive respektierten den intellektuellen Arbeitersohn und Hoffnungsträger, Unwissende schätzten in ihm eine ehrliche Haut. Forster sah hingegen einen Menschen, auf den er nicht mehr setzen durfte. Es lag nicht daran, dass Kaiser von Rommelskirchen zum Geschäftsführer der Partei berufen worden war. Das war lange Zeit sogar von Vorteil gewesen, denn so hatte Forster den Aufstieg des sogenannten ›jungen Wilden‹ unauffällig fördern können. Selbstredend hatte er gewusst, wie gefährlich eine Verbindung zu einem unzuverlässigen Mann war, der die Karriereleiter zum Teil recht ungeschickt hochtaumelte. Doch ein Maulwurf unter Rommelskirchens Vertrauten konnte ihm damals vielleicht das Überleben sichern, also ging er das Risiko ein. Kaiser erwies sich letztlich auch als dankbar – und als sprudelnde Quelle interessanter Informationen über die innere Parteiführung. Dieses Wissen hatte in der letzten Auseinandersetzung mit Rommelskirchen schließlich den Ausschlag gegeben. Forster hatte schon im Vorhinein von den Steuerplänen des Finanzministers erfahren und dann, als sein Gegner an die Öffentlichkeit getreten war, sehr schnell reagieren können. Aber jetzt war er der Parteichef und brauchte einen anderen Generalsekretär, einen Mann ohne eigene Ambitionen, auf den er sich verlassen konnte. Das Chamäleon schien dagegen überflüssig.

Behäbig und schwerfällig auf seinem Sessel hängend, schweifte Kaisers Blick in die Runde und blieb bei Forster hängen. Er schmunzelte. ›Na, was willst du?‹, fragten die Augen.

Er spielt schon wieder, dachte der Kanzler.

Meyer verschwendete keine Zeit. Der Berater stand hinter ihm auf, umrundete den Tisch und trat neben den Parteimanager. Er murmelte etwas wie ›dringend‹ und gab ihm einen zusammengefalteten Zettel.

Kaiser las die Nachricht, dann verloren seine Züge alle Farbe.

Betont langsam drückte Forster die Zigarette aus, räusperte sich und legte echte Verbundenheit in seine Stimme. »Georg, ich bin sehr traurig. Ich hoffte, du willst weiter im Team spielen. Okay, das Angebot von Ruhr-Stahl ist verlockend, insbesondere die finanzielle Komponente. Aber, dass du gerade jetzt aus dem Boot springst, verstehe ich nicht.«

Kaiser hatte ungläubig auf das Papier gestarrt, nun blickte er ihn an. Sein Mund zuckte, rasch schloss sich das rechte Auge an.

Vielleicht morst er etwas, dachte Forster belustigt. Der Mann schien tatsächlich überrascht. Schon für diese lächerliche Naivität hätte er ihn gefeuert.

»Wie kommst du dazu, Richard, ...« Die Stimme hatte jede Sicherheit eingebüßt.

»Ich habe damit nichts zu tun, Georg. Ich kann nur reagieren. Du hast das Angebot angenommen, bist Herr deiner Entscheidungen. Ich finde das sehr schade. Vor allem deshalb, weil du nie das Gespräch gesucht hast. Aber bitte! Wenn du es so willst ...« Er zuckte mit den Schultern. »Ich bin allerdings ebenfalls Herr meiner Entscheidungen, und ich denke, dass du aufgrund der Sachlage den Raum verlassen solltest.« Er erhob sich und ging um den Tisch herum.

Alle, bis auf Zabelprinz, der sich den Bart zwirbelte, saßen wie gelähmt auf ihren Sesseln.

»Georg, ich möchte dir Dank sagen für deine geleistete Arbeit und Glück wünschen für dein neues Betätigungsfeld. Ruhr-Stahl soll ja große Pläne schmieden.« Er stand neben Kaiser und blickte ihm in die Augen, in denen er Unverständnis und Angst, vielleicht schon Hass entdecken konnte.

Kaiser blieb sitzen und wandte sich Hilfe suchend an Felix Schulz, der sich mittlerweile wieder gefasst zu haben schien und Forster lauernd fixierte.

»Georg, willst du mir nicht die Hand schütteln?« Forsters Stimme klang laut und fordernd.

»Ich ...« Kaiser hustete kurz. »Ich kann es nicht fassen. Warum ...«

Er unterbrach ihn brutal: »Georg, lies den Zettel noch einmal, insbesondere den letzten Satz. JETZT!«

Der geschasste Generalsekretär fiel sichtlich in sich zusammen und gehorchte. Wenige Augenblicke später entzündete er ein Streichholz, hielt es an das Papier und warf den brennenden Fetzen in einen Aschenbecher, wo er schnell verglühte. Dann stand er auf, drückte Forsters Hand, ohne ihn anzusehen, nuschelte ein Abschiedswort in die Runde und verließ den Raum wie ein getretener Hund.

– – –

Die übrigen Punkte der Tagesordnung mussten angesichts des Rücktritts des Vortragenden entfallen. Die Anwesenden verließen den Konferenzsaal, alle außer Zabelprinz und Meyer sprachlos und überrumpelt, sehr wohl wissend, dass weitere Nachfragen nicht erwünscht waren. Tina Helmbusch hatte bereits zwei Journalisten informiert, und die Abendnachrichten sollten in wenigen Minuten über den Eklat berichten.

Forster saß auf der Rückbank einer Limousine und entspannte vor dem Fernseher. Sein Tagewerk schien vollbracht, jetzt war er unangefochten, das hatte er deutlich gemacht. Sicher, der plötzliche Rückzug des jungen Generalsekretärs schockierte die Partei. Neben ihm beruhigte Meyer gerade einige besorgte Genossen. Aber da dürfte kein Problem auftauchen. Viele fragten natürlich schon nach dem Nachfolger, doch dessen Bestellung konnte warten. Zumindest so lange, bis das Amt des Geschäftsführers den Nimbus der Unverzichtbarkeit verloren hatte. Tatsächlich hatte er auch noch gar keinen geeigneten Kandidaten in der Hinterhand. Einen gestandenen, etablierten Parteisoldaten nahm er jedenfalls nicht. Warum sollte er ohne Not die Hausmacht eines potenziellen Konkurrenten erhöhen? Wer kam also infrage? Wahrscheinlich irgendeinen Hinterbänkler, dem diese Chance wie ein Lottogewinn erscheinen musste und der sich deshalb zufrieden in die vollständige Abhängigkeit zum Kanzleramt fügte. Den Medien könnte man eine solche Entscheidung mit den neuen Ideen eines unverbrauchten Gesichtes verkaufen.

Es kam sogar als erste Nachricht. Eine Journalistin, offensichtlich etwas überfordert, stotterte vor der Parteizentrale ihren zusammengebastelten Bericht über Kaisers überraschenden Amtsverzicht in die Kamera. Anschließend folgte ein Kommentar des Chefredakteurs, der sich mit den Verflechtungen zwischen Politik und Industrie beschäftigte.

»Schulz gibt ein Interview,« raunte Meyer von links, während er die Muschel eines Telefonhörers umklammerte. Er drückte die Fernbedienung, und schon erschien der Minister auf dem Bildschirm. Vor der Fassade des Verteidigungsministeriums stieg er aus dem Wagen und lief mehreren Presseleuten in die Arme.

Die hat er sicher dorthinbestellt, dachte Forster wütend. Dieser Schweinehund kann einfach nicht den Mund halten.

»Herr Minister, überraschte sie der Rücktritt des Generalsekretärs?«

Schulz sah dem Fragenden mit ernster Miene in die Augen und blickte dann direkt in die Kamera. Offensichtlich hatte er ein Statement vorbereitet. »Nicht der Amtsverzicht selbst, vielmehr die Art und Weise, wie es zu ihm kam.«

»Arschloch!«, brummte Meyer.

»Können sie das näher erläutern?«

»Das könnte ich, möchte es aber nicht. Nur soviel: Es war nicht der erste unfreiwillige Rücktritt. Ein weiteres Beispiel für einen bestimmten Stil, der seit einiger Zeit ...«

Die Fragen überschlugen sich, als die Meute über den Knochen herfiel.

»Ich will nicht mehr sagen. Allerdings fürchte ich um die Zukunft dieser Regierung, wenn wir weiterhin so miteinander umgehen. Auf Wiedersehen.« Ohne sich noch einmal umzudrehen, verschwand er hinter hohen Türen.

Forster schaltete aus. »Versuchen sie ihn ans Telefon zu bekommen, Meyer.«

»Chef, wie ...«

»Still. Ich muss überlegen.«

»Ich sehe hier schon vierzehn Anrufe in der Schleife, was soll ich sagen?«

»Dementieren sie und lassen sie mich in Ruhe.« Schulz war eindeutig mutiger, als er es ihm zugetraut hatte. Aber stimmte das auch? Schulz gab sich eher tollkühn. Und tollkühn konnte jemand, der alles verlieren würde, nur sein, wenn er sich bereits mit seiner Niederlage abgefunden hatte.

Gut zu wissen.

Die Recherche

Charlotte stieg aus dem Auto. Sie räumte Lübeck von vornherein nur geringe Chancen ein, ihr zu gefallen. Von ihrem Deutschlehrer durch die Buddenbrooks geprügelt, hatte sie ihre Abneigung vom Werk auf die Stadt übertragen. Überall entdeckte sie weitere Beispiele der von Thomas Mann mehr als detailliert skizzierten bürgerlichen Spießigkeit, und so war jeglicher hanseatische Flair an sie verschwendet. Immerhin gab es Gründe, weshalb sie an die Küste gefahren war. So hatten die vier Auftragsschreiber, von denen die veröffentlichten Biografien stammten, Kindheit und Jugend des Kanzlers nur grob gezeichnet. Vielleicht hatten die Autoren das Angebot akzeptiert und ihre Geschichte auf Basis der Informationen geschrieben, die ihnen aus Forsters Nähe zur Verfügung gestellt worden waren. Sie wollte es jedenfalls anders angehen. Letztlich jedoch war sie hierher gekommen, weil ihr einfach nichts Besseres eingefallen war. Sie würde ganz am Anfang beginnen.

Die Adresse der Mutter des Kanzlers war offensichtlich nicht mit seinem Geburtshaus identisch. Die A.-v.-Droste-Hülshoff-Straße lag in einem der besten Viertel der Stadt und das mondäne Zweifamilienhaus schien viel zu vornehm für die Witwe eines Maurers. Sie wird wohl auf Kosten ihres guten Sohnes in den letzten Jahren umgezogen sein, vermutete Charlotte, als sie den Klingelknopf drückte.

»Frau Menzius?« Die piepsige, vielleicht auch nur durch die Sprechanlage verzerrte Stimme ließ sie zusammenzucken.

»Ja, hier ist Charlotte Menzius. Verzeihen sie meine Verspätung ...«

»Keine Ursache. Allerdings mag es ein wenig dauern. Bitte haben Sie Geduld. Ich öffne ihnen, so schnell ich kann.«

»Ist gut. Ich warte.«

Drei Minuten vergingen.

Wofür braucht sie so lange? War das Haus so groß? Deprimiert dachte Charlotte an ihre schmuddelige Dreizimmeraltbauwohnung. *Vielleicht ist seine Mutter gehbehindert ... und vielleicht sollte ich mir den Kopf nicht über Nebensächlichkeiten zerbrechen.*

Ein leises Bimmeln ließ sie aufmerken. Etwa zehn Meter entfernt lehnte eine breitschultrige Gestalt am Vorgartenzaun. Der Mann musste nach ihr gekommen sein und sprach in sein Handy. Was er sagte, konnte sie nicht verstehen, auch sein Gesicht war von ihr abgewandt, doch irgendwie wirkte er in dem anonymen grau-schwarzen Anzug offiziell. *Ein Personenschützer?* Sie litt möglicherweise schon unter Verfolgungswahn. Dennoch wollte sie wissen, worauf sie sich einließ, und ging den Weg durch den Garten zurück.

Der Unbekannte beendete das Gespräch und drehte sich um.

»Verzeihen sie, aber sind sie wegen mir hier?« Einen gewissen aggressiven Unterton konnte sie nicht unterdrücken.

Er schien nicht irritiert, zumindest zeigte er es nicht. Graue Haare gaben den verwitterten Zügen eine seriöse Note. Sein Blick wanderte über ihren Körper und drückte schließlich eine Anerkennung aus, die sie merkwürdigerweise nicht unangenehm berührte.

»Nein, ich warte auf meine Frau.«

Ein Sänger? Solch einen tiefen Bass hatte sie bisher nur in der Oper gehört. Jedenfalls zweifelte sie stark an der Existenz der ominösen Gattin, obwohl sie keinen überzeugenden Grund für ihr Misstrauen nennen konnte.

»Frau Menzius, sind sie das?«, piepste es aus ihrem Rücken.

Sie nickte dem Mann flüchtig zu und wandte sich um.

In der Tür stand ein zierliches Wesen, mindestens zwei Köpfe kleiner als sie. Während Charlotte nähertrat, bemerkte sie einen hinter dem Nerz verborgenen Stock. Offenbar teilte die achtzigjährige Witwe mit ihrer Mutter die Vorliebe für das Tragen toter Tiere. Und warum sich Senioren ihrer Gebrechen schämten, hatte sie noch nie verstanden.

»Einen schönen Tag, Frau Forster. Vielen Dank, dass sie sich Zeit für mich nehmen.« Ihr Lächeln sollte gewinnen.

»Sie sprechen sehr leise, mein Kind ...«

»Ich sagte: Einen schönen ...«

»Ja. Zeit habe ich neben Geld im Überfluss und für beides keine sinnvolle Verwendung mehr.« Ein trauriger Zug umspielte ihren Mund, auch die verkniffenen Augen drückten eine gewisse Melancholie aus. Ohne ihren Gast näher zu betrachten, winkte sie Charlotte herein. »Folgen sie mir bitte.«

Hinter der stark humpelnden Frau trat sie in den Vorraum. Zusammen durchquerten sie auf verschmutzten Fliesen einen kurzen Flur, gingen an der verwahrlosten Küche vorbei und durch das Speisezimmer, in dem verstreute Wäschestücke lagen. Schließlich erreichten sie einen Raum, der wohl zum Lesen und Fernsehen genutzt wurde. Auf Tischen und Ablageflächen stapelte sich Geschirr, die Teppiche warteten seit Monaten auf eine Putzfee. Nicht gerade vorzeigbar für die Mutter des mächtigsten Mannes der Republik, wunderte sich Charlotte. Zudem hatte die Witwe ihr ungeschminktes Greisengesicht eindeutig nicht gewaschen. Falls sie den Körper ähnlich vernachlässigte wie ihre Umgebung, musste sie im Schmutz stehen. *Trinkt sie?* Ihr Blick schweifte durch das Zimmer, Flaschen fand sie aber keine. Und eine weitere Frage stellte sich: Wenn die Frau nichts auf den äußeren Eindruck gab, warum hatte sie dann erst nach Minuten die Tür geöffnet? Das Haus schien doch nicht groß genug, als dass es am Humpeln liegen könnte.

Inzwischen hatte es sich Gerlinde Forster in einem Rattan-Schaukelstuhl bequem gemacht. Stöhnend legte sie das offenbar schmerzende Bein auf ein Beistelltischchen. Die kleinen Augen musterten den Gast.

»Setzen sie sich, Frau Menzius. Es heißt hoffentlich Frau, oder?«

Charlotte wählte den Holzhocker, an dessen Kante die wenigsten Essensreste klebten. »Ich bin geschieden, ziehe ›Frau Menzius‹ aber vor.«

»Mein Sohn ist ebenfalls geschieden.« Das Seufzen wirkte ehrlich. »Es scheint ein Fluch auf den Ehen der jungen Leute zu liegen.« Sie wedelte mit der Hand. »Entschuldigen sie bitte die Unordnung.«

Der plötzliche Themenwechsel irritierte.

»Wissen sie, ich wollte hier nie wohnen,« sagte die Witwe in einem unbekümmerten, vertraulichen Ton. »Deshalb halte ich dieses Haus auch nicht in Ordnung oder nehme Hilfe an, wohl eine Form von Protest.«

Charlotte witterte Beute. »Gegen wen protestieren sie denn?«

»Das fragen sie?! Gegen meinen werten Sohn natürlich. Er will immer alles entscheiden, nur arbeite ich nicht für ihn. Sie müssen doch darüber Bescheid wissen, seine Leuten haben sie ja vorbereitet.«

»Keineswegs. Stellt das ein Problem dar?«

»Oh.« Der Oberkörper spannte sich leicht an, ein prüfender Blick verriet erstes Interesse. »Nein, für mich nicht.« Ein Zittern hatte sich in die hohe Stimme geschlichen. »Nur Richard wird das sicher nicht mögen, sogar ganz bestimmt nicht.« Sie presste die Hände vor der Brust zusammen.

Angst? »Frau Forster, soll ich lieber gehen?« Sie wollte natürlich nicht verschwinden ohne neue, unverbrauchte Informationen.

»Ach was!« Die Mutter winkte ab. »Mag er sich doch ärgern!« Die übertriebene Geste erregte Mitleid wie jede Unsicherheit bei alten Menschen.

»Würde sie das freuen?«

»Was meinen sie?«

»Wenn er sich ärgert, würde sie das freuen?«

Sie lachte hinter vorgehaltener Hand. Ein kurzatmiges Lachen, kaum überzeugend. »Großer Gott nein, mein Kind. Ich lasse mich nur ungern herumkommandieren, auch nicht von meinem Sohn.«

»Hm.« Charlotte konnte das seltsame Verhalten nicht einordnen. Die Witwe wollte anscheinend etwas verheimlichen, gab sich dabei aber nur wenig Mühe. *Vielleicht sollte ich einfach vorne anfangen.* »Wie würden sie die Beziehung zu ihrem Sohn beschreiben, Frau Forster?«

Sie lachte schon wieder. »Nun, gut natürlich.«

»Ja?«

»Wenn sie es genau wissen wollen, dann möchte ich unser Verhältnis ›gespannt herzlich‹ nennen.«

»Und warum?«

»Na, weil er ein guter Junge ist, auf den man stolz sein kann, und der sich immer um seine Mutter kümmert.« Die Unsicherheit schien verflogen.

Vorsicht! Die Quelle versiegt. »War es seine Idee, dass sie umziehen?«

»Nein.« Sie blinzelte mehrmals. »Na ja, wissen sie, ich konnte dort doch nicht mehr leben. Eine reine Arbeitersiedlung und heruntergekommen. Das schickt sich nicht für die Familie des Bundeskanzlers.«

Aber eine Müllhalde ist in Ordnung?! Nein, sie ist gegen ihren Willen hier. »Frau Forster, eigentlich wollte ich über die Kindheit des Kanzlers etwas erfahren, was noch nicht veröffentlicht wurde. Sprachen denn früher bereits Journalisten mit ihnen?«

Wieder gefasster: »Nicht, dass ich wüsste.«

»Finden sie das nicht bemerkenswert? Immerhin ist ihr Sohn der Bundeskanzler, da sollte man doch annehmen ...«

»Nein, wissen sie, es probierten schon welche. Aber da habe ich immer abgelehnt.« Sie schenkte Charlotte ein verbindliches Lächeln.

»Und warum sprechen sie mit mir?«

»Nun, der Umzug, wissen sie. Aber nun wollen wir über meinen Sohn reden.«

Wir taten nichts anderes ... »Gut. Wie war er also als Kind?«

Wieder eine Lachattacke. Die Frau schien labil. *Vielleicht Demenz?* Kein Wunder, dass Forster es nicht gern sah, wenn sie interviewt wurde.

»Natürlich sehr strebsam, außerordentlich strebsam. Er gab sich mit nichts zufrieden, wollte immer der Beste, der Erste, vor allem der Schlauste sein.« Ihr Glucksen klang grotesk. »Wissen sie, er war einfach kein normales Kind. Er hatte diesen Blick in den Augen.«

»Ich verstehe nicht ...«

»Naja, so ein Blick, der mehr als Worte sagt, dass man weg will, woanders hin möchte. Diesen Blick, wissen sie?« Sie lächelte traurig.

Hatte er auch von seinen Eltern weggewollt? »War er ein schwieriger Junge?«

»Nein, nein. Er lief ja eher nebenher. Nachdem wir das Schulgeld für ihn bekommen hatten, war er der Paradiesvogel der Familie. Wir staunten nur noch über seine Noten, er machte keine Probleme.«

Schulgeld, Paradiesvogel ... Sie dachte an Elise. Für die Leistungen ihres Kindes würde es nie ein Stipendium geben. »War ihre Tochter ähnlich talentiert?«

Kurz blitzte so etwas wie Zorn in den Augen auf. »Helga war ein stilles Mädchen.« Sie massierte die zitternden Finger und lachte dann auf. »Wir wollten doch über Richard reden.«

Arme Frau. Soweit Charlotte wusste, war die jüngere Tochter Helga mit neun Jahren im Bett erstickt. Das war alles. Mehr Informationen hatte sie über die Schwester des Kanzlers nicht gefunden. »Verzeihen sie bitte, aber ich muss das fragen, es gehört nun einmal in eine Biografie: Inwiefern litt ihr Sohn unter ihrem Tod? Er war elf Jahre alt, nicht wahr?«

Das Schluchzen kam unvermittelt. »Wie ... wie können sie ...« Die Alte schlug die Hände vors Gesicht.

»Falls ... falls es ihnen unangenehm ist, wechseln wir natürlich das Thema.« Konsterniert stand Charlotte auf und wollte der Witwe auf irgendeine Weise Trost spenden, als sich die Frau plötzlich beruhigte.

»Entschuldigen sie bitte mein Verhalten.« Sie betupfte die tränennassen Wangen mit einem Taschentuch und lachte schon wieder. »Der Schmerz, wissen sie.«

Charlotte hasste es immer, wenn Bekannte die Hobby-Freud-Nummer spielten, immerhin schluckte auch sie ihre Pillen. Doch die Frau schien eindeutig hysterisch, vielleicht sogar manisch-depressiv.

»Ja, Richard mochte seine Schwester sehr. Bloß tat ihr Tod seinen Leistungen keinen Abbruch, im Gegenteil.«

Mit verständnisvollem Nicken lenkte Charlotte das Gespräch auf sichereren Boden. Zumindest hoffte sie das. »Ermutigten sie ihn dann, in die Partei einzutreten?«

»Ach wo. Wissen sie, er tat das alles alleine. Wir erfuhren zumeist erst davon, als es bereits geschehen war. Zum Beispiel kam er eines Nachmittags und erzählte, dass er zum Schulsprecher gewählt worden war, einfach so. Dabei wussten wir noch nicht einmal, dass er schon längst Klassensprecher gewesen war.«

»Fragten sie denn nie?«

»Sie verstehen nicht: Wenn ein Junge alles schafft, ihm alles gelingt, sich aber nicht mitteilen möchte, dann fragen sie auch nicht mehr. Sie fragen doch nur, falls sie sich sorgen, dass er versagen oder zumindest Schwierigkeiten haben könnte.« Ihr Blick heischte nach Verständnis.

Charlottes Handy klingelte. Sie entschuldigte sich und ging in den Flur zurück. Es konnte nur Hadi sein, denn der hatte ihr das neue Handy geliehen und sie die Nummer bisher nicht weitergegeben.

»Frau Menzius? Guten Morgen. Heinz-Joseph Köhnen.« Der stellvertretende Pressereferent im Bundeskanzleramt sprach erheblich kontrollierter als am Abend zuvor. Ohne ihre Erwiderung abzuwarten, fuhr er fort:

»Machen wir's kurz, ich muss ihnen Folgendes mitteilen: Wenn sie an einer irgendwie gearteten Zusammenarbeit mit unserem Haus interessiert sein sollten, dann unterlassen sie alle – und wir meinen alle – weiteren unabgesprochenen Annäherungsversuche an die Familie und das private Umfeld des Herrn Bundeskanzlers. Haben wir uns verstanden?«

»Das war nicht misszuverstehen.« Immer kam dieses Zittern in den falschen Augenblicken. Fest umfasste sie ihre unkontrolliert zuckende Schulter. Sie fühlte sich wie ein ertapptes Kind, und das machte sie wütend. »Von wem bekamen sie diese Nummer, Herr Köhnen?« Die gespielte Gelassenheit klang selbst in ihren Ohren jämmerlich.

»Wir sind nicht der Buxtehuder Angelklub. Kann ich eine Antwort notieren?«

Charlotte spürte den Druck und auf den reagierte sie stets gleich. »Hören sie, ich schreibe eine Biografie.« Das stimmte zwar nicht, beeindruckte jedoch mehr als reine Recherche. »Und welche Haltung sie dazu einnehmen, ist mir im Prinzip egal.«

»Das ist keine Antwort, Frau Menzius.«

Du selbstzufriedenes, arrogantes ... »Also bitte,« sie zwang sich zur Ruhe, »ganz deutlich: Ich werde im privaten Umfeld des Kanzlers weiterhin recherchieren. Haben sie das jetzt verstanden?«

»Seien sie doch vernünftig!« Mit Roberts Lieblingsausdruck trat er ihr schon wieder auf die Füße. »Ohne unsere Mithilfe kommen sie niemals an ausreichende Informationen. Noch einmal: Sprechen sie mit dem Pressereferenten, Herrn Dorweiler, um ...«

»Uninteressant. Entweder ich erhalte einen Termin mit Forster oder ich mache weiter.«

»Frau Menzius,« sagte er mit drohender Stimme, »was glauben sie eigentlich, wer ...«

»Gehen sie auf mein Angebot ein oder beenden sie das Gespräch, es ist mir gleich.« Nun machte es ihr Spaß. Vielleicht ließ er sich provozieren.

Am anderen Ende der Leitung hörte sie ein verhaltenes Stöhnen. »Warten sie.«

Nach einem Knacken erklang die Nationalhymne in der Warteschleife. *Jetzt fragt er seinen Vorgesetzten und der fragt seinen ... Das konnte dauern.* Meinte sie das überhaupt ernst? Sicher wollte sie mit dem Kanzler sprechen, aber die eigenständige Recherche einstellen?

Nach kaum zwei Minuten überraschte sie Köhnen. »Frau Menzius? Sie treffen den Herrn Bundeskanzler in drei Tagen, maximal eine Viertelstunde. Bitte halten sie sich den ganzen Tag frei. Wir werden sie abholen lassen. Ein zweiter Termin erscheint denkbar. Sollten sie dennoch weitere Personen aus Dr. Forsters privatem Umfeld ansprechen, verlieren sie ihren Auftrag. Hans-Dieter Rothe stimmt diesem Vorgehen übrigens ausdrücklich zu. Auf Wiederhören.«

Oh Gott! Auf was hatte sie sich eingelassen? Heftig zitternd drehte sie sich um und bemerkte die Kanzlermutter in der Tür zum Wohnzimmer.

Die Frau musterte sie abschätzend. »Nun, mein Sohn kann sehr überzeugend sein, nicht?« Dass sie gelauscht hatte, schien ihr keine Entschuldigung wert.

Charlotte schloss die Augen, versuchte, wenigstens ihre Hände wieder unter Kontrolle zu bringen. *O.k. Ich muss das Gespräch abbrechen, Forster hat natürlich Vorrang. Aber danach? Wenn ich mit ihm gesprochen habe, will mich Hadi bestimmt nicht abziehen. Hadi! Solch ein Weichei. Hat der sich doch tatsächlich kaufen lassen, das sieht ihm gar nicht ähnlich. Wie auch immer. Jedenfalls bin ich nach dem Interview für ihn zu wertvoll. Er wird mich nicht feuern, oder? Nun, ich werde es früh genug erfahren. Zumindest mit der Ex sollte ich mich auf jeden Fall noch treffen. Mehr als den Job kann ich ja nicht verlieren, und Folter ist schließlich verboten.* Blind suchte sie in ihrer Tasche nach den Medikamenten, bis ihr eine Kapsel durch die zitternden Finger fiel. Mit einem leisen Fluch öffnete sie die Augen und wollte den Boden absuchen, als sie dem belustigten Blick von Forsters Mutter begegnete. *Miststück!* Charlotte zwang ihre Lippen zu einem verbindlichen Lächeln. Die Tablette konnte auch liegen bleiben. »Es tut mir leid, ich muss unser Gespräch jetzt beenden. Wären sie noch so freundlich, mir einige Jugendfreunde ihres Sohnes zu nennen?«

Ein hohles, aufgesetztes Lachen. »Aber sie dürfen doch nicht mehr ...«

»Nur Namen, nichts weiter. Geht das?«

Gerlinde Forster konnte sich an drei Namen erinnern, die Charlotte notierte, während sie zur Tür begleitet wurde. Dann fiel ihr noch eine Standardfrage ein, die einfach gestellt werden musste, wenn man von einer Mutter etwas über ihren Sohn erfahren wollte. Dreistigkeit gewinnt, dachte sie, und gab der Alten die Hand.

»Auf Wiedersehen. Ach übrigens: Wir hatten gar keine Gelegenheit, von ihrem Mann zu sprechen. Er starb ja vor vier Jahren. Kamen er und der Bundeskanzler eigentlich gut miteinander aus?«

Die alte Witwe biss sich in den Unterarm, drehte sich um und humpelte in ihr Zimmer zurück. Krachend schlug die Tür hinter ihr zu.

»Frau Menzius?«

Sie wirbelte herum. Vor ihr stand der Koloss vom Gartenzaun. *Also doch Personenschutz. Er muss einen Schlüssel besitzen.* Und anscheinend hatte er die ganze Zeit vor der Tür gewartet.

Der Mann wirkte sehr entschlossen, fixierte sie. »Ich möchte mich nicht wiederholen. Bitte folgen sie mir. Wir verlassen nun dieses Haus. Wenn sie die Sache nicht komplizierter machen, erfährt niemand etwas davon, dass sie gerade ihr Wort gebrochen haben.« Seine rechte Hand, die eher an eine Bärentatze erinnerte, legte sich auf ihre Schulter.

»Unterstehen sie sich!« Sie wich zurück, versuchte ihn abzuschütteln. »Hören sie auf, das tut weh. Wer sind sie überhaupt? Was wollen ...«

Er griff sie um die Hüfte und hob sie spielend hoch. Charlotte schlug ihn, trat um sich, wehrte sich verzweifelt – und vergebens. *Vollkommen sinnlos ...* Als sie von unten in sein Gesicht blickte und das Lächeln bemerkte, erkannte sie, dass er ihre Gegenwehr genoss. Überrumpelt und sprachlos vor Zorn ließ sie sich durch den Treppenaufgang tragen. Wenig später erreichten sie den Vorgarten, wo er sie absetzte, ohne seine Hand von ihrer Schulter zu nehmen.

»Mein Name spielt keine Rolle. Und wenn sie die Polizei rufen, sagen die ihnen nur, dass ich zu ihrer Mannschaft gehöre. Also verschwinden sie jetzt. Ich möchte ungern handgreiflich werden, aber ich würde es tun.«

Und dabei hättest du bestimmt eine Menge Spaß, du Arsch! Wutentbrannt drehte sie sich zu ihm um, holte mit dem halbhohen Schuh aus und zielte kurz auf seinen Schritt. *Mal sehen, ob du überall so hart bist ...*

Erstaunlich schnell packte er ihren Oberschenkel in der Bewegung und verdrehte ihn, bis sie das Gleichgewicht verlor. Sie wäre gefallen, hätte er nicht ihren Oberkörper gestützt. Ihr schwarzer Rock war über die Knie gerutscht und der Hüne betrachtete in aller Seelenruhe das spitzenbesetzte Strumpfband in seiner Hand. Nachdem er sich sattgesehen hatte, begegnete er ihren blitzenden Augen. Charlotte atmete schwer vor Zorn.

»Schöne Beine.« Er lächelte entwaffnend.

— — —

Sie parkte vor dem evangelischen Gemeindezentrum, einem schmutzig grauen Betonpalast aus den Siebzigern, und wartete. Herr Kleinert wollte nach der allwöchentlichen Session mit seinem Alt-Männer-Chor auf den Parkplatz kommen. Gehörte Forsters einstiger Klassenlehrer zum privaten Umfeld? Wenn ja, würde aus dem Treffen im Kanzleramt wohl nichts werden. Aber sie sollte sich für die blamable Vorstellung am Gartenzaun revanchieren, fand sie, und zudem lebte der pensionierte Lehrer ebenfalls noch in Lübeck.

Auf dem Weg zum Gemeindezentrum hatte sie, abgelenkt und nervös, fast einen Buggy überfahren. Im Rückspiegel beobachtete sie fassungslos, wie die Mutter ihr kreischendes Kind aus dem Vehikel riss und ein älterer Fußgänger sich ihr Kennzeichen notierte. Ohne zu überlegen, hielt sie an, bat um Entschuldigung und kaufte dem kleinen Jungen eine Tafel Schokolade. Dann fuhr sie langsam weiter und ordnete die wirbelnden Gedanken. Die offenbar lückenlose Überwachung zerrte an ihren Nerven. Woher, verdammt noch mal, hatte das Kanzleramt gewusst, dass sie Forsters Mutter besuchen wollte? Aber vielleicht war das die falsche Frage. Möglicherweise kamen ihre Nachforschungen so ungelegen, dass jede potenzielle Kontaktperson überwacht wurde. Wie hatte Köhnen es ausgedrückt? Mit einem Angelklub hatte sie es nicht zu tun.

Zum dritten Mal innerhalb einer Minute blickte sie in den Rückspiegel. Zwar konnte sie keine Verfolger erkennen, doch bedeutete das nicht viel, wie sie sich eingestand. Sie war noch nie verfolgt worden, wusste nur aus dem Fernsehen, auf was sie achten musste. Worauf hatte sie sich da bloß eingelassen? Hinwerfen sollte sie den Job, das wäre nur vernünftig.

Als sie Hadi aus dem Auto anrief, stellte sie überrascht fest, dass er offensichtlich auch verunsichert war. Zum ersten Mal, seit sie ihn kannte, verzichtete er auf irgendeine sexistische Bemerkung. *Die Leute aus dem Kanzleramt haben ihm mächtig Dampf gemacht ...* Tatsächlich musste nicht er sie, sondern sie ihn überreden, weiterzumachen.

»Überleg' mal: Warum schüchtern die uns ein? Was ist so wichtig? Forster verbirgt irgendetwas, was ihm ernsthaft schaden könnte, wenn es publik würde. Und so etwas verkauft sich immer gut.« *Liebe Güte, ich höre mich an wie so eine Klischee-Journalistin, die alles tut für Quote oder Auflage.*

»Hm.« Er schien nicht überzeugt.

»Okay, Chef, dann kündige ich hiermit. Ich hätte nicht gedacht, dass du so schnell weiche Knie bekommst. Und vergiss´ nicht, eine Notiz anzulegen ...«

Der bezweifelte Machismo reagierte wie ein unter Strom gesetzter Froschschenkel. »Na gut, Kleines, wir mach´n weiter, aber bitte vorsichtig, ja?«

Warum sollte sie ihn da mit der Mitteilung belasten, dass sie Forsters alten Lehrer treffen würde? Hadi verdiente ein wenig Schonung.

Enttäuscht hatten die Adressen der drei Jugendfreunde, die sie von Gerlinde Forster erhalten hatte. Schon während des Gesprächs hatte Hadi mithilfe einer Telefonauskunfts-CD-ROM herausgefunden, dass nur zwei erfasst waren und keiner von ihnen noch in Lübeck lebte. Immerhin hatte Hadi versprochen, sie anzurufen. Auch wollte er sich um Informationen über den Vater kümmern. Irgendetwas war da. Weshalb Forster seine Mutter am liebsten unter Verschluss hielt, schien angesichts ihrer instabilen Persönlichkeit nur nachvollziehbar. Nur – welcher Schicksalsschlag hatte sie zerbrochen? In Anbetracht der massiven Reaktion auf die Frage nach ihrem Mann sollte man in dieser Richtung weiterforschen. Das lag nahe.

Es klopfte. Ein rüstiger älterer Herr im T-Shirt winkte ihr fröhlich zu. *Meine Güte, es sind doch kaum null Grad da draußen ...* Sie drehte die Scheibe herunter. »Macht ihnen Kälte nichts aus oder waren sie einer dieser knallharten Sportlehrer?«

»Ah, junge Frau, ihnen friert´s, ja?« Mit spitzem, weißem Bart und buschigen, wie angeklebt wirkenden Brauen, sah er aus wie ein Weihnachtsmann, dem die rote Kluft abhandengekommen war. »Kein Wunder, so klapperdürr, wie sie aussehen.«

»Wollen sie sich vielleicht zu mir setzen, Herr Kleinert. Der Wagen ist zwar klein, aber das mag für die Heizung nur von Vorteil sein.«

Er ging um das Auto herum, öffnete die Tür und setzte sich auf den Beifahrersitz.

»Ich kann sie sogar mit einer Sitzheizung verwöhnen.«

Zweifelnd schaute er sie von der Seite an. »Sehe ich tatsächlich schon so gebrechlich aus?«

»Dann nicht.« Er hatte bestimmt Sport unterrichtet, ein Typ wie ihr alter Lehrer, Paul Kröter, den sie und ihre Mitschülerinnen immer nur Super-Paul genannt hatten. Ein durchtrainierter Sechzigjähriger, beseelt von der Mission, die Gewichtsprobleme der westlichen Welt in seiner Sporthalle zu lösen. Solch fanatischen Subjekten war zu misstrauen.

»Darf ich rauchen, junge Frau? Oder sind sie eine von den Militanten?«

Überrascht starrte sie auf den Zigarillo in seiner Hand. *Wie man sich doch täuschen kann.* »Nein, nein, rauchen sie ruhig. Ich bin nur erstaunt. Sie wirken eher wie der enthaltsame Typ.«

»Nun, sie wissen ja, wie das mit den Vorurteilen ist.« Er sprach nicht undeutlich, bloß etwas verschwommen, was wahrscheinlich von einem Gebiss herrührte. »Ich habe auch nicht Sport unterrichtet, sondern Deutsch und Geschichte. Und diesen kleinen Genuss gönne ich mir seit meiner Jugend. Das Leben scheint kurz genug, warum soll es noch schlecht schmecken?«

Schnell füllte der Rauch den Innenraum des Wagens. Später würde sie ihre Kleidung gründlich lüften müssen. »Darf ich fragen, wie alt sie sind?«

»Gern. Letzte Woche durfte ich meinen sechsundachtzigsten Geburtstag feiern. Und sie?«

»Jünger. Sie erstaunen mich zum zweiten Mal.«

»Wieso?«

»Weil ich keinen Menschen in ihrem Alter kenne, der auch nur annähernd so jung wirkt. Gibt es ein Geheimnis?«

»Ich habe nie geheiratet.«

Sie lachte schallend.

»Nein, im Ernst, das ist wichtig. Allerdings wäre ich bei jemandem wie ihnen schwach geworden.«

Sie vermutete ein faltenreiches Grinsen hinter dem Bart. *Eindeutig der sympathischste Mensch in dieser Woche ...*

»Wichtig ist ebenfalls, dass ich weder Angst vor dem Tod kannte noch kenne. Und ich liebte meinen Beruf, junge Frau. Ich durfte zweiundvierzig Jahre lang eine Sache machen, die mich vollkommen erfüllte.«

»Da sind wir schon im Thema, Herr Kleinert. Wir wollten über den Kanzler sprechen ...«

Ein Leuchten trat in seine Augen. »Ja, ein wirklich bemerkenswerter Bursche. Auch wenn er keine Karriere gemacht hätte, würde ich mich an ihn erinnern. Selten fügen sich Begabung und ausgeprägtes Sozialverhalten so reibungslos zusammen.«

»Beginnen wir mit den Talenten: War Forster ein Ausnahme-Schüler?«

»Nun, ich unterrichtete ihn ja nur in zwei Fächern. Doch zumindest gut war er überall, das darf ich schon sagen. Und exzellent, falls sein Interesse geweckt war. Ich denke zum Beispiel an eine Geschichte – ich glaube, er besuchte die neunte Klasse –, da ging es um die Frage, warum es in Deutschland im neunzehnten Jahrhundert nicht zu einer Revolution der Arbeiter gekommen war. Richard stellte den alten Marx vor, natürlich in einem mustergültigen Referat. Und anschließend gab er mir ungefragt einen – das weiß ich wie heute – zweiunddreißig Seiten langen Aufsatz: ›Hätte Lenin das kommunistische Experiment besser in einem entwickelteren Land begonnen?‹ Einfach brillant, sagenhaft.« Seine Begeisterung konnte noch jetzt, Jahrzehnte später, anstecken.

»Das zählte bestimmt zu den Höhepunkten ihres Berufslebens.«

»Natürlich, aber es blieb beileibe nicht das einzige Ereignis dieser Art, das ich mit ihm erleben durfte. Es war weniger seine Intelligenz, die faszinierte. Intelligent erscheinen viele. Nein, er konnte sich erstaunlich selbstständig motivieren. Und er dachte schon abstrakt und politisch, da waren seine Kameraden noch grün hinter den Ohren.«

»Hatte er denn Freunde?« Aufgrund ihrer eigenen mäßigen Noten hatte sie Streber immer verachtet.

»Nun, normalerweise meiden andere Schüler ja Überflieger.« Mit einem ironisch-abschätzenden Seitenblick vergewisserte er sich, dass sie nie abgehoben war. »Doch Richard schuf sich schnell ein Netz aus Gefährten, die ihm verpflichtet waren.«

»In welcher Art?« Gab es wenigstens einen winzigen Flecken auf dieser Skizze eines deprimierend perfekten Charakters?

»Oh, er half ihnen bei den Hausaufgaben, wahrscheinlich auch während der Arbeiten. Und er stellte sich immer vor sie, wenn es Probleme mit Lehrern oder anderen Schülern gab. Einfach der geborene Anführer, reagierte wie eine Kompassnadel auf Ungerechtigkeiten und ließ sich nur sehr schwer einschüchtern.«

»Schafften sie es?«

»Was meinen sie?«

»Mussten sie ihn einmal einschüchtern?«

Er schmunzelte wohl, jedenfalls zitterte der Bart kurz. »Nun, als es um die Wahl eines neuen Schulsprechers ging und Richard gegen den Amtsinhaber antrat, zügelte ich ihn ein wenig.«

»Inwiefern?«

»Naja, es waren noch Kinder, verstehen sie? Er nahm das alles etwas zu ernst und kopierte die große Politik. Er stellte ein Wahlkampfteam zusammen, klebte die Schule mit Plakaten voll und griff seinen Konkurrenten auf einer Podiumsdiskussion an.«

»War das nicht in Ordnung?«

»Doch, doch, nur hatte er zuvor Schopenhauers ›eristische Dialektik‹ auswendig gelernt. Und das meine ich wörtlich, er besaß ein wirklich phänomenales Gedächtnis. Sie kennen das Werk?«

Charlotte nickte. Humanistische Bildungslücken musste sie immer zwanghaft überspielen. Immerhin kannte sie den alten Frauenfeind.

»›Die Kunst, Recht zu behalten‹ – ein schönes Büchlein, das in Richard einen ausgesprochen dankbaren Leser fand. Jedenfalls redete er den anderen Kandidaten an die Wand, vergaß dabei allerdings, dass es vor allem um sachliche Probleme gehen sollte und nicht um Rhetorik.«

»Und deshalb wiesen sie ihn zurecht?«

»Junge Frau, er ließ sich nicht einfach überzeugen. Ich kann mich noch gut an seine Erwiderung erinnern. Er sagte: ›Herr Kleinert, ich verstehe ihre Kritik, aber verstehen sie bitte, dass ich gewinnen will, da ich gewinnen muss.‹ Der alte Lehrer lachte leise.

»Und sie?«

»Ich drohte ihm. Auf der nächsten Podiumsdiskussion würde ich seinen Gegner unterstützen. Immerhin hatte ich meinen Schopenhauer ebenfalls gelesen.«

Sie dachte an ihre Mutter. *Das sollte ich vielleicht auch tun.*

»Allerdings kam es nicht mehr dazu, weil der Konkurrent seine Kandidatur zurückzog.« Er zog an dem Zigarillo. »Ich denke, die Wahl zum Schulsprecher war nicht unwichtig für Richards Lebensweg. Falls er verloren hätte – und da er der Jüngere war, schien das immer noch wahrscheinlich –, hätte er sich eher nicht so schnell auf die Politik festgelegt, wäre nicht so früh oder niemals in die Partei eingetreten. Und eventuell hätten wir dann heute einen anderen Kanzler.«

»Möglich.« Gedankenspiele brachten sie nicht weiter. »Wieso gab sein Konkurrent eigentlich auf, obwohl die Chancen gutstanden?«

»Die Läuse, glaube ich.« Kleinert kicherte. »Furchtbar für einen Kerl, vor allem wenn Mädchen auf der Schule sind. Als er nach einer Woche mit kahl geschorenem Schädel wieder in den Unterricht kam, wollte er von der Wahl nichts mehr wissen. So war das.«

Dankbar notierte sie die Anekdote. »Hatte Forster einen besten Freund, so einen richtigen Kumpel?«

»Nein, zumindest kann ich mich nicht erinnern. Richard zählt aber auch nicht zu den Menschen, die jemanden nah an sich heranlassen.«

Sie runzelte die Stirn. Warum benutzte er plötzlich das Präsens? *Vielleicht liegt es am Alter* ... Egal, angesichts der bisher dürftigen Ergebnisse ihrer Nachforschungen musste sie weiter bohren. »Können sie mir etwas über diese jungen Männer sagen?« Sie reichte ihm den Zettel mit den Namen der Jugendfreunde, die ihr die Kanzlermutter genannt hatte.

Er suchte seine Brille, fand sie jedoch nicht und machte eine entschuldigende Geste.

»Kein Problem, ich lese sie ihnen vor: Karsten Schmitt, Jürgen Schoepperbaum, Harald von Ülmen.«

»Ach ja. Den Ersten und den Letzten kenne ich nicht. Aber der Mittlere, ja ...« Er nickte. »Wenn Richard überhaupt einmal einen echten Freund besaß, dann den Jürgen.«

Wieder daneben! Frustriert presste sie die Lippen aufeinander. Gerade Schoepperbaums Namen hatte Hadi im deutschen Telefonverzeichnis nicht gefunden. »Hielt die Freundschaft nicht?«

»Nein und sie dauerte auch nicht lange, deshalb war es mir wohl entfallen. Jürgen war einer von den Jüngern. So nannten meine Kollegen und ich die Burschen, die zu Richard aufsahen, ihm nach dem Mund redeten und sich von ihm beschützen ließen. Und Jürgen war der Treueste, stets an seiner Seite.«

»Und warum ging es nicht gut?«

»Die Frauen, es sind doch immer die Frauen.« Charlotte traf der amüsierte Seitenblick eines überzeugten Junggesellen. »Als Jürgen gerade aus dem Schatten von Richard trat, verliebten sich beide in dasselbe Mädchen. Doro Veigel, ein frühreifes Ding aus einer unteren Klasse.«

Das gibt's nicht! »Sie ... sie meinen Forsters Ex-Frau? Sie besuchte die gleiche Schule?«

Er nickte geistesabwesend. Die amourösen Beziehungen seiner Schützlinge hatten ihn wohl weniger interessiert.

Charlotte dafür umso mehr. *Unglaublich, diese Stümper!* Offenbar hatte sich kein einziger Biograf jemals mit der Schulzeit des Kanzlers näher beschäftigt, anders konnte man diesen Lapsus nicht erklären. *Oder? Vielleicht durften sie nicht an dem Thema rühren ...* Rasch vergewisserte sie sich, dass die Kassette im Aufnahmegerät noch lief. »Was geschah dann?«

»Soweit ich weiß, wollte das Mädchen damals nichts von Richard oder seinem Freund wissen. Wie auch immer. Darüber zerstritten sich die beiden jedenfalls, und ein paar Wochen später musste Jürgen die Schule verlassen.«

»Zogen seine Eltern weg?«

»Nein, er wurde beim Spicken erwischt. Ich selbst fand einen Zettel in seiner Federtasche. Eine unschöne Geschichte, weil Jürgen darauf bestand, dass der Spicker nicht von ihm stammte. Aber leider war es nun einmal seine Schrift ...«

»Und deshalb ist er geflogen?« Ungläubig registrierte sie Kleinerts Nicken. *Wie sich die Zeiten ändern ...* Heutzutage gaben Lehrer ihren Schülern sogar Tipps, wie man am besten bei Klassenarbeiten betrog. Zumindest erzählten Bekannte das, deren Kinder eine normale Schule besuchen konnten.

»Wissen sie vielleicht, wo Jürgen oder die anderen Klassenkameraden heute wohnen?«

»Nein, junge Frau. Ich war nie ein Freund dieser Jahrgangstreffen und bin auch nie zu einem gegangen. Deshalb habe ich die meisten Schüler aus den Augen verloren. Ich kann ihnen jedoch eine Kopie der Namensliste von Richards Klasse schicken, wenn sie wollen.«

Kein Lottogewinn, aber immerhin ... »Und können Sie mir noch etwas über die Schulzeit von Doro Veigel sagen?«

»Normales Mädchen, glaube ich, nie selbst unterrichtet.« Kleinert zuckte mit den Schultern, seine Konzentration schien zu schwinden. Und dann schweiften die Ausführungen allmählich von Richard zu anderen Schülern und schließlich zum offensichtlichen Verfall des deutschen Schulsystems ab. *Sechsundachtzig ...* Während sich Charlotte an den Allgemeinplätzen interessiert gab, drehte sie den Lüftungsschalter auf die höchste Stufe, um den Qualm aus dem Auto zu bekommen. *Was soll ich von Forster halten? Auf jeden Fall muss er beeindruckend sein: stark, charismatisch, ehrgeizig.* Angesichts der Begeisterung seines alten Lehrers hätte sie fast über die Existenz von Läusen und Spickzetteln hinweggesehen.

– – –

Das Kind schlief. Ausnahmsweise ohne Protest war das Mädchen nach zwei Geschichten und drei Liedern zufrieden eingeschlummert. Manchmal zog sich das Einschlaf-Ritual wie Kaugummi in die Länge, aber Charlotte konnte ihrer Tochter eben kaum einen Wunsch abschlagen. Elise war so viel gestohlen worden, da sollte sie wenigstens von ihr alles bekommen, was sie wollte.

Nach der Dusche und einem Glas Wein saß sie jetzt auf dem Badewannenrand und überdachte ihre Ergebnisse. Nach und nach beschriftete sie die Kacheln.

Wer bist du?
- kleine Verhältnisse
   (Problem? Mutter musste umziehen.)
- zielstrebig, fleißig
- Menschen sehen zu dir auf
- du führst gerne und brauchst die Kontrolle
- skrupellos (?)
- du benutzt Andere ~~(möglicherweise)~~.

Warum gerade du?
Gab es schon Antworten auf diese Frage? Nein, eigentlich nicht. Alle Eigenschaften Forsters, die sie bis-

76

her kannte, trafen sicher auf unzählige Macher zu, stellten vielleicht die Grundvoraussetzungen für Erfolg in dieser Gesellschaft dar.

Mögliche Quellen:
- Ex-Frau (Adr.?)
  - (wird nach dem Termin mit dir kontaktiert)
  - kennt sie deinen Freund Jürgen noch?
    (Wer hat wen ausgespannt?)
  - Warum hast du sie erst neun Jahre nach dem Abitur geheiratet?
- Parteifreunde (welche?)
  - Fraktionschef Zabelprinz (wenn die Berichte stimmen)
  - Berater Meyer (überhaupt Parteimitglied?)
- Gegner
  - Ex-Parteichef Rommelskirchen? (auch Läuse?)
  - Verteidigungsminister Schulz?
    (bekommt der noch Läuse?)
  - Ex-Generalsekretär Kaiser?
    (Warum gerade jetzt zurückgetreten?)
- Mutter (Adresse?)
  - zutiefst verletzt,
  - scheint dich zu lieben und zu fürchten
  - hat Tod deiner Schwester nicht verwunden
    (Und du?)
  - Vater und du? (Eifersucht, Scham ???)
- Lehrer
  - Glück, gibt nicht viele gute Lehrer
  - größtes Lob: selbstständige Motivation
- Schulfreund Jürgen Schoepperbaum
  - Wo ist er?
  - Was kann er über dich erzählen?
- Du
  - unsympathisch
  - scheinst alles und jeden überwachen zu müssen
  - Was gewinnt die Menschen für dich? Charisma?
  - Wirst du mich beeindrucken, es versuchen?
  - Oder gibst du dich gelangweilt, desinteressiert?

Auf das Interview freute sie sich. Zugleich wuchs ihre Anspannung, denn ein so großer Fisch hatte niemals zuvor an ihrem Haken gehangen. *Pass bloß auf, dass er dich nicht schluckt!* Er hatte bestimmt hundertmal mehr Interviews gegeben, als sie gemacht hatte. Was sollte sie anziehen? Seriös und verbindlich wäre wohl am wenigsten riskant. Oh Gott, ihr Kleiderschrank enthielt nichts, was solchen Attributen noch entsprechen könnte. Aber es blieben zwei Tage Zeit, das musste reichen.

Das Babyfon knackte, und sie hörte Elise im Schlaf jammern. Automatisch ging sie in den Flur und wollte schon die Tür zum Kinderzimmer öffnen, als sie den Umschlag unter der Eingangstür entdeckte. Zugeklebt, ohne Anschrift und Absender, steckte innen ein schmales Stück bedrucktes Papier:

›Rommelskirchen ist nicht freiwillig zurückgetreten!

Der Grund dürfte sie interessieren.

0148 / 4529790‹

Sie würde nicht anrufen, noch nicht. Erst der Kanzler, dann die schmutzige Wäsche.

Das Treffen

Im verschneiten Stockholm führte der Wintereinbruch zu chaotischen Verhältnissen auf den Straßen. Auch mit Polizeischutz ging es nur sehr langsam durch die verstopfte Innenstadt. Gelangweilt blätterte Forster in einem Bericht des Außenministeriums. Die ehemaligen Ostblock-Staaten wollten unbedingt in die NATO und das konnte ihnen niemand verdenken. Nur mochten sie nicht den Preis bezahlen und ihre Streitkräfte auf westlichen Standard nachrüsten. Es stand bereits die dritte Verhandlungsrunde an, die nach Zürich und Reykjavik nun in der schwedischen Hauptstadt stattfand. Aber eine Lösung schien weiterhin nicht in Sicht. Anscheinend glaubten die alten Satelliten der Sowjets, dass Amerikaner und Europäer sie gefälligst mit offenen Armen empfangen sollten. Nur solange diese Geste den Westen über zweihundert Milliarden Dollar kostete, zeigte man doch lieber die billigere, wenn auch kalte Schulter.

»Etwa fünf Minuten, Herr Bundeskanzler. Ich sehe schon das Schloss.« Der neue Fahrer, kurzfristig für den erkrankten Leonhard eingesprungen, gab sich fröhlich-bemüht.

Forster schaute durch die Windschutzscheibe und suchte in dem weißen Grieseln vor ihnen nach irgendwelchen Konturen. »Wie heißen sie?« Manchmal spielte er gern den Gönner.

»Theobald, Herr Bundeskanzler. Ludwig Theobald.« Das Gesicht, das sich kurz zu ihm umdrehte, schien noch sehr jung, höchstens dreißig.

»Wie lange schon bei der Fahrbereitschaft?«

»Überhaupt nicht, Herr Bundeskanzler. Ich bin Oberleutnant beim Bundesgrenzschutz und abgeordnet. Anscheinend wütet ein aggressiver Infekt unter ihren Leuten, die liegen alle flach.«

Meyer, der neben dem Kanzler saß, hustete und schüttelte den Kopf. Gerade als der Berater den Mund öffnete und sein Missfallen über die burschikose Sprache des Fahrers äußern wollte, hob Forster die Hand. Der junge Soldat zeigte sich nicht besonders eingeschüchtert, das gefiel ihm.

»Herr Bundeskanzler, mit den fünf Minuten wird es wohl doch nichts. Die Schweden reagieren eher störrisch auf Blaulicht.«

Nur mit Mühe konnte Forster im Schneegestöber die eskortierenden Polizisten ausmachen, die den Platz für seine Kolonne öffneten. Zwei waren sogar von ihren Motorrädern abgestiegen und verhandelten wild gestikulierend mit sichtlich entnervten Autofahrern, die vielleicht zur Arbeit mussten. Während Meyer die Konferenzleitung darüber informierte, dass sie sich wahrscheinlich verspäteten, setzte Forster zu seinem immer gleichen Charaktertest an.

»Kennen sie einen Witz, Theobald?« Die Fähigkeit, einen Witz gut zu erzählen, sagte nach seiner Überzeugung mehr über einen Menschen aus als jeder Personalbogen. Er kannte nur wenige Ausnahmen von dieser Regel. Meyer zeigte zum Beispiel den Humor eines unterernährten Kampfhundes, machte diesen Mangel aber mit anderen Qualitäten wett.

»Klar: Welche Frage stellen Männer nach dem Verkehr am häufigsten?«

Meyer schnaufte entrüstet.

Forster hingegen gefiel der zwanglose Umgangston des Soldaten immer besser. »Hm. Vielleicht: ›War ich gut?‹, oder so etwas?«

»Genau. Und was fragt das ehemalige SED-Mitglied?«

»Der Bundeskanzler möchte bestimmt keine vorurteilsbeladenen Scherze über unsere ostdeutschen Mitbürger hören, Herr Theobald!« Meyer sah nicht nur aus wie ein Fisch, auch seine wässerige Art zu sprechen, stets von Schluckgeräuschen begleitet, erinnerte an einen Meeresbewohner.

Der Kanzler winkte ab. »Lassen sie sich nicht von diesem alten Griesgram ablenken. In Anbetracht meiner miserablen letzten Wahlergebnisse in den neuen Ländern kann mir ein Witz nicht mehr schaden.«

»Ach!«, sächselte Theobald. »Es war doch nicht alles schlecht, oder?«

Forster prustete los. Insbesondere den melancholischen Unterton der Ewig-Gestrigen hatte der junge Mann gut getroffen. »Sie sind im Boot,« sagte er und widmete sich wieder dem Bericht.

»Ich verstehe nicht.«

»Der Bundeskanzler will damit sagen, dass sie zur Fahrbereitschaft überwechseln.« Aus dem Ton des Beraters ließ sich unschwer entnehmen, dass er die Personalentscheidung missbilligte.

Zuerst wunderte sich Theobald, dass niemand eine Antwort von ihm erwartete, dann überlegte er, wie er den erneuten Umzug seiner Freundin beibringen sollte.

Meyer unterbrach den Kanzler in seiner Lektüre. »Ihre Mutter ist im Chalet angekommen, den Umständen entsprechend wohlauf. Wollen sie mit ihr sprechen?«

»Nicht nötig.« Das Telefonat am Abend zuvor klang ihm noch in den Ohren nach. Kaum jemand erregte so schnell seinen Zorn. Immer das hysterische Opfer. Als ob sie damals nicht auf seiner Seite gewesen wäre. Als ob sie Paul nicht auch gehasst hatte.

Er nannte Paul Forster schon sehr lange nicht mehr Vater, falls er an ihn dachte. Er war der Mann seiner Mutter oder eben einfach Paul.

Jedenfalls hatte diese Journalistin offenbar die richtigen Fragen gestellt. Wieso hatte Heinrichs sie überhaupt ins Haus gelassen? Dieser Idiot – und wenn er kein Idiot war, dann ein Verräter – würde bei der nächsten Panne fliegen. Wichtiger war jedoch, dass die Medikamente zu gering dosiert schienen. Seitdem seine Mutter die Siedlung verlassen hatte, genügten bereits wenige Worte und sie brach unweigerlich zusammen. Gestern Abend hatte er fast eine halbe Stunde gebraucht, bis er sie einigermaßen beruhigt hatte. Schließlich hatte er sie in das Haus eines befreundeten Psychoanalytikers in der Schweiz ausfliegen lassen. So schnell betrat sie nicht mehr deutschen Boden, dafür würde er sorgen. Eine Zeitbombe musste entweder entschärft oder aus dem Fenster geworfen werden. Und seine Mutter war in der eidgenössischen Idylle immerhin weich gefallen.

»Wir haben Herrn Kleinert jetzt am Apparat.« Meyer schaute ihn fragend an.

»Wie lange, Theobald?«

»Zeit für ein Gespräch ist wohl noch, Chef.«

Weiterhin schlichen sie dahin. Und alle paar Meter hielt die ganze, aus sieben Wagen bestehende Kolonne an, weil der nächste schwedische Autofahrer sich produzieren musste.

»Das war nicht meine Frage, Theobald.« Sein zuvor verbindlicher Tonfall klang nun schneidend. »Ferner würde ich es sehr begrüßen, wenn sie mich mit korrektem Titel ansprechen könnten.«

»Jawohl, Herr Bundeskanzler,« antwortete der Fahrer prompt und unverdrossen fröhlich. »In dem Tempo kann das eine Stunde dauern.«

Er hält sich gut unter Druck, dachte Forster und nickte seinem Berater zu, der ihm den Hörer gab. »Herr Kleinert, guten Morgen. Schön, dass wir uns ´mal wieder sprechen.«

»Morgen Richard. Ja, das finde ich auch.«

Dem alten Lehrer bereitete es immer eine diebische Freude, wenn er ihn mit Vornamen ansprach. Ob die vertrauliche Anrede noch passend war, hatte er sich nie gefragt – er benutzte sie einfach. Den losen Kontakt mit Forster hatte er Charlotte verschweigen müssen. Dafür waren ihm die seltenen Telefonate, die seiner Eitelkeit ungemein schmeichelten, viel zu wichtig. Das Ritual blieb stets gleich: Sobald das Kanzleramt das Gespräch ankündigte, schlüpfte er in einen Zweireiher, öffnete eine Flasche Sekt, holte seine besten Zigarillos hervor und wartete im Wohnzimmersessel auf das Klingeln. Warum Forster jeden Monat ein Mal bei ihm anrief, wusste er nicht. Sein einstiger Schüler sprach nie über Politik oder suchte gar seinen Rat. Und wenn er ehrlich war, kümmerte ihn der Grund auch wenig.

Nach den üblichen Fragen nach Gesundheit und Wohlbefinden kam Forster zur Sache. »Besuch von einer Journalistin in letzter Zeit?«

»Nein.«

»Aha.« Stirnrunzelnd blickte Forster seinen Berater an.

»Wir sprachen in ihrem Auto miteinander. Also eher ein Treffen.«

Er verdrehte die Augen und schüttelte leicht den Kopf. Kleinerts Pedanterie und sein unsterblicher Drang zu dozieren ermüdeten ihn regelmäßig. »Schön. Über was unterhielten sie sich denn?«

»Oh, falls ich gewusst hätte, dass es dir so wichtig ...«

»Eigentlich nicht, aber diese Dame hat meine Mutter so hartnäckig ausgefragt, dass Mutter sie schließlich vor die Tür setzen musste. Anschließend rief sie mich etwas verstört an. Nun wollte ich fragen, ob sie ähnliche Erfahrungen gemacht haben.«

»Nein, nein, diese Frau Menzius war sehr nett und, das möchte ich anmerken, auch ausnehmend hübsch.«

»Himmel, Herr Kleinert, sie sind sechsundachtzig!« Forster zog das Gespräch auf eine leichtere Ebene.

»Na und, mein Junge?! Ich darf ja wohl sagen, dass mir jemand gefällt. Und wenn ich meine ...«

»Haben sie mit ihr geflirtet?« Forster gluckste vor Lachen, als er sich die Situation vorstellte.

»Natürlich nicht. Und wie käme ich dazu? Immerhin bin ich Mathilde versprochen.«

Mathilde gab es nicht, noch hatte es sie je gegeben. Sie müsste nun auch in seinem Alter sein, überlegte der Kanzler, denn solange er ihn kannte, hatte sein Lehrer von dieser ominösen Verlobten erzählt.

»Na, da bin ich aber sehr beruhigt. Über was haben sie sich dann unterhalten?« Von der Seite reichte Meyer ihm ein psychologisches Profil und den kommentierten Lebenslauf des ungarischen Ministerpräsidenten, dem er heute zum ersten Mal begegnete. Er blätterte die Akten durch, während er in der anderen Hand den Hörer hielt.

»Wir sprachen von deiner Schulzeit, natürlich. Und es kostete mich alle Mühe, sie davon abzubringen, dass du ein lebender Halbgott bist.«

»Verstehe ...« Es war diese unverbindliche, freundschaftliche Zurechtweisung, die er suchte, deshalb rief er seinen alten Lehrer immer wieder an. Ihn reizten die jeweils mehrminütigen Zusammenfassungen der politischen Ereignisse des letzten Monats aus dem Blickwinkel eines zwar überkritischen, aber eben unbeteiligten Zeitgenossen. Solche Informationen schienen ihm wertvoll genug und er brauchte die Kritik. Wenn Kleinert ihn lobte, würde er sich nicht mehr melden. »Und was sagten sie ihr noch?«

Begeistert schilderte Kleinert den Verlauf des Gesprächs, so genau, wie es das Gedächtnis eines Mannes erlaubte, der zweiundvierzig Jahre lang Geschichte unterrichtet hatte. Forster hörte mit halbem Ohr zu, während er die Akten studierte und sich wunderte, wieso Bartolic dreiundzwanzig Semester für ein Jurastudium gebraucht hatte. Dann fuhr er auf. »Sie erzählten ihr von Jürgen?« Er hielt seine Stimme nur mit Mühe ruhig.

»Ja, natürlich. Ich hoffe, das stellt für dich kein Problem dar. Leider besitze ich nicht seine Adresse. Vielleicht kannst du ihr ja weiterhelfen. Sie ließ mir ihre Telefonnummer da. Möchtest du sie?«

»Nein, es gibt bereits einen Termin, danke.« Er schrieb schnell ein Memo und reichte es Meyer.

Der Berater hob die Augenbrauen und starrte in das Schneetreiben. Was sollten die Beamten machen, fragte er sich, wenn diese Menzius nicht sofort nach Stockholm kommen wollte? Sie erschießen?

Am Ende ihrer Gespräche erkundigte sich Forster sonst stets noch nach dem Wetter in Lübeck, doch heute war es anders: »Auf Wiederhören, Herr Kleinert.« Er legte auf und bellte Theobald an: »Fahren sie endlich schneller!«

— — —

Charlotte saß auf einem von Stahlbeinen getragen Kunststoffschalensitz und schwitzte. Die Klimaanlage schien dem Ansturm der sicher mehr als hundert Journalisten nicht gewachsen. Ihre erste Pressekonferenz seit vier Jahren, aber die Rituale hatten sich nicht geändert, und auch in Stockholm kam die Prominenz gerne zu spät. Währenddessen übte sich die wartende schreibende Zunft in Selbstdarstellung. Fast alle sprachen mit ihren Handys, manche sogar mit zweien, andere führten ihren neuen Laptop vor, wenige redeten miteinander. Früher eine von ihnen konnte sie sich heute bei dem infernalischen Stimmengewirr kaum auf ihren Job konzentrieren.

War es ein Fehler? Die beiden Beamten an ihrer Tür hatten nicht den Eindruck erweckt, als ob sie ein ›Nein‹ akzeptieren würden. Überrumpelt hatte sie rasch eine frische Bluse übergezogen. Auf den Gedanken, dass sich die abgewetzte Jeans vielleicht auch nicht als Glücksgriff erweisen mochte, war sie leider erst im Flugzeug gekommen. Zuvor hatten sie Elise bei ihrer Mutter abgesetzt. Nachdem alle ihre sogenannten Freundinnen natürlich Termine vorgegeben hatten, war ihr wieder einmal nur Ingrid geblieben.

›Ist gut, Kind, brauchst dich nicht entschuldigen ...‹

Oh Gott! Wenn ich nur an ihr selbstzufriedenes Lächeln denke ... Wenigstens hatte sich Elise gefreut und war glucksend aus dem Wagen gesprungen, als sie ihre Oma erspäht hatte. Charlotte hatte noch etwas von einem wichtigen Treffen gesagt, wohl wissend, dass ihre Mutter nie irgendein Interesse an ihrer Arbeit gezeigt hatte. Dann waren sie zum Flughafen gefahren, wo schon eine aufgetankte Bundeswehrmaschine auf sie gewartet hatte. Eine Boeing 727 nebst Besatzung allein für sie! Falls das so üblich war, verwunderte sie das alljährliche Haushaltsdefizit nicht mehr. Was schien bloß derart dringend? Was konnte keine zwei Tage warten? Wollte der Kanzler sie etwa persönlich ins Gebet nehmen, nachdem sie sich nicht an die Absprache gehalten hatte? Das erschien ihr eher abwegig.

Sie kamen. Zuerst trat ein bulliger Leibwächter in den Presseraum, gefolgt von einer älteren Frau, die zielstrebig das Rednerpult ansteuerte. *Das muss Helmbusch sein.*

Die erste Referentin wandte sich mit professionellem Lächeln an die wartenden Journalisten. »Hallo allerseits und willkommen in Stockholm. Wir verfahren wie immer: Herr Dr. Forster wird zunächst sprechen, dann dürfen sie sich melden und ich rufe sie auf.« Sie nickte in die Runde. »Der Bundeskanzler.«

Weitere Leibwächter, ein kleiner, ziemlich hässlicher Mann, schließlich Forster. In den USA, das wusste sie aus Filmen, klatschten die Leute stets, wenn der Präsident erschien. Doch den nüchternen Deutschen fehlte nach den letzten fünfzig Jahren wohl jeglicher Hang zu patriotischem Überschwang. Die Menge beruhigte sich bloß, bis man das leise Surren der Kameras hören konnte.

»Guten Abend, meine Damen und Herren.« Kurz blickte er in die Runde und setzte seine Brille auf. »Lassen sie es mich einmal so formulieren: Heute ist ein bedeutender Tag für die NATO und damit ein entscheidender Tag für unsere Sicherheit, für die Sicherheit in Europa und in der Welt ...«

Außenpolitik interessierte sie derzeit wenig, der Kanzler hingegen umso mehr, und er überraschte sie. Aus der Nähe wirkte seine Selbstsicherheit echter, die Körpersprache ausdrucksstark und ungestellt. *Wahrscheinlich ist das nicht ungewöhnlich, niemand rettet seine gesamte Ausstrahlung auf den Fernsehschirm ...* Dennoch, davon war sie überzeugt, sah sie nur ein Produkt zahlloser Rhetorikkurse und Seminare zur Menschenführung.

Er schloss die kurze Ansprache mit einem berühmten Zitat eines sozialdemokratischen Amtsvorgängers und bat anschließend um Fragen. Helmbusch rief die Journalisten auf, einen nach dem anderen. Manche kamen mehrfach an die Reihe, einige gar nicht. Forster reagierte schnell und ließ sich auch durch insistierende Kollegen nicht aus der Ruhe bringen. *Professionell, nur wie dick ist diese Schale? Oder ist er das tatsächlich selbst? Wo ist der ehrgeizige Arbeitersohn, der seine Wurzeln verleugnet?* Seine Sprache, frei von niederdeutschen Abgründen, klang zwar nicht gewählt, doch fiel der eher durchschnittliche Wortschatz wohl nur dem auf, den die Kraft des Auftritts nicht blendete. Zu diesen Zweiflern zählte sie sich, schon aus Selbstschutz. Bisher hatte sie Forster als machtbesessen, opportunistisch, wenn nicht sogar prinzipienlos kennengelernt, irgendwelche Ideale waren ihr nicht aufgefallen. Warum sollte sie also nicht skeptisch bleiben? Ja, Stimme, Gesicht, Mimik und Gestik vermittelten das Bild eines Mannes, der glaubte, was er sagte. Aber das passte alles zu gut zusammen, schien zu perfekt ...

Ihr fiel ein jüngerer, rothaariger Kollege in der Reihe vor ihr auf, der konzentriert ein Magazin studierte. Noch hatte er sich nicht gemeldet. *Merkwürdig, wieso sitzt er dann da? Quatsch, ich bin ebenfalls hier ...* Und sie würde bestimmt keine Frage stellen.

»Die letzte Runde, meine Damen und Herren.« Helmbusch blickte über ihre Brille. Als die Hand des jungen Journalisten, der das Heft beiseitegelegt hatte, nach oben schoss, zeigte sie sofort auf ihn, alle anderen ignorierend.

»Bitte, Herr ...«

»Fleißig von der Süd-West-Presse. Timo Fleißig.«

»Na hoffentlich,« kam es aus einer der vorderen Reihen.

Fleißig ignorierte das Lachen und schaute Forster an. *Den Scherz kennt er wohl bereits.*

»Herr Bundeskanzler, unserer Zeitung liegen Informationen über den Verkauf von dreihundert Boden-Luft-Raketen an Tschechien vor. Die Regierung soll eine Bürgschaft übernommen haben, der Auftrag schon vergeben sein. Stimmt das?« Er hatte die Frage in einem verblüffend gelangweilten Ton gestellt.

Wie ein Nachrichtensprecher, der das Wetter ankündigt ... Etliche Journalisten drehten sich zu dem Kollegen um, fragten sich wohl, auf was er hinaus wollte.

Forster schaute kurz in seine Unterlagen, dann blickte er auf. »Nun, die Streitkräfte unserer neuen Bundesgenossen müssen auf westlichen Standard gehoben werden. Und das kostet bekanntlich Geld. Wenn sie auf die Bürgschaft anspielen, kann ich ihnen nur sagen, dass das ein ganz normaler Vorgang ist.«

»Natürlich, Herr Bundeskanzler.« Fleißig beachtete Helmbuschs Kopfschütteln nicht. »Mich interessiert in diesem Zusammenhang auch nur, weshalb die Hartmann-Holding den Auftrag bekommen hat. Immerhin lag ihr Angebot,« er schaute auf einen Notizzettel, »falls meine Informationen stimmen, satte 76% über dem teuersten der Konkurrenz. Das erscheint doch verwunderlich?«

Plötzliche Unruhe. Die Journalisten notierten einige Sätze, zückten hektisch ihre Handys, bestürmten ihre Nachbarn mit Fragen oder riefen sie gleich in die Versammlung.

Bloß Forster und Helmbusch blieben ruhig. »Meine Damen und Herren!« sagte die Kanzlerreferentin energisch. »Sie kennen die Spielregeln und so funktioniert das hier nicht.«

Der Geräuschpegel sank.

»Ich weiß von dieser Bürgschaft.« Forster setzte eine kurze Pause, in der sich die Menge endgültig beruhigte. »Mit dem Geschäftsabschluss hatte das Kanzleramt aber nichts zu tun, daher kann ich ihnen im Moment auch nicht sagen, wer wieso den Zuschlag bekam. Bitte haben sie dafür Verständnis, dass ich mich an Spekulationen nicht beteiligen möchte.« Er nickte zum Abschied und steuerte den Ausgang an.

Stimmen überschlugen sich, die Leute standen auf, während Helmbusch weitere Fragen abschmetterte.

»Herr Bundeskanzler!« Ein Journalist nutzte die Kraft eines offenbar trainierten Tenors. »Wer entschied denn dann über den Deal, das Verteidigungsministerium?«

Charlottes altes Handy klingelte.

Forster drehte sich wieder um und trat noch einmal an das Rednerpult.

Entnervt las sie die Nummer des Anrufers auf dem Display. Robert musste wohl ihre Unterhaltsklage erhalten haben. Sie stand auf, drängte sich die Reihe hindurch und ging schnell zum Ausgang. Als das Klingeln aufhörte und ihre Mailbox ansprang, hörte sie den Kanzler antworten.

»Mit ihrer Vermutung liegen sie wahrscheinlich nicht ganz falsch. Auf Wiedersehen.«

– – –

Charlotte verließ das Hotel und ging ins Schneegestöber. In der kurzen schwarzen Lederjacke fror sie schon nach wenigen Sekunden erbärmlich. Die drohende Erkältung nahm sie jedoch gern in Kauf, denn auf Zeugen des folgenden Gesprächs konnte sie getrost verzichten. *Er wird fuchsteufelswild sein ...* Aber diesmal hielt sie die besseren Karten in der Hand.

»Hallo?« Roberts Stimme klang verwaschen und undeutlich.

Er muss wieder getrunken haben.

»Charlotte? Sag´ mal, ich glaube, du bist nicht mehr bei Trost!? Ahnst du überhaupt, was du losgetreten hast?« Sein Zorn wirkte echt. »Du und dein pathologischer Verfolgungswahn ...«

»Wollen wir uns nicht wie vernünftige Menschen unterhalten?« Endlich durfte sie einmal in seine übliche

Rolle schlüpfen und die Unnahbare spielen. Das tat unendlich gut.

»Hör´ doch mit den Sprüchen auf!«, schrie er. »Was tust du uns an, und Elise?! Du musst verrückt sein!«

Schon war es um ihre Ruhe geschehen. »Halt den Mund, Arschloch!« zischte sie ins Telefon. »Du hast nicht gezahlt und jetzt wirst du das müssen, das ist die ganze Geschichte.« Ihre Stimme überschlug sich. »Was glaubst du denn, was es für ein tolles Gefühl ist, wenn beim Einkaufen die Kreditkarte nicht mehr funktioniert? Meinst du, das macht Spaß?«

»Charlotte ...«

Er sprach ihren Namen so aus, als ob sie bei ihm auf der Couch läge. Wie sie das hasste.

»Du weißt verdammt gut, warum ich nicht zahle. Mein Gott, du kriegst alles Geld der Welt von mir, sobald ich meine Tochter sehen darf.«

»Nur – über – meine – Leiche.« Sie gab sich ruhig, entschlossen und ignorierte die aufbrandenden Kopfschmerzen. »Hörst du? Du wirst sie nicht mehr wiedersehen. Du hattest als Vater deine Chance – und hast sie glorreich verspielt.«

»Scheiße!« Jetzt schrie er wieder. »Es war ein Unfall! Wie oft willst du das noch hören?! Dieser Wagen kam mir auf meiner Spur entgegen, irrwitzig schnell. Ich musste ausweichen, sonst wäre Elise nicht behindert, sondern tot.«

»Du verlogener Bastard. Da war kein Auto! Keine Ahnung, was du gesehen hast, du warst betrunken. Du bist vollkommen besoffen mit deiner Tochter gefahren!«

»ICH HABE NICHT GETRUNKEN.«

Sie zuckte zusammen und hielt das Handy einen Fingerbreit von ihrem Ohr weg. Jetzt wollte sie ihm nur noch weh tun. Und das Messer steckte schon, sie musste es nur herumdrehen. »Mit gefüllten Pralinen schafft man es nicht auf zwei Promille, Robert.«

Plötzlich schluchzte ihr Ex-Mann auf. »Charlotte, ich habe es dir tausendmal gesagt: Ich weiß nicht, ich weiß es einfach nicht, wie ich an den Alkohol gekommen bin. Den hat mir irgendjemand eingeflößt.«

»Klar, wahrscheinlich Elise. Himmel, gib es wenigstens zu! Das schuldest du ihr. Aber dir fehlt ja die Courage ...«

»Ich habe nichts getan.« Er weinte. »Nichts, weswegen ich mich schämen ...«

»Ach nein?! Du hast seit einem Jahr nicht gezahlt. Zumindest diesen Fakt kannst du wohl kaum bestreiten. Schämst du dich deshalb auch nicht?«

»Natürlich, Charlotte, doch was sollte ich denn tun? Du enthältst mir Elise vor. Ich darf sie jedoch besuchen, verflucht, das hat der Richter gesagt.«

»Bald nicht mehr. Beim nächsten Prozess sieht hoffentlich sogar der letzte Idiot in Robe ein, dass ein verantwortungsloses Schwein seine Tochter nicht sehen muss.«

Nach kurzem Schweigen veränderte sich Roberts Stimme, jetzt klang sie weicher, verletzlich. »Ich liebe Elise und ich liebe dich, immer noch, obwohl du dich aufführst wie ...«

Es wurde widerlich. Und sie hatte ihre Genugtuung genossen. »Bloß lieben wir dich nicht mehr. Allein bei dem Gedanken wird mir schlecht. Verschwinde aus unserem Leben und ZAHL ENDLICH!« Sie drückte den Aus-Knopf und wollte sich wie nach jedem Gespräch mit dem Vater ihrer Tochter übergeben.

Ein Räuspern ließ sie herumfahren.

Zwei Meter vor ihr stand Bundeskanzler Dr. Richard Forster und blickte sie forschend an. »Frau Menzius?«

Sie fühlte sich elend und konnte das Nicken nur andeuten.

»Sie wollten mit mir sprechen, nicht wahr?«

Um Himmels willen, was hat er gehört?

— — —

Während des Tumultes, der nach seiner Antwort auf die letzte Frage ausgebrochen war, hatte er sie hinausgehen sehen. Auch ohne Meyers Wink hätte er sie erkannt, denn sowohl seine Mutter als auch Kleinert hatten ihre Beine erwähnt. Und mit ziemlich enger Jeans und Lederjacke hob sie sich unübersehbar von den langweiligen Kostüm-Trägerinnen ab. Sie wirkte nicht professionell und nach ihrer Akte gehörte sie tatsächlich nicht bzw. nicht mehr zu den Berufsschreibern.

Sie schien verunsichert, was ihr ausnehmend gutstand. Die störrischen Haare, schon wiederholt zurückgestrichen, fielen zum dritten Mal in die Stirn zurück. Anscheinend fror sie. Zumindest hoffte er, dass sie nur vor Kälte zitterte, obwohl die Berichte sie als ausgebrannt, fahrig und tablettenabhängig beschrieben. Er dachte an ein Rehkitz, das schwankend seine ersten Schritte tat und sich stets von einer Sekunde zur nächsten vor dem Zusammenbruch rettete. Weshalb hatte man gerade sie auf ihn angesetzt? »Sie wollen also über mich schreiben?« Er nickte ihr aufmunternd zu.

»Äh, ja,« antwortete sie leise. »Ich spiele mit dem Gedanken.«

Er konnte sie kaum verstehen. Gut, sie schien verunsichert, aber wer war denn so schüchtern? Oder nahm sie bloß eine Pose ein? Was sollte das? Sie brauchte doch das Geld, und zwar dringend. Glaubte sie etwa, das wüsste er nicht? »Bitte, was möchten sie wissen?

»Hier?« Ihre Augen schauten ihn unter zuckenden Lidern an, fragend.

Plötzlich wollte er den Arm um dieses schmale, zitternde, langbeinige Wesen legen. Entschlossen schüttelte er den Kopf. Ein mächtiger Beschützerinstinkt hatte bisher stets die Grundlage für seine Beziehungen gelegt – und an ihm waren sie letztlich alle zerbrochen. Inzwischen sah er sich selbst als glücklich geschieden, und auch die attraktivste Frau, der er seit Langem begegnet war, würde nicht in sein Leben passen. »Nun, wir können zumindest klären, wieso ich ihnen Zeit einräumen sollte.«

»Sie wollen mich testen?«

»Natürlich. Frieren sie?«

»Das geht schon, ich meine ...«

»Sie meinen, das ist irrelevant? Das denke ich ebenfalls. Dennoch wäre es schade, wenn sie eine Erkältung für nichts bekämen. Also: Stellen sie mir eine interessante Frage, dann stehe ich ihnen Rede und Antwort.«

Sie runzelte die Stirn, was ihr auch gutstand. Forster schaute nach rechts, wo die Leibwächter einigermaßen unauffällig Stellung bezogen hatten. Als Meyer seinen Blick auffing, löste sich der Berater von Helmbusch, mit der er sich unterhalten hatte, und klopfte auf seine Uhr. Ihm lief die Zeit davon, aber das tat sie immer.

»Wieso musste ihre Mutter die Wohnung für ein Haus aufgeben, das sie nicht mag?« Sie sprach hastig, als ob sie nicht bei etwas Verbotenem ertappt werden wollte.

Gelangweilt zuckte er mit den Schultern. »Warum stellen sie eine Frage, deren Antwort sie bereits kennen? Finden sie das etwa interessant? Noch eine Niete, und ich steige ohne sie in dieses Auto, was ich, ehrlich gesagt, bedauern würde. Also strengen sie sich an.«

Meyer kam auf ihn zu. »Chef, wir möchten doch kein Aufsehen erregen ...«

»Schon gut, wir kommen gleich.« Aus dem Augenwinkel bemerkte er, dass sie wieder heftiger zitterte.

»Warum wollen sie Schulz unbedingt einen Korruptionsskandal anhängen?«

Jetzt wandte er ihr das Gesicht zu, hob langsam die Hand und wischte einige Schneeflocken von ihren Haaren. Das kurze Lächeln drückte fast so etwas wie Respekt aus. »Gut, Frau Menzius, steigen sie ein.«

— — —

Auf der Fahrt zum Flughafen schwieg Forster. Die Umgebung hatte er zwar nicht vergessen, doch aus seinen Gedanken verdrängt. Das konnte er gut. Auch die ihm gegenübersitzende Journalistin beachtete er nicht. Stattdessen dachte er über ihre Frage nach. Warum wollte er eigentlich den Kopf von Schulz? Früher hatten sie im selben Boot gesessen und unter der Dominanz des Vorsitzenden gelitten, beide ehrgeizig, aber keine direkten Konkurrenten. Damals in Mainz, als er seine Wunden geleckt hatte, nachdem er bei der Kandidaten-Nominierung zur Bundestagswahl deklassiert worden war, hatte ihn niemand sprechen wollen. Das inoffizielle Tabu verbot den Parteiführern jeglichen informellen Kontakt mit ihm. Schulz hatte ihn dennoch angerufen – und sich nach einem sachlichen Gespräch mit ihm geeinigt.

Als dann im Wahlkampf Rommelskirchens Umfragewerte in den Keller sackten, wie sie es fast immer tun, wenn die Deutschen begreifen, dass sie vielleicht gegen den Amtsinhaber entscheiden könnten, begannen sie ihr Spiel. In ersten Interviews äußerte Schulz leise Zweifel an Rommelskirchens Stehvermögen, erwähnte insbesondere dessen hohes Alter und die angegriffene Gesundheit. Forster stellte sich hingegen hinter den Parteichef und Kanzlerkandidaten, nannte Schulz sogar einen fahrlässigen Nestbeschmutzer. Ja, überraschenderweise hielt er die sozialdemokratischen Werte hoch und Schulz gab den bad guy. Ein nötiger Rollentausch, ohne den er im Abseits und Schulz im Schatten des Vorsitzenden geblieben wäre. Nun aber lief für die Öffentlichkeit ein vermeintlich loyaler Parteisoldat aus dem Ruder, dessen Bedenken schon deshalb ernst zu nehmen waren. Und da mit Forster ein erklärter Gegner der Parteiführung den Kandidaten verteidigte, schien die SPD wirklich in Gefahr. Ihr Plan ging auf. Vor den Kameras mimten sie unversöhnliche Kontrahenten, begrüßten Rommelskirchens hilflose Machtworte – und ignorierten sie dennoch, bis sich die Partei in Grabenkämpfen verlor. Die Umfragen sahen immer trostloser aus. Die Führungsfähigkeiten des Alten wurden mit jedem Tag, an dem er die Genossen, also Schulz und ihn, nicht beruhigen konnte, deutlicher angezweifelt, seine Macht schrumpfte. Zwei Wochen verstrichen, bis Rommelskirchens Hintermänner – wie vorausgesehen – zu Zugeständnissen rieten. Und schließlich beschloss der innere Zirkel auf einer denkwürdigen Präsidiumssitzung eine gravierende Änderung der Wahlkampfstrategie. Nicht mehr der Parteichef allein sollte plakatiert werden, sondern auch zugleich der größte Kritiker und der vehementeste Verteidiger seiner Kandidatur, eben Schulz und Forster. Unter der Überschrift ›Das Team‹ hingen sie bald alle drei in trauter Eintracht an den Bäumen.

Die Erinnerung ließ ihn lächeln. *Der Alte dankte mir nie für meine Unterstützung – schade eigentlich.*

Natürlich durchschaute Rommelskirchen die durchsichtige Finte, konnte jedoch – und das war letztlich entscheidend – den Zug nicht aufhalten. Die Wahl ging verloren, und zwar mit dem schlechtesten Ergebnis seit 1949. Dafür hatten die beiden neuen Teamspieler Sorge getragen, immer wieder eindeutige Signale ausgesandt: Keineswegs wollten sie unter Rommelskirchen Minister werden oder ihm auf andere Art helfen. Ein mieses Spiel, allerdings auch nicht viel schlimmer als die üblichen Intrigen. Auf dem Bundesparteitag im nächsten Jahr hatten sie endlich die Ernte eingefahren. Als Schulz den Alten erneut frontal angriff, warf Forster sich in die Bresche und rettete für alle Welt die Haut des Parteichefs. Zum Dank erhielt er nach den Scharmützeln abermals den Posten eines stellvertretenden Vorsitzenden und wartete ab.

Zwei Jahre später hatte er Schulz verraten.

Wie konnte der Schwachkopf auch ernsthaft annehmen, dass er sich an die Absprache halten und ihn zum Kanzlerkandidaten vorschlagen würde? Schließlich war seine Hausmacht inzwischen bedeutend gewachsen, und wenn der Alte schon zähneknirschend eine andere Kandidatur unterstützte, dann seine. Schulz war sein Feind geworden – und bis heute geblieben. Doch die Zahl der Feinde blieb unerheblich, das wusste Forster, man sollte sie bloß kennen. So war alles auf ihn hinausgelaufen. Rommelskirchen musste einsehen, dass er eine Kampfabstimmung gegen ihn nur verlieren konnte. Und am Ende wollte er nur noch seine ehrbare Parteibiografie angemessen beschließen. Eine Niederlage hätte da einen unschönen Schlusspunkt markiert. Immerhin versprach ihm Forster dafür das Finanzministerium und hielt dieses Versprechen tatsächlich, im Nachhinein ein schwerer Fehler. Ein Finanzminister, der ihm immer wieder Knüppel zwischen die Beine warf, blieb jedoch nicht die einzige Hypothek seiner Kanzlerschaft. Auch Schulz ließ sich nicht einfach abspeisen, bekam aber wenigstens nicht den Fraktionsvorsitz. Jetzt war er als letzter Wadenbeißer übrig geblieben. Erstaunlich, dass er überhaupt so lange durchgehalten hatte, insbesondere als Verteidigungsminister, der angesichts knapper Kassen ausschließlich Sparzwänge exekutieren, und dies der unzufriedenen Truppe verkaufen musste. Tatsächlich war Schulz wohl der einzige Gegner, der ihm in den vergangenen dreißig Jahren das Wasser hatte reichen können. Doch nun ging auch seine Zeit zu Ende, die sorgfältig drapierte Schlinge lag schon um seinen Hals. Und bald würden die Pressefritzen den Stuhl unter seinen Füßen wegtreten.

Als er das letzte Telefonat beendet hatte, nickte er seiner persönlichen Referentin zu. Helmbusch führte den Gast zu seiner Sitzreihe und deutete auf den Platz vor dem anderen Fenster. Die Düsen liefen warm. Charlotte legte ihre Tasche ab und zog die Jacke aus, wusste, dass er sie musterte.

»Also, ich würde ja nun lieber etwas schlafen,« sagte er mit einem verschmitzten Lächeln, als sie sich hinsetzte. »Aber wenn sie ab jetzt meine Mutter in Ruhe lassen, können wir miteinander reden.«

Sie lächelte zurück. »Oh, solch einen Sohn wünscht sich bestimmt jede Mutter, Herr Bundeskanzler.«

Der Spott klang in seinen Ohren nach. Auch sie konnte offensichtlich beißen. Sollte er nach ihrer Tochter fragen? Allerdings wollte er sie gar nicht in die Ecke treiben. Ganz im Gegenteil.

Das Attentat

»All-le mei-meine Ent-enten ... Ja, Mam-ma-ma?«
»Ja, sehr gut,« Sie schlug die nächste Seite des
Bilderbuchs auf und zeigte auf die Zeichnung.
»Schwimm-schwimmen au-auf dem See-see.«
Charlotte war nicht bei der Sache. Sonst gab sie sich
bei Elises allabendlichen Sprechübungen immer bemüht, unterstütze sie freundlich und konsequent. Mit
schlechtem Gewissen betrachtete sie das Mädchen, das
sich höchst konzentriert über das Blatt beugte. Immer
dankbar für jede Art von Zuwendung, wurde es ihr nie
langweilig, auch wenn sie zum x-ten Mal den gleichen
Abschnitt des Buches bearbeiteten. *Diese Liebe erdrückt
mich irgendwann einmal ...* Sofort fühlte sie sich schuldig und verdrängte den Gedanken.

Vor drei Stunden waren sie in Tegel gelandet, ein
schwerer schwarzer Audi hatte sie zunächst zu ihrer
Mutter gefahren. Charlotte hatte Elise nur angezogen,
sich bedankt und war allen Fragen ausgewichen. Sie
wollte Ingrid einfach nicht mehr als unbedingt nötig ent-
gegenkommen, nur weil Elise sie offensichtlich mochte.
Die Maus mag jeden. Schließlich hatte sie der Wagen
nach Hause gebracht. *Was für ein verrückter Tag!* Die
Erinnerungen erschienen ihr bereits irreal: Fast eine
Stunde lang hatte sie mit Forster gesprochen! Dieser Berater Meyer, der dem gesamten Interview wie ein kleiner hektischer Derwisch gefolgt war, hatte sogar einige
Telefonate verschieben müssen.
Trotz ihrer Fragen hatte sie das Gespräch nicht steu-
ern können, war Stichwortgeberin geblieben. Er hatte
prägnant und präzise geantwortet und währenddessen
Akten durchgearbeitet. Allerdings hatte er dabei nicht

arrogant gewirkt, vielmehr echtes Interesse an ihrer Person gezeigt. Offensichtlich war er gebrieft, schien ihr Leben bereits in Grundzügen zu kennen. Und schließlich hatte sie über Tochter und Ex-Mann, die frühere Arbeit und selbst ihre Mutter viel mehr erzählt, als sie eigentlich gewollt hatte. Forster konnte einnehmend und gewinnend sein, das gab sie zu, letztlich hatte der Kanzler bei ihr jedoch den Eindruck von Härte hinterlassen. War er versiert in seinen Rollen oder spielte er vielleicht gar nicht, sondern zeigte einfach verschiedene Facetten seines Charakters? Sie wusste es noch nicht. Jedenfalls, das hatte sie begriffen, konnte er ein sehr wertvoller Freund sein – oder ein furchtbarer Feind.

»Schwän-schwänzen in die Hö-höh ... No-no´ mal!«
Pflichtschuldig blätterte Charlotte auf die erste Seite zurück – aber die Gedanken blieben an diesem Abend nicht bei ihrer Tochter.

»Warum möchte ihre Mutter nicht über ihren Vater sprechen, Herr Bundeskanzler?«
Er schaute auf. Aus den Augen war jeder Humor verschwunden. »Seit dem unglücklichen Tod meiner kleinen Schwester ist sie labil. Wenn ich geahnt hätte, dass sie die alte Dame besuchen würden, hätte ich es zu verhindern gewusst.«
»Das ist aber nicht die Antwort auf meine Frage.«
Charlotte merkte nicht, dass Meyer in der Reihe hinter ihr Platz nahm.
Forster winkte ab. »Sie führen hier kein Verhör, Frau Menzius! Wie sie sicher schon wissen, war mein Vater ein einfacher Mann. Als Trinker fand er immer seltener Arbeit. Häufig waren meine Stipendien neben der Sozialhilfe unsere einzige Einkommensquelle. Das belastete nicht unerheblich den Familienfrieden.«
Sie hatte nicht gewusst, dass sein Vater getrunken hatte, und notierte es auf dem Block.
»Meine Schwester starb an einem Abend, als meine Mutter eine Freundin besuchte. Als sie wiederkam, stieß

sie auf meinen betrunkenen Vater, er kniete weinend am Bett ihrer toten Tochter.«

»Sie gab ihm die Schuld?«

Er zündete sich eine Zigarette an und inhalierte tief. »Was hätten sie getan?«

Der Anflug eines unwillkommenen schlechten Gewissens drängte in ihr Bewusstsein. Hatte sie Robert zu unrecht verurteilt? *Nein, verdammt noch mal!* Forsters Vater hatte sich nicht hinter das Steuer eines Wagens gesetzt und war volltrunken durch die Stadt gerast! *Du hast genug Probleme, also mach' das Leben nicht komplizierter, als es in Wirklichkeit ist!* »Waren sie auch da an diesem Abend?«

»Ich kam erst später vom Sport. Da hatte die Polizei ihn schon mitgenommen.«

»Weshalb?«

Forster verdrehte die Augen. »Helga hatte sich an einer Murmel verschluckt. Sogar wenn er ihr Röcheln gehört hätte ... Er war betrunken, hätte ihr nicht helfen können. Das genügte sowohl der Polizei als auch meiner Mutter.«

Das Mädchen war an einem Spielzeug erstickt? Charlotte konnte sich nicht erinnern, wie alt Helga gewesen war, und würde später in ihre Notizen schauen müssen. »Und ihnen?«

»Was meinen sie?«

»Waren sie von seiner Schuld ebenfalls überzeugt?«

Er wirkte bemerkenswert ruhig. Oder zeigte er bloß eine weitere einstudierte Pose?

»Ich habe meinen Vater nie mehr gesehen. Und sein Tod bedeutete mir nicht allzu viel, das gebe ich zu. Aber wenn sie das schreiben, zerre ich sie vor den Kadi.« Er lächelte sie an, diesmal nicht herzlich und verbindlich, sondern eher wie ein hungriger Haifisch, kalt und kompromisslos.

Sie überspielte ihre Unsicherheit mit einem Hüsteln. »Erinnern sie sich an einen Jugendfreund namens Jürgen Schoepperbaum?«

»Können sie sich denn an alle ihre Klassenkameraden erinnern?«

»Ach, Schoepperbaum war in ihrer Klasse?«
Er lachte leise und nickte ihr anerkennend zu. »Jürgen war eine Zeit lang ein guter Freund, bis er von der Schule geworfen wurde. Wieso fragen sie?«

»Den Grund für den Schulverweis – kennen sie ihn noch?«

»Ja, er hat betrogen.«

»Und das kam ihnen gelegen?«

»Dass er geflogen ist? Weshalb?«

»Herr Kleinert, ihr alter Lehrer, meinte, sie hätten sich beide in dasselbe Mädchen verguckt und ...«

»Bitte, Frau Menzius! Kleinert kann man wahrlich nicht als einen Experten für pubertäre Schwärmereien bezeichnen. Zudem wäre ich nie auch nur in die Nähe des Kanzleramts gekommen, wenn ich mit Freunden wegen zufällig konkurrierender Gefühle gebrochen hätte.«

»Hier ging es zufälligerweise um ihre spätere Gattin.«

»Ja, doch erst viele Jahre danach. Wollen sie tatsächlich solche Belanglosigkeiten in ihr Buch mit aufnehmen? Ich würde mich jedenfalls als Leser langweilen.«

Er lenkt ab und manipuliert ... »Halten sie heute noch Kontakt zu ihm?«

Forster steckte sich eine weitere Zigarette an. »Zu Schoepperbaum? Nein. Wir haben uns damals aus den Augen verloren. Das tat mir leid, aber er suchte meine Freundschaft nicht mehr.«

»Rommelskirchens Rücktritt hat sie auch nicht gerade zu Tränen gerührt, nicht wahr?« Ein abrupter Themenwechsel brachte manchmal die besten Antworten.

»Warum sollte ich das bestreiten?«

»Finden sie es nicht merkwürdig, dass er bis heute seinen plötzlichen Abgang von der politischen Bühne nicht überzeugend begründet hat?«

100

»Der Alte liebte immer den großen Auftritt. Ich denke, er wollte einfach nicht die zweite Geige spielen. Nicht, nachdem er so lange Zeit oben gewesen war.«

Wieder keine Antwort ... »Sehen sie und ich frage mich, ob es bei Rommelskirchen vielleicht auch die Läuse waren.« Charlotte traute ihren Ohren nicht.

Bin ich wahnsinnig?

Natürlich lag eine Parallele nahe zum ehemaligen Schulsprecher, der Forster sein Amt überlassen hatte, doch was konnte sie mit solchen Unterstellungen erreichen? *Bitte brich nicht ab!* Sie brauchte diese Chance, unbedingt.

Langsam blickte Forster von seinen Akten auf und starrte sie an. Nach einigen Sekunden glättete sich die steile Kerbe zwischen seinen Augen und machte vielen kleinen Lachfalten Platz. »Unorthodoxe Methoden gehören zu meinem Geschäft, zugegeben. Aber meinen sie ernsthaft, dass der Griesgram mit kahl geschorenem Kopf fotogener wäre?«

»Ich hatte es eher im übertragenen Sinne verstanden.«

»Tatsächlich?« Spöttisch zog er den Mund schief. »Ob sie mir glauben oder nicht: Auch wenn sein Abgang mir zustattenkam, habe ich doch nichts, ich wiederhole: nichts dazu beigetragen. Nächste Frage!«

»Gern. Aber bleiben wir bei ihren Ministern. In welcher Beziehung stehen sie zur Hartmann-Holding?«

»Keine Ahnung. Meyer! Die Pressekonferenz: Können sie das beantworten?«

Hinter ihr erhob sich der Berater und trat neben sie. »Der Herr Bundeskanzler stand und steht in keinerlei Kontakt zu dem von ihnen genannten Unternehmen.« Er wandte sich an seinen Chef. »Es wird wirklich Zeit. Ich habe den Premier schon seit acht Minuten in der Leitung, und der lässt sich nicht beliebig vertrösten ...«

»Sie sehen, Frau Menzius, kein böser Wille, aber ...« Forster zuckte mit den Achseln und ließ sich ein Telefon reichen.

In diesem Augenblick erinnerte sie sich an den Journalisten, der auffällig unbeteiligt gewirkt hatte, bis er von Helmbusch aufgerufen worden war. »Eines noch: Warum musste Fleißig diese Frage stellen?«

Forsters Gesicht erstarrte zur Maske.

Und plötzlich dachte sie an einen Löwen, der schon lange nichts mehr gefressen hatte.

Nachdem ihre Tochter endlich eingeschlafen war, suchte sie den anonymen Brief, den sie unter dem Türschlitz gefunden hatte. Als sie die angegebene Nummer anrief, fühlte sie den raschen Schlag ihres Herzens.

Eine verstellte Stimme: »Schauen sie bei den Karten in ihrem Auto.« Das Band knackte und ein Tuten ertönte.

Sofort lief sie auf die Straße. *Verdammt!* Warum vergaß sie immer, wo sie den Wagen abgestellt hatte?

Schließlich fand sie den Renault in einer Parallelstraße. Er schien nicht aufgebrochen worden zu sein, zumindest sah er unbeschädigt aus. Doch als sie das Handschuhfach öffnete, fiel ihr ein weiterer unbeschrifteter Briefumschlag in die Hände.

›Die Post wartet am Bahnhof Friedrichstraße.

Gute Jagd!‹

Anbei lag ein Schlüssel mit einer aufgravierten Schließfachnummer. Irgendjemand gab sich sehr viel Mühe, wollte sie immer tiefer in eine Geschichte ziehen, deren Ausmaße sie nicht einmal erahnen konnte.

— — —

Sobald Elise am nächsten Morgen vom Fahrdienst ihrer Tagesstätte abgeholt worden war, fuhr Charlotte zur Bibliothek. Warum sie nicht das ominöse Schließfach am Bahnhof öffnete? Vielleicht, weil sie sich ihren Blick noch nicht von Unterstellungen oder gar Lügen trüben lassen wollte – und vielleicht, weil sie Richard Forster mochte.

Die Dissertation enttäuschte allerdings: fade juristische Abhandlungen, die wie die meisten schriftlichen Pflichtübungen rein gar nichts über ihren Autor aussagten.

Auch Hadi stieß auf seiner Suche nach den beiden im Telefonregister aufgeführten Schulfreunden nicht auf Gold. Von Ülmen, ein erfolgreicher Architekt im Kölner Raum, leugnete schlicht, jemals mit Forster die Schulbank gedrückt zu haben, und Karsten Schmitts gab es unzählige. Nach dem achtzehnten erfolglosen Anruf gab Hadi schließlich resigniert auf. Immerhin war er aber in der Sache Paul Forster fündig geworden und faxte Charlotte zwei eingescannte Zeitungsartikel.

Frankfurter Rundschau, 23. April 1992
FR: Sie scheinen keine sehr hohe Meinung von ihrem Sohn zu haben.
Paul Forster: Nein, wahrhaftig nicht. Richard ist nachtragend, er ändert seine Ansichten stündlich und er muss ständig alle beherrschen.
FR: Sie leben schon seit Langem getrennt von ihrer Frau, halten sie denn noch Kontakt zu ihrem Sohn?
Paul Forster: Nein, und ich möchte auch keinen mehr. Haben sie Kinder?
FR: Ja.
Paul Forster: Dann werden sie begreifen, dass es nichts Schlimmeres gibt als Undankbarkeit. Und Richard ist wahrlich undankbar gewesen. Ahnen sie, mit was ich auskommen muss? Und wissen sie, wie viel Geld ein Ministerpräsident im Monat verdient? Ich habe ein Leben lang hart gearbeitet, und jetzt sorgt noch nicht einmal mein Sohn für mich.
FR: Dr. Forster hat allerdings unlängst versichert, dass sie regelmäßig eine Zuwendung von ihm erhalten ...
Paul Forster: Und davon soll ich leben? Ja, für seine Mutter tut er alles. Aber wer hat denn die ganzen Jahre geschuftet? Wer war tagaus tagein auf dem Bau und hat die Brötchen verdient, nur damit mein Herr Sohn Karriere machen konnte?

Hamburger Morgenpost, 4. Mai 1996
Tödlicher Unfall mit Fahrerflucht: Vater von Richard
Forster überfahren
Paul Forster, der Vater des rheinland-pfälzischen Ministerpräsidenten, wurde gestern Nacht gegen 3.30 Uhr von
einem Fahrzeug überrollt. Forster war sofort tot, wie die
Polizei mitteilte. Der möglicherweise stark alkoholi-
sierte 68-jährige Vater von Richard Forster hatte gerade
ein Lokal in der Lübecker Altstadt verlassen und wollte
die Straße überqueren, als ihn ein dunkler Wagen erfasste. Der Wagen fuhr anscheinend sogleich weiter. Für
das Opfer kam jede Hilfe zu spät.
Paul Forster hatte wiederholt seinen Sohn angegriffen
und ihn als opportunistisch, machtgierig und undankbar
beschrieben. Richard Forster hatte zu den Vorwürfen nie
Stellung genommen, zeigte sich aber heute Morgen sehr
betroffen. Er sagte dieser Zeitung, dass er sich gerne mit
seinem Vater ausgesöhnt hätte. Gegenwärtig weilt der
Ministerpräsident bei seiner Mutter, die in Lübeck schon
seit Jahren getrennt von dem Opfer lebt.

In ihrer Wohnung legte Charlotte die gefaxten Blätter
beiseite und erinnerte sich unwillkürlich an das Gespräch mit der Kanzlermutter. Auf die Frage nach ihrem
verstorbenen Mann hatte sich die alte Frau in den Unterarm gebissen. Bloß eine normale zerrüttete Familie oder
war da noch etwas Anderes?
Schließlich fuhr sie doch zum Bahnhof Friedrichstraße, öffnete das Schließfach und las den vermeint-
lichen Augenzeugenbericht. Da klingelte ihr Handy.
»Bundeskanzleramt, Köhnen hier. Frau Menzius, sie
dürfen Dr. Forster morgen den Tag über begleiten.
Halten sie sich ab sechs Uhr zur Verfügung, sie werden
abgeholt.«
Statt zu antworten, dachte Charlotte an einen Satz,
den Forster geäußert hatte. Jemand log, nur wer?
»Frau Menzius, hören sie?«

— — —

104

Sein Arbeitszimmer strahlte das gediegene Flair bundesrepublikanischer Tradition aus. Karge, nüchterne Konturen und Materialien, kombiniert mit bescheidenem Luxus, den sich ein reiches Land für seinen wichtigsten Diener leistete. Natürlich hatte er die gesamte Inneneinrichtung sofort nach seinem Amtsantritt auswechseln lassen. So war der Mahagoni-Schreibtisch deutlich kleiner als das wuchtige Möbel, das zuvor den Raum beherrscht hatte. Und anstatt der erdrückenden Brokatvorhänge zierten nun einfache Gardinen die Fenster und ließen mehr Licht hinein. Schließlich war auch der Kanzlersessel, eine an einen Thron erinnernde Sonderanfertigung für den überschweren Amtsvorgänger, gegen ein erheblich schlankeres Modell ersetzt worden. Nebenbei: Dem Journalisten, der den Umfang der Sessel in einem spitzen Kommentar zum Machtwechsel mit dem politischen Gewicht der beiden Kanzler verglichen hatte, wurde seitdem von Forsters Büro jegliches Interview verweigert.

Natürlich war vieles auch gleich geblieben: So stand weiterhin ein Wimpel auf dem Schreibtisch und selbstverständlich hing ein großes Bild an der dahinter liegenden Wand. Forster hatte jedoch entgegen der Tradition kein Gemälde, sondern ein Foto gewählt, da er keine Fehler seines Vorgängers wiederholen wollte: Nachdem dieser ein farblich nicht ganz passendes Werk hatte aufhängen lassen und in intellektuellen Kreisen zweimal den Namen des Künstlers falsch ausgesprochen hatte, war er für Jahre als tumber Provinztölpel abgestempelt gewesen. Forster sollte das nicht passieren. Insbesondere, weil den ersten Arbeitersohn, der jemals auf diesem Sessel hatte Platz nehmen dürfen, der Dünkel der betuchteren Schichten um so leichter treffen konnte.

»Es scheint eine deutsche Eigenart zu sein,« hatte er einmal zu Meyer gesagt, »dass jeder Depp, wenn er die vierte Klasse hinter sich hat, mehr über Fußball zu wissen meint als der Bundestrainer. Leider hält er sich zudem für allemal geeigneter für die Führung dieses

Landes von Klugscheißern als der zufällig gewählte Bundeskanzler.«

Jedenfalls wollte er vermeiden, dass sein Geschmack und damit seine Bildung zum Gegenstand kritischer Kontroversen wurde. Deshalb hatte er eine eigene Aufnahme des Brandenburger Tors an die Wand hängen lassen. Dagegen konnte schlechterdings niemand etwas einwenden. Daneben hing ein eingerahmter Spruch des Philosophen Nicolai Hartmann, und auch dieser hatte eine Geschichte: Forsters lange Jahre präsentierter Atheismus galt seit dem Wahlsieg als problematisch. Viele Bürger erwarteten, dass der Kanzler seine moralische, wenn schon nicht religiöse Fundierung offen zeigte. Und solange er nicht privat in die Kirche gehen wollte, musste er wenigstens in humanistischer Hinsicht Flagge zeigen. ›Nicht das Beglückende stiftet den Sinn, sondern das Sinnstiftende beglückt.‹ Absolut passend, dachte er stets, sobald er den Raum betrat. Intellektuell nicht anspruchslos und ethisch einwandfrei.

»Möchten sie mit mir essen, Frau Menzius?«

»Äh ... Und wo, Herr Bundeskanzler?«

Er wies auf den länglichen, schmalen Tisch zu seiner Linken, der mit Akten übersät war. »Warum nicht hier? Es gibt in diesem Haus einen ausgezeichneten Koch, den mein Vorgänger eingestellt hat. Der Mann soll mehr verdienen als ich.«

»Verdient er es denn?«

Er schaute sie über den oberen Rand seiner Lesebrille hinweg an. Auch im roten, trägerlosen Abendkleid, das sich wie eine zweite Haut an ihren schlanken Körper schmiegte, sah sie umwerfend aus, fand er. »Verdiene ich es?«

Sie errötete. »Das kann ich noch nicht sagen ...«

Fünfzehn Stunden war sie nicht von seiner Seite gewichen. Den Zuschauertag hatte er direkt nach der Landung in Berlin am vorgestrigen Abend planen lassen. Unbedingt hatte er sie wiedersehen wollen und Meyers ernste Bedenken ignoriert. Die Frau erscheine ihm nicht koscher, hatte der Berater gemurmelt und empfohlen, sie zunächst besser zu durchleuchten. Doch für den kleinen Mann schien sogar ein untadeliger Weihbischof grundsätzlich verdächtig, und so hatte Forster getrost abgewunken. Tatsächlich empfing er recht häufig Gäste im Kanzleramt, etwa Schüler oder Studenten, allerdings nie für eine so lange Zeit. Für den Stab bedeutete seine Entscheidung einen erheblichen Aufwand, sollten echte Geheimnisse nicht den Weg in die Presse finden. Erst einmal zuvor hatten ihn Journalisten mehrere Stunden begleitet, bis sich einer aus dem Team gegenüber einem afrikanischen Diplomaten dreist als sein Freund vorgestellt hatte. Entnervt hatte er die Gruppe hinausbegleiten lassen und den lautstarken Protest weggelächelt. Presseleute mussten anscheinend immer reden.

Sie hingegen hatte fortwährend geschwiegen. Während des Frühmeetings, der Kabinettssitzung, des Besuchs der Werft in Bremen, der Bundestagsdebatte, der vielen Telefongespräche, der Videokonferenz mit zwei mecklenburgischen Lokalfürsten, des Antrittsbesuchs des neuen britischen Botschafters und der Planung des nächsten Tages mit Meyer hatte sie nichts gesagt. Still und ästhetisch wie eine schöne Vase hatte sie ausgeharrt, alle fragenden, verwunderten oder unverschämten Blicke souverän ignoriert. Mit Helmbuschs tatkräftiger Hilfe hatte sie bloß ihre Garderobe den Anlässen entsprechend gewechselt. Mit dem roten, engen Kleid und der weißen Boa hatte es die erste Referentin zwar übertrieben, aber er hätte es sich nicht anders wünschen wollen. Ein perfekter Tag. Leider hatte nicht nur er sich von ihrer Anwesenheit anregen lassen. So hatte sich der plumpe Landwirtschaftsminister, unverfroren und typisch für einen erfolgreichen Mittfünfziger, zu einer ungebührlichen Annäherung hinreißen lassen. Von ihrem kühlen Lächeln nur ermutigt hatte dieser Bauer tatsächlich eine Pranke auf eines der schönen Beine gelegt. Er hatte die Fehlbesetzung schließlich auffordern müssen, die Energien doch gefälligst zielführender einzusetzen.

»Nun, was halten sie nach diesem Tag von mir und meiner Arbeit?«

Ihre Augen, die ihn unablässig beobachteten, nahmen einen verschmitzten Ausdruck an. »Ja, ich würde gerne mit ihnen essen.« Sie sprach so leise, dass es fast an ein Flüstern grenzte, und dennoch strahlte sie eine gewisse Stärke aus.

Mit versonnenem Schmunzeln zündete er sich eine Zigarette an. »Schön, ich lasse uns einen Imbiss bringen.«

»Sie rauchen zu viel. Ich schätze zwei bis drei Päckchen am Tag, oder? Zudem müssen sie zu allen möglichen Anlässen trinken und haben wirklich einen ziemlich harten Job. Ich bin kein Mediziner, aber als engagierter Laie gebe ich ihnen noch fünf Jahre bis zu ihrem ersten Herzinfarkt.«

Sie strahlte ihn an, als er um so tiefer inhalierte.

»Danke für die Diagnose. Es wäre schon der zweite.«

»Oh!« Sie blinzelte irritiert und hob entschuldigend die schmalen Hände. »Tut mir leid, das ahnte ich nicht.«

»Natürlich nicht. Wenn das jemand wüsste, hätte ich bei der Wahl nicht die geringste Chance gehabt.«

»War es der Tropenvirus vor drei Jahren?« In der Pressemappe hatte sie von einem längeren Aufenthalt Forsters in einer Spezialklinik gelesen.

»Das war Meyers Idee, keine seiner schlechteren.«

»Warum erzählen sie mir jetzt davon?«

»Weil ich gewonnen habe und mir einen Infarkt nun leisten kann.« Er gähnte ausgiebig, ohne den Mund zu öffnen. »Und schließlich wäre es sowieso irgendwann rausgekommen.« Langsam strich er sich über die Haare, stütze dann seinen Kopf auf eine Hand und beugte sich nach vorne. Sein Blick traf sie unvermittelt. »Wie geht es ihrer Tochter?«

Sie verkrampfte sich ein wenig und schlug die Beine übereinander. »Was wissen sie?«

»Ich glaube, alles, was jemals amtlich festgehalten wurde.« Er rieb sich die Nasenwurzel und schaute auf den Kronleuchter an der Decke. »Und das, was Erzieherinnen, die Tagesstättenleitung, die Eltern anderer Kinder und ihre Nachbarn mitteilen wollten.«

Ihre Augen weiteten sich. »Meine Güte, ist das üblich oder erhalte ich eine besondere Behandlung?«

»Nun, wer einen solchen Wirbel in Lübeck veranstaltet, sollte das eigentlich erwarten ...· Aber, nein, es ist ein ganz normaler Vorgang. Wünschen sie denn eine besondere Behandlung?«

Sie zögerte kurz und entspannte sich dann sichtlich. »Was dürfte ich mir darunter vorstellen?«

»Oh, das wäre auszuhandeln ...« Ein Klopfen an der Tür ließ ihn innehalten.

»Herr, Bundeskanzler, das bestellte Essen ...« Ein Leibwächter und zwei Küchengehilfen traten ein. Rasch trugen sie die Aktenberge ab und deckten den Tisch.

Es gab Wildsuppe. Da es schon nach elf Uhr war, mochte er nichts Schweres mehr zu sich nehmen.

»Halten sie noch Kontakt zu ihrem Mann?« Er wusste nicht, warum er eine Frage stellte, deren Antwort er längst kannte. Aber vielleicht wollte er nur ganz sicher gehen.

»In aller Regel nur über den Anwalt, und sie? Sehen sie ihre Ex-Frau weiterhin?« Die halb geschlossenen Augen musterten ihn.

»Doro und ich sind gute Freunde. Wir hatten auch nie Kinder oder anderes, was unsere Beziehung belastet hätte.«

»Halten sie Kinder für eine Belastung?« Die etwas lautere Stimme verriet ihre Irritation.

»Nein, sicher nicht,« winkte er ab. »Nur hatte ich schon für meine Frau viel zu wenig Zeit, ein Kind wäre da zu kurz gekommen.« Das entsprach nicht ganz der Wahrheit. Tatsächlich hatte er nie Kinder gewollt, gestand er sich ein. Sie hätten zwangsläufig unter seinem Streben gelitten.

»Apropos Familie ...« Sie machte eine Pause, betupfte mit der Serviette ihren Mund und legte sie dann akkurat neben den Teller. »Vielleicht können sie mich aufklären: Sie wollen, wie sie sagen, ihren Vater nach dem Tod ihrer Schwester nie mehr gesehen haben.« Sie musterte ihn kurz. »Dagegen sahen Zeugen etwas Anderes: Zwei Wochen vor seinem tödlichen Unfall sollen ihn drei Männer aus einem Lokal geholt und in ihre wartende Dienstlimousine gesetzt haben. Das Auto sei sofort losgefahren. Wenige Minuten später, so wurde mir gesagt, fuhr der Wagen wieder vor, ihr Vater stieg aus und brüllte Beleidigungen. Schließlich sei er in die Kneipe zurückgetorkelt, offensichtlich angetrunken.«

Zuerst zeigte er keine sichtbare Reaktion, dann nickte er langsam. »Ich wollte diese Episode eigentlich vergessen. Paul war stockbesoffen. Ich glaube, er war schon als Kind ein Kampftrinker, jedenfalls habe ich ihn nie nüchtern erlebt.«

Woher wusste sie es? Es hatte keine Zeugen gegeben, eindeutig nicht. Er war damals nicht ausgestiegen, und Paul hatte seinen Zechkumpanen bestimmt nichts erzählt. Dafür waren seine Schulden und auch der angebotene Betrag zu hoch gewesen. Er hatte in jener Nacht noch einmal versucht, den Säufer ruhig zu stellen. Der Mann hatte begreifen sollen, dass er nicht nur ihm, sondern zumindest finanziell zugleich sich selbst schadete, falls er mit den Schmähtiraden fortfuhr. Vergebens, der alte Kotzbrocken hatte nur gebrüllt, ihn mit Beleidigungen überhäuft und leider stimmte das Argument, dass der liebe Sohn ohnehin weiter zahlen würde. In dem Moment hatte er begriffen, dass er untrennbar an diesen Menschen gekettet war, nie von ihm loskommen würde. Immerhin mochte es Paul immer nur bei nebulösen Verleumdungen belassen, weil er weiterhin von dem offenen Geldhahn profitieren wollte. Was blieb ihm auch übrig? Sogar wegen der Schläge hatte Paul ihn nie angezeigt. Nur fünf-, vielleicht sechsmal hatte er ihn getroffen, doch mit all dem Hass, der in den vielen Jahren gewachsen war. Danach hatten seine Begleiter den

Alten wieder ins Auto gelegt und zur Kneipe zurück gefahren. Ja, er war torkelnd in das Lokal zurückgekehrt, bloß nicht aufgrund des Alkohols. Forster erinnerte sich an die tiefe Befriedigung, die in der Gewalt gelegen hatte. Aber woher wusste sie es? Waren sie beschattet worden oder hatte einer der Leibwächter geredet? Und wer steckte dahinter? Für die damalige Regierung war er zu unbedeutend gewesen. Schulz? Nein, in dieser Zeit hatten sie noch im gleichen Team gespielt. Blieb nur Rommelskirchen. Natürlich – der alte Fuchs musste immer alles wissen. Hartnäckige Gerüchte besagten, dass der ehemalige Parteichef in all den Jahren verschiedene Luftschutzkeller mit Akten über politische Freunde und Feinde gefüllt hatte.

Er registrierte, wie sich ihre Brüste unter dem dünnen Stoff hoben und senkten. Anscheinend steigerte das Schweigen ihre Nervosität. Gut so. Stand sie also mit Rommelskirchen in Kontakt? Aber diese Frage stellte sich bestimmt auch Meyer, der im Nebenraum mithörte. Morgen früh sollte er die Antwort erhalten. Für den Augenblick zählte nur, dass er nicht vergaß, dass diese hübsche Frau erheblich mehr wissen dürfte, als er vermutet hatte.

Ein Telefon klingelte. Da Meyer ihn nur störte, wenn es unbedingt nötig war, nahm er den Hörer ab. Während des kurzen Gesprächs schaute er sie unverwandt an. Verbündete oder Feindin? Es blieb ihre Entscheidung, dennoch – Feinde besaß er schon wahrlich genug, und solch gut aussehende Freunde fand man selten.

Charlotte wand sich unter seinem stechenden Blick. *Herrgott, warum konnte ich auch nicht den Mund halten?!* Sie hätte die Frage zurückhalten, ihn noch nicht mit den Informationen aus dem Schließfach konfrontieren sollen. Dabei war es doch so gut gelaufen ...

Er legte auf. »Es tut mir leid, ich muss unseren netten Plausch unterbrechen. Der Verteidigungsminister will mit mir sprechen. Wenn sie sich gedulden wollen ... Ich möchte ihnen noch etwas zeigen.« Ohne ihre Antwort abzuwarten, notierte er einige Kürzel.

Wahrscheinlich bereitet er sich auf das Gespräch vor.
Der Leibwächter trat wieder ein und nickte ihr auffordernd zu.

Oh, natürlich, hier bin ich jetzt nicht mehr willkommen.

— — —

Sie wartete in einem Nebenzimmer, ein großer Raum, den ein gewaltiger achteckiger Tisch beherrschte. An jedem der Plätze war ein Monitor in das Holz eingelassen und neben dem Fenster hing ein weiterer, mindestens zwei Meter breiter Fernsehschirm. Sie wollte sich nicht in einen der Sessel setzen, dafür war sie schon viel zu müde. Stattdessen hockte sie sich auf den Rand der Tischplatte und ließ die Beine baumeln. Verstohlen blickte sie zur Tür, suchte die Wände nach irgendwelchen Überwachungseinrichtungen ab, ehe sie in der Handtasche kramte und die Tabletten fand. Natürlich wusste sie, dass die Medikamente sie zwar wach machten, doch zugleich ihre Konzentration minderten. *Egal. Ich bin sowieso nicht bei der Sache ...*

Um was es in dem Gespräch ging, das Forster gerade führte, ahnte sie. Schulz beschuldigte ihn der Intrige – und das zurecht. Eindeutig hatte das Kanzleramt zumindest den Zeitpunkt bestimmt, an dem die Korruptionsvorwürfe an die Öffentlichkeit gekommen waren. Bloß, warum sägte Forster an dem Stuhl des Ministers? Gab es mehr, vielleicht belastendes Material? Hatte Schulz tatsächlich Geld von der Hartmann-Holding genommen? Und würde Schulz drohen? Sicher, aber womit? Womit konnte man diesem Mann überhaupt drohen? Forster beeindruckte sie, das musste sie zugeben. Bei den morgendlichen Planungssitzungen mit Mitarbeitern hatte er sich kurz angebunden gegeben, effektiv, nicht frei von Arroganz, leicht cholerisch und dennoch aufgeschlossen gegenüber Vorschlägen. Während der Kabinettssitzung, einem besseren Arbeitsessen, hatte er sich uneitler präsentiert als jeder andere im Raum, eloquent, manchmal nachdenklich, selten, doch eben auch brüskierend direkt. Forsters Auftreten im Bundestag und auf dem diplomatischen Empfang sagte schließlich gar nichts mehr über seinen wahren Charakter aus. Dafür mimte er die Rolle des welterfahrenen Staatsmannes zu professionell. Fasziniert hatte er sie dagegen in Bremen: Nach der feierlichen Eröffnung der Werft hatte er zunächst den Managern das Gefühl vermittelt, dass sie dankbar sein dürften, überhaupt in seiner Nähe zu sein. Anschließend hatte er in seiner Rede zur Belegschaft mit den Zuhörern wie mit Jonglierbällen gespielt. Auf einmal war er der Traditionalist, dem es nur um den Erhalt und den Ausbau von Arbeitsplätzen ging. Der ›lonesome rider‹, der alleine gegen die Globalisierung kämpft und auf den sich die sozial Benachteiligten verlassen konnten. *Kein Wunder, dass er gewählt wurde.* Sie dachte an die Kachel in ihrem Bad mit der Überschrift: ›Was ist das Besondere an Dir?‹ *Ja, du gibst jedem, was er will, und verpflichtest dich zu nichts. Gibt es überhaupt jemanden, der dich im Kern kennt? Oder sehen alle nur die Seite an dir, die du ihnen zeigst?* Sie musste mit seiner Ex-Frau reden, doch weshalb sollte ihr Doro Forster mehr über ihren ehemaligen Gatten sagen? Wer war er wirklich? Jedenfalls hinterging er seine Minister. Allerdings nahm sie an, dass nicht nur er zu solchen Mitteln griff. *Mist stinkt überall gleich.* Aber er hatte sie zudem zweimal angelogen, wenn der Autor der Bänder, wer auch immer es war, die Wahrheit sagte. Die veränderte Stimme hatte sie darüber informiert, dass Forster seinen Vater zusammengeschlagen hatte. Stimmte das? Solange sie die Quelle nicht kannte, musste sie misstrauisch bleiben. Dennoch – es gab ein Motiv: Immerhin hatte sich Paul Forster in losen Abständen interviewen lassen und den Sohn scharf kritisiert. Doch bot das einen hinreichenden Grund? Löste ein Kanzler solche Probleme nicht anders? Und falls er dazu fähig war, was würde dieser Mann mit der ihm verliehenen Macht noch tun? *Blödsinn* ... Sie wusste einfach nicht, was sie denken sollte, und ahnte, dass dieses Spiel zu groß für sie war. Sie hatte nicht einmal seine Regeln begriffen. Ein ernsthaftes Foul traute sie ihm aber nicht zu. *Warum eigentlich nicht?*

»Es tut mir leid, Frau Menzius.« Forster kam herein und warf einen Blick auf die Uhr neben der Tür. Es war bereits nach Mitternacht. »Ich dachte, die Sache wäre schneller erledigt. Hoffentlich wurde es ihnen nicht langweilig. Haben sie etwas zu trinken bekommen?«

Vielleicht, weil er es gar nicht nötig hat. Er spielt zu gut. »Äh ...«

»Nein?!« Er schien irritiert und hatte die Stimme erhoben.

»Kein Problem, wirklich, ich war sowieso nicht durstig.« Sie wollte auf keinen Fall, dass er irgendeinen Angestellten herunterputzte.

»Schön.« Er nickte. »Sagen sie, wollen wir uns den Garten anschauen?«

Sie blickte ihn verwirrt an. »Welchen Garten?«

»Nun, den Garten des Kanzleramtes.« Er lächelte aufgeräumt. »Ich habe ihn noch nie betreten. Wir werden in der Dunkelheit wohl nicht mehr viel sehen, doch es hat die letzten Stunden geschneit. Also wieso nicht jetzt?«

Überrumpelt zuckte Charlotte mit den Schultern. »Ja, warum nicht? Wenn sie mir bloß meinen Mantel wieder beschaffen könnten?«

»Ach was, das dauert zu lange. Nehmen sie einfach meinen, ich friere gern ein wenig.« Schnell zog er einen Wollmantel hinter dem Rücken hervor und hielt ihn ihr einladend hin.

Vorsicht! Er rechnet mich aus ...

Sie ließ sich in den Mantel helfen, dann traten sie auf den Korridor. Zwei Personenschützer begleiteten sie durch verschiedene Gänge bis zu einem Nebeneingang.

»Sie warten hier,« befahl Forster den beiden Männern.

»Wir dürfen sie ...«

»Keine Widerrede! Es ist nur der Garten, meine Herren, verschlossen und bewacht. Meinen sie, da draußen liegt jemand und wartet in der Kälte darauf, dass wir mal kurz vor die Tür gehen? Quatsch. Sie können mir allerdings ihre Taschenlampe geben. Sie haben doch eine?«

Einer der Männer nickte. »Aber die Wege sind noch nicht geräumt ...«

»Dann besorgen sie uns eben Gummistiefel.«

Hintereinander stapften sie durch den schon recht tiefen Schnee und atmeten die klare Luft ein. Charlotte war froh, dass sie ihre hochhackigen Schuhe gegen ein neues Paar Moonboots eingetauscht hatte. *Ein Lager für Gästeschuhe!* Sie lächelte. *Die bereiten sich hier wirklich auf alles vor ...*

Plötzlich blieb Forster stehen und wandte sich um. Er wies auf die riesige, schemenhafte Fassade des Kanzleramtes. »Wie finden sie es?«

Ihre Augen folgten dem Schein der Taschenlampe. »Hm. Monströs vielleicht?«

»Ja, ein echtes Pharaonengrab. Sogar Cheops wäre stolz darauf gewesen. Mein Vorgänger wollte unbedingt den Reichstag in den Schatten stellen. Alter Schwachkopf.«

Schweigend gingen sie weiter.

Nach einer Weile leuchtete er in das Schneegestöber und blieb vor einer großen Tanne stehen. »Herrlich, nicht?«

Hinter dem hochgeschlagenen Mantelkragen hatte Charlotte ihn nicht gesehen, und als sie ihn anrempelte, stürzte Forster prompt vornüber in den Schnee.

»Entschuldigung, Herr Bundeskanzler, es tut mir furchtbar leid ...«

Er lachte leise.

»Alles in Ordnung?«, fragte sie verunsichert. *Macht er sich über mich lustig?*

»Es ist nur der Titel, ich finde ihn in dieser Lage unpassend. Als ob sie meine persönliche Bannmeile verletzt hätten.«

»Ach so.« Nun lachte Charlotte ebenfalls. »Wie darf ich sie dann anreden?«

»Wie wollen sie denn? ›Herr Dr. Forster‹ können sie gleich vergessen, das klingt viel zu förmlich.«

Da sie nicht wusste, was sie sagen sollte, lenkte sie ab. »Egal, wie ich sie nenne, sie müssen jetzt aufstehen. Ihre Hose ist bereits nass, und sie sollen doch morgen wieder die Welt retten. Eine ordinäre Erkältung käme da ungelegen.«

Mit einem übertrieben tiefen Seufzer stand er auf und schlug sich den Schnee vom Mantel. »Sie reden wie meine Mutter ...«

»Gut, die meisten Männer können einer Frau kein größeres Kompliment machen, oder?«

Er schaute sie an und fragte sich, was er eigentlich wollte. »Wo schläft ihre Tochter heute?«

Der plötzliche Themenwechsel verwirrte sie. »Bei meiner Mutter.« Der Gedanke an die unausweichliche inquisitorische Befragung, wenn sie Elise abholen würde, bereitete ihr Bauchschmerzen.

Er trat auf sie zu und hob eine Hand an ihren Mantelkragen. »Wollen sie mich nicht einfach Richard nennen?«

Charlotte ignorierte ihre nachgebenden Beine und schwieg.

Ein lauter Knall zerriss die Stille. Beide erstarrten, und ehe sie noch reagieren konnten, gab es einen weiteren Knall. Holz splitterte aus der Tanne neben ihnen. Während Charlotte dem Schnee nachblickte, der vom Baum herunterwirbelte, versuchte ihr Hirn die Ereignisse einzuholen. *Kugeln ... Jemand schießt auf uns ...*

»Runter!« brüllte Forster und drückte sie grob in den Schnee.

Berühmt

Nach den Schüssen, so schien es ihr, sah sie einen irrwitzig schnellen Film. Der Kanzler – Richard – und sie lagen nur kurze Zeit unter dem Baum, da schwärmten schon Sicherheitsleute aus, die nach ihnen riefen. Als Forster antwortete, liefen zwei Männer zu ihnen und warfen sich auf sie.

»Sind sie verletzt?«

Als sie verneinen wollte, verschluckte sie sich.

»Notarzt hierher!«

»Sie erdrücken mich,« stöhnte sie, doch der Personenschützer verstand sie anscheinend nicht. *Kein Wunder, ich habe den ganzen Mund voll Schnee.*

»Es tut mir leid, Frau Menzius, aber wir bleiben hier so lange liegen, bis alles gesichert ist. Bitte gedulden sie sich.«

Die tiefe, irgendwie vertraute Stimme beruhigte sie etwas, zumindest spuckte sie endlich den Schnee aus.

»Wo ... wo ist der Kanzler?«

»Schon im Gebäude.«

Die Leibwächter mussten ihn weggebracht haben. *Wieso bekam ich das nicht mit?* »Wie geht ...«

»Keine Ahnung, ob er verletzt wurde.«

Jetzt erkannte Charlotte den sonoren Bass. »Sie waren doch vor dem Haus seiner Mutter, oder?«

»Kann sein, ich schiebe wechselnden Dienst.«

»Wie heißen sie?«

»Das tut nichts zur Sache.« Im nächsten Augenblick zuckte er mit den Achseln, was sie schmerzhaft spürte. »Ach was soll's?! Ist wohl nur fair. Heinrichs, mein Name. Meine Verehrung, gnädige Frau.«

Sie hörte den süffisanten Unterton. »Finden sie diese Situation etwa lustig? Herrgott, können wir endlich aufstehen? Ich ersticke!«

»Keine Chance; erst nachdem die Freigabe erfolgt ist. Ich bin alleine und kann sie nicht ausreichend schützen. Also bleiben wir liegen.«

Ihr Grinsen erinnerte eher an eine schmerzverzerrte Grimasse. »Sie meinen, sie fangen die Kugel ab und sterben notfalls auf mir?«

»Exakt.«

»Ach, das ist doch Unsinn. Ich stehe jetzt auf. Warum sollte denn jemand auf mich schießen?«

»Seien sie endlich still!«, zischte er. »Dann haben sie auch genügend Luft. Dieser Dreckskerl kann nicht wissen, ob er getroffen hat. Wenn er kein Profi ist, wartet er vielleicht noch in der Nähe auf irgendein anderes lohnendes Ziel. Und die Auserwählte des Kanzlers lässt er bestimmt nicht ungeschoren davonkommen.«

Einen Moment lang schwieg sie verblüfft, bis die Wut aus ihr herausbrach. »Sind sie verrückt?!«, schrie sie mit überschnappender Stimme und versuchte den massigen Körper von sich wegzustoßen. »Ich bin nicht ... Oh Gott!« Die Anspannung der Muskeln unter Heinrichs zermalmendem Gewicht führte zu Krämpfen in ihren Waden.

»Noch einmal: Seien sie endlich still. Das scheint ein Problem von ihnen zu sein. Also im Klartext: Wir hätten sie ja gerne rechtzeitig entfernt, aber irgendein Idiot hat ihre Anwesenheit bereits durchgegeben. Und jetzt wollen alle das interessanteste Gesicht des Monats ablichten, nämlich ihres. Da kommen wir nicht mehr raus. Sie gingen weit nach Mitternacht alleine mit dem Kanzler im Garten spazieren, sie sind kein Mann und keine Verwandte. Welche Schlussfolgerung werden die Pressefritzen wohl ziehen, die in einer Viertelstunde wie ein Heuschreckenschwarm über sie herfallen? Die gleiche wie dieser Schweinehund irgendwo da draußen, das darf ich ihnen sagen.«

Was würde sie denn denken? »Oh nein ...«, flüsterte sie tonlos. »Das ist doch nicht wahr.« Und dennoch wünschte sie es fast oder etwa nicht? *Die Schüsse hätten auch in keinem ungünstigeren Moment fallen können ...*

»Wahr ist das, was man nicht erfolgreich bestreiten kann.« Er verstummte. Anscheinend hatte der Mann sein tägliches Kommunikationspensum erfüllt.

Irgendwann begrüßte Charlotte das Schweigen und entspannte erschöpft ihre Muskeln. Unter Heinrichs Gewicht festgenagelt lag sie im verschneiten Garten des Kanzleramtes und stierte auf den Schnee. In diesen Minuten erwog sie alle denkbaren Probleme und Schwierigkeiten, allerdings merkwürdigerweise nicht die Möglichkeit, doch noch erschossen zu werden.

An die folgende Stunde erinnerte sie sich nur bruchstückhaft. Andere Leibwächter brachten sie schließlich in das Gebäude zurück, zwei Ärztinnen untersuchten sie, dann wechselte sie die Kleidung und ließ sich frisieren. Den Grund dafür erfuhr sie wenig später.

Tina Helmbusch trat neben sie. »Sie sollen an der Pressekonferenz teilnehmen.« Die zierliche, weißhaarige Frau schien nicht begeistert. »Der Bundeskanzler besteht darauf. Leider ist durchgesickert, dass er sich in weiblicher Begleitung im Garten aufhielt, und er will die Gerüchteküche nicht noch weiter anheizen.«

Sie nickte stumm. Auf was sie sich einließ, das wusste sie nicht.

Den Kanzler sah sie erst kurz vor der Konferenz wieder. Als die persönliche Referentin sie durch einen der vielen Korridore des Komplexes führte, kamen sie an einem dunklen Sitzungsraum vorbei, dessen Tür offenstand. Charlotte wunderte sich, in welcher Lautstärke Forster einen Mitarbeiter zusammenstauchte.

»Wie konnten sie es wagen?! Das darf nicht wahr sein! Diese Dummheit! Ich sollte sie sofort feuern! Haben sie eine Ahnung, was daraus entstehen kann? Sie hatten verdammt klare ...« Er brach abrupt ab, als er Helmbuschs Hüsteln hörte, und drehte sich um.

Die Referentin hielt Charlotte fest am Arm.

Sein forschender Blick lag auf ihrem Gesicht. »Mir wurde zwar schon mitgeteilt, dass sie nicht verletzt sind, doch möchte ich es gerne selber hören.«

»Ja, es ist wirklich alles in Ordnung,« Ihre Stimme klang etwas spitz. *Seine Nervenstärke kennt anscheinend auch ihre Grenzen. Und der arme Wasserträger muss das ausbaden. Meine Güte, kann dieser Mann wütend werden ...*

Ein Lächeln blitzte kurz auf, ehe es wieder hinter der professionellen Maske verschwand. »Na gut, dann sehen wir uns ja gleich im Raubtierkäfig.« Damit schienen sie offensichtlich entlassen.

Was für Raubtiere? Das war ihr letzter Gedanke, bevor Helmbusch sie in den Pressesaal schob. Die Instruktionen, mit denen die Referentin sie sorgfältig versehen hatte, waren in derselben Sekunde vergessen.

Sobald Aschenputtel auftauchte, spielten Motive und Hintergründe des Attentats kaum noch eine Rolle. Der Kanzler, der kurze Zeit später erschien, stellte sie vor, und die etwa vierzigköpfige Meute nahm von ihr Besitz. Nach wenigen Fragen war aus der gestressten, alleinerziehenden Mutter Charlotte Menzius eine Person der Zeitgeschichte geworden. Eine Prinzessin, der die goldenen Sandalen des Prinzen offensichtlich passten.

»Herr Bundeskanzler, warum folgten ihnen keine Leibwächter in den Garten?«

»Über was unterhielten sie sich denn?«

»Bekommen alle Journalisten, die über sie recherchieren, ein Candle-Light-Dinner?«

»Kamen sie sich schon in Stockholm näher?«

Hoffnungslos.

Als schließlich Meyer dem Kanzler eine Notiz auf das Pult schob, unterbrach Forster kurz darauf den fetten Vertreter eines Massenblattes. »Meine Damen und Herren, ich betrachte Frau Menzius als gute Freundin. Mehr erfahren sie heute nicht. Wollen sie noch Fragen zu dem eigentlichen Vorfall stellen? Wenn nein, dann werden wir uns nun verabschieden.«

Mindestens zwanzig Hände zeigten auf. Als sie irgendwann Tina Helmbusch einen Hilfe suchenden Blick zuwarf, geleitete die ältere Referentin sie in einen Nebenraum, wo sie unspektakulär zusammenbrach.

Charlottes Finger krallten sich in das glatte schwarze Leder der Rückbank des schweren Mercedes. Am Rande ihres Bewusstseins nahm sie wahr, wie der Kanzler hektische Telefongespräche führte. *Absurd, ich soll ihn duzen ...* Sie schüttelte den Kopf. *Konzentriere dich gefälligst!* Aber sie konnte ihre Gedanken noch nicht ordnen. Wie lange sie bereits fuhren, wusste sie nicht, kannte nicht einmal das Ziel. Es war ihr auch gleichgültig. Dankbar für die Auszeit entspannte sie sich ein wenig und legte die Hände in den Schoß.

Als sie wieder erwachte, schaute sie aus dem Fenster, dann auf ihre Uhr. Vier Uhr morgens. »Wohin fahren wir?«

Niemand antwortete. Der Chauffeur konnte sie durch die Trennscheibe wohl nicht hören und der Kanzler war ... eingeschlafen. Sie nutzte die Chance und betrachtete ihn genauer. Obwohl vor nicht einmal drei Stunden jemand auf ihn geschossen hatte, wirkte er bemerkenswert entspannt. Er hielt die Arme über der Brust verschränkt und seine Züge hatten sich geglättet, zumindest so weit es die Falten auf Wangen und Stirn zuließen. Fand sie ihn wirklich anziehend?

»Zum Haus eines Freundes am Wannsee. Ich dachte, du wolltest jetzt nicht unbedingt heimfahren und den Blutsaugern begegnen. War das in Ordnung? Deine Mutter ist bereits verständigt.«

Blitzschnell wurde sie rot. »Es ... es tut mir leid, wenn ich dich angestarrt ... Ich meine, ich glaubte ...«

»Ich habe das auch getan.«

»Was?«

»Dich angeschaut, als du geschlafen hast.«

»Oh.«

Der Wagen bog in die unscheinbare Einfahrt eines Grundstücks ein und beschleunigte. Es musste ein großes Anwesen sein und die hohen Hecken boten einen willkommenen Sichtschutz.

Der Fahrer meldete sich über die Sprechanlage: »Wir sind jetzt allein, Herr Bundeskanzler.«

»Gut, Theobald.«

»Waren wir das nicht?«, fragte sie irritiert.

»Wo denkst du hin? Meinst du, die Presse lässt uns so leicht ziehen? Die Redaktionen haben Blut geleckt und zahlen hohe Preise für gewisse Bilder.«

Welche Fotos er meinte, konnte sie sich lebhaft vorstellen.

Er steckte sich eine Zigarette an. »Wir können froh sein, wenn sie uns keine Hubschrauber nachschicken.«

Oh mein Gott ... Charlotte schloss die Augen und überließ sich den wirren Gedankensplittern, die aus ihrem Unterbewusstsein auf- und wieder abtauchten, bis sie einen Fetzen aufnahm. »Woher wusstet ihr eigentlich damals schon am ersten Tag von meiner Recherche?«

Als er stutzte, vermerkte sie befriedigt seine Verwunderung. Diesmal hatte sie ihn mit einem Themenwechsel überrascht.

»Nun, ich glaube, dein Chefredakteur und Meyer waren früher Kollegen und sind immer noch Freunde. Ist das so interessant?«

Also lebe ich doch nicht in einem Überwachungsstaat. Das ist beruhigend. Dennoch wich sie seinem Blick aus. *Aber warum hat mir Hadi, dieses Arschloch, nichts davon gesagt? Und wieso hat er auf dem AB gelogen?*

Die Meute wartete schon. Über dem Dach des großzügigen Bungalows, dessen Fassade aus Klinker und sehr viel Glas zu bestehen schien, schwebte ein Hubschrauber. Grelle Scheinwerfer erfassten den näher kommenden Wagen.

»Diese Aasgeier.« Der Chauffeur bremste scharf ab und wandte sich um. »Soll ich sie vom Himmel holen lassen?

Wann war die Trennscheibe verschwunden?

»Ach was,« knurrte Forster, »das erregt nur wieder unnötiges Aufsehen. Fahren sie einfach in die Garage. Danach verhängen sie die Fenster.«

Der schwarze Bademantel aus schwerer Seide fühlte sich auf ihrer Haut fantastisch an. *So schmecken verbotene Früchte* ... Die edle Wohnküche besaß geradezu einschüchternde Ausmaße. Erst nach einer Weile stieß sie hinter der Front aus gebürstetem Stahl auf den gigantischen Kühlschrank – und den Glühwein, der dort auf sie wartete. Den Topf fand sie in einem von mindestens zwanzig Unterschränken. Dann schaute sie sich den Herd an und zögerte. Ein einziger pyramidenförmiger Schalter, in einen Lavastein eingelassen, steuerte acht Platten gleichzeitig. *Oh je* ... Plötzlich fiel ihr die Stille auf. Anscheinend hatte Forster Recht behalten und der Hubschrauber war weggeflogen, nachdem der Fahrer die Fenster verhangen hatte. *Jetzt duscht der Bundeskanzler – wie das klingt!* Sie hatte bereits den obszön großen Whirlpool benutzt. Wem dieser Palast gehörte, hatte sie bisher noch nicht herausbekommen, aber es war ihr eigentlich auch ziemlich egal. Sonst stieß sie Reichtum ab und verunsicherte sie zugleich, in dieser Nacht jedoch genoss sie seine Vorzüge.

Sie hörte ihn in der Diele. »Ich bin in der Küche. Es gibt Glühwein.«

Er trat durch die Tür. Vielleicht hatte er einen Bademantel gesucht – doch keinen gefunden.

»Das ist ein recht kurzes Handtuch ...« In ihrer leisen Stimme schwang ein Lachen mit.

Er stellte sich hinter sie. »Das ist ein recht schöner Bademantel ...« Seine Hand berührte leicht den Zopf, zu dem sie ihre nassen Haare geflochten hatte. »Und er ist eindeutig der einzige in diesem Haus ...« Seine Finger glitten zu ihrem Nacken und streichelten ihre Schulter.

»Du weißt, dass für einen Sozialdemokraten Solidarität das höchste Gut ist ...«

»Meinst du Solidarität oder Umverteilung?«, flüsterte sie ihm ins Ohr, als sie den Kopf wandte.

»Ich meine, dass wir den Stein des Anstoßes einfach ablegen sollten.«

Wie lange ist es her? Kann man es verlernen?

– – –

Am nächsten Morgen saß Charlotte auf einem für ihre Verhältnisse bestimmt unbezahlbaren Designersofa im Wohnzimmer der Villa. Mit Wasserspielen und offenem Dach erinnerte es an ein römisches Atrium. Eingemummelt in einer Daunendecke trank sie einen Becher Tee. Richard musste bereits in der Nacht gegangen sein. Jedenfalls hatte sie auf dem Läufer vor dem Bett eine Nachricht gefunden.

›Charlotte!

Es tut mir leid, aber der Kalender ist voll. Du kannst so lange bleiben, wie du möchtest. Ich hoffe, es hat dir gefallen. Wann sehen wir uns? Richard.‹

Wie hätte es ihr nicht gefallen können?! Selig versank sie in Erinnerungen an die vergangenen Stunden, bis sich nach einer Weile ihre Vernunft wieder zu Wort meldete. *Was meint er mit Wiedersehen? Will er eine Beziehung?* Zumindest ließ er kaum Zweifel daran. Nur – wollte sie das auch? *Meine Güte, warum nicht?* Immerhin waren sie beide geschieden. Aber sie kannte ihn ja eigentlich noch nicht, wusste nur einiges über ihn. Konnte sie mit jemandem zusammen sein, der offensichtlich nur wenig Skrupel zeigte, wenn er sich durchsetzen musste. Sie dachte an Schulz, seinen Vater und Rommelskirchen. Aber durfte er sich denn Skrupel leisten? Gehörte das nicht einfach zu seinem Job? Und das er einen solchen Vater verachtet hatte, schien nicht besonders verwerflich. Ja, sie wollte ihn, doch wollte sie

124

auch den Kanzler? Das klang nach einer anderen Frage. Durfte sie das Elise antun? Und ihm? Konnte Richard eine Beziehung mit ihr eingehen? War sie vorzeigbar? Verärgert zuckte sie mit den Schultern. *Dämliche Kuh!*

Als ihr Pieper sich meldete, suchte sie das Handy. Sie las die Nummer im Display und ahnte, dass ihre gute Laune nicht von Dauer sein würde.

»Mor'n, Kleines. Naa? Wie geht's der Kanzlergattin in spe?«

Wie immer verstand sie Hadis kurzatmiges Genuschel zunächst kaum. »Blödsinn!«, zischte sie. »Warum hast du mir nicht gesagt, dass du Meyer kennst?«

Er schnaufte mehrfach wie eine anfahrende, altersschwache Lokomotive. Sie sah den Fettklops vor sich, seine schweißige Stirn, sah, wie er seine schwierigen roten Locken zu bändigen versuchte. *Gut, dass ich noch nicht gefrühstückt habe.*

»Welch'n Meyer?«

»Hadi, hältst du mich tatsächlich für so dumm?«

»Du hast nich' gefragt. Aber das is' auch nich' wichtich. Der Kontakt mit Meyer is' mir wichtich und bringt nur Infos, wenn möglichst wenige davon wiss'n. Tut mir leid. Bist ja wohl reichlich entschädigt wor'n, oder? Wo bis' de jetzt?«

Sie stellte sich vor, wie er sich über seine obligatorischen gelben Notizzettel beugte. »Das geht dich nichts an.«

»Okay, okay. Dann schau' ma' in 'ne Zeitung. Heut' is' 'n denkwürdiger Tach.«

»Wieso? Ich habe hier keine Zeitung.«

»Aha. Nun ich kann 's 'di auch sag'n. Ich kann mi' nich' erinnern, dass ich jemals so viel' Top-News an einem Tach geles'n hätt'. Wart' mal, ich les' dir 'se vor.«

Charlotte trank Tee, während er anscheinend eine Ausgabe holte.

»Kleines? Also hör zu! Erstens: ›Attentat auf den Kanzler. Ein Unbekannter gab gestern Nacht gegen 0.30 Uhr am Kanzleramt zwei Schüsse auf Bundeskanzler

Richard Forster ab. Verletzt wurde niemand. Die Polizei teilte mit, dass der Schütze auf einem Baum innerhalb des Kanzlergartens Position bezogen hatte. Wer der Täter ist und warum er den Kanzler töten wollte, ist noch unklar.‹« Hadi legte eine kurze Pause ein. Merkwürdigerweise sprach er deutlich, wenn er vorlas. »›Forster war nicht allein, sondern ging mit Charlotte Menzius durch den Garten. Menzius, eine siebenunddreißigjährige Mitarbeiterin unserer Zeitung, arbeitet derzeit an einer Biografie über ihn. Auch sie, die dem Kanzler offenbar privat nähergekommen ist, blieb unverletzt. Unsere ...‹«

»Ach nein.« Sie lachte leise und wusste nicht, ob sie verärgert sein sollte. »Danke für die Beförderung.«

Hadi gluckste. »Nun, ich dacht', das wär' angemess'n. Nachdem 'de berühmt gewor'n bist, muss ich dich wohl des ganze Buch schreib'n lass'n. Wenn ich gewusst hätt', dass 'de für deine Karriere zu solchen Mitteln greifst, wär ich schon früher d'rauf zurückgekomm'n.«

»Leck mich!« Seine ewigen Anspielungen erbosten sie immer wieder.

»Liebend gern.« Er lachte. »Spielst'e noch in unser'm Team?«

»Habe ich das jemals? Wie lauten die anderen Meldungen?«

»Ja. Des is' was and'res. Es gibt gleich 'ne Sondersendung dazu im Ersten, die solltest 'de dir nich' entgeh'n lass'n. Stell' dir das' ma' vor: 'nen ›Brennpunkt‹ um halb zwölf am Werktach – und dann bereits der dritte heute. Wann hat's das schon 'ma gegeb'n?«

Sie legte grußlos auf und ging ins Schlafzimmer zurück, wo ein Fernseher an der Wand hing.

Das Format trug den Titel: ›Die SPD im Sumpf der Korruption?‹ Der hagere Moderator erklärte zunächst in alarmistischem Ton, warum nach den Sendungen zum versuchten Attentat auf den Kanzler, die Charlotte nicht gesehen hatte, nun erneut das Programm unterbrochen wurde. Dann kam er zur Sache: Genüsslich weidete er

126

den bisherigen Stand der Waffenaffäre aus, ehe er ein Interview mit dem Verteidigungsminister ankündigte. Die Schalte kam prompt. Schulz schien erregt, bestritt vor laufender Kamera jede Beteiligung an dem Rüstungsdeal und gab den Ahnungslosen. Er wisse nicht, wieso Mitarbeiter seines Ministeriums Hartmann-Holding den Zuschlag gegeben hätten. Nun werde das Geschäft natürlich storniert und der Auftrag neu ausgeschrieben. Seine fachliche Autorität als Ressortchef bliebe davon unbeschädigt, aber es gäbe leider bestimmte gewichtige Kreise in Industrie und Politik, die an seinem Stuhl sägten. Fakt sei immerhin, dass Hartmann-Holding zum TWB-Konzern gehöre, und in dessen Aufsichtsrat hätte ja bekanntlich früher der Kanzler gesessen. Mehr habe er nicht zu sagen. Die Frage, die der Journalist nach dem Interview im Raum stehen ließ, lag auf der Hand: Wer log? Litt Schulz unter Verfolgungswahn oder war Forster tatsächlich in das korrupte Geschäft verwickelt. Anschließend verlas der Moderator eine schriftliche Erklärung von Jürgen Thorwald, in der der Vorstandchef von TWB jegliche Einflussnahme auf den Deal dementierte. Seinem Unternehmen gehörten zwar über zwei Drittel der Hartmann-Holding, doch hätte das keine Bedeutung für deren eigenständige Geschäftspolitik. Falls das Tochterunternehmen während der Auftragsvergabe irgendwelche Regeln verletzt haben sollte, würde dem selbstredend nachgegangen.

»Damit vorerst genug von den Vorgängen im Verteidigungsministerium.« Der Moderator lächelte süffisant. »Die SPD hat nämlich nicht nur Probleme mit zu teuren Waffen, sondern noch delikatere Schwierigkeiten. Ein Live-Bericht aus der Frankfurter Kaiserstraße. Ja, sie haben richtig gehört ...«

Nach der Blende meldete sich eine schmallippige Journalistin, die Charlotte schon immer an eine Gouvernante erinnert hatte, und wies auf das weiße Haus hinter sich. »In diesem Gebäude erlitt Gustav Rommelskirchen, der ehemalige Finanzminister, Kanzlerkandidat und langjährige Parteichef der Sozialdemokraten heute Morgen gegen 9.30 Uhr einen schweren Herzinfarkt.«

Ein Film wurde eingespielt, der zeigte, wie Sanitäter den alten Spitzenpolitiker auf einer Trage in den Rettungswagen hoben.

»Zur Stunde,« fuhr die Journalistin betont sachlich fort, »ist sein Zustand noch kritisch, lässt die Universitätsklinik vermelden. Eine besondere Brisanz erhält der Vorfall durch die Natur des Etablissements, in dem er stattfand.« Die Frau wies auf die verputzte Fassade hinter sich, und der Zoom nahm eine unübersehbare rote Laterne ins Bild. »Gustav Rommelskirchen befand sich im L´escargot, einem bekannten Edel-Bordell.« Als sie wieder in die Kamera schaute, zeigten ihre Züge keinerlei deutungsfähigen Ausdruck. Vielleicht fürchtete sie angesichts des Themas und der Parteienherrschaft in deutschen Rundfunkaufsichtsräten um ihren Job. Nur eine kleine, fast unmerkliche Pause gönnte sie sich vor ihrem letzten Satz: »Wann und ... unter welchen Umständen Rommelskirchen zusammenbrach, wollte uns die Geschäftsleitung bisher nicht mitteilen.«

Charlotte schaltete ab und schüttelte ungläubig den Kopf. Warum war der verdiente achtzigjährige Parteisoldat solch ein Risiko eingegangen? *Rommelskirchen besucht doch nicht einfach so einen Puff, oder? Und wie haben die Geier das so schnell rausbekommen? Die Presse erreichte vor dem Krankenwagen die Kaiserstraße, das stinkt. Woher kam die Information? Richard?* Aber in der Nacht hatte er sich nichts anmerken lassen. Allerdings ahnte sie auch nicht, was ihr hätte auffallen sollen. Ja, sie wusste definitiv zu wenig über diesen Mann. Also sollte sie ihren Job machen, es war höchste Zeit. Und ihr Privatleben musste sie ebenfalls wieder in den Griff bekommen, wie sie sich eingestand. Genug von Luxusvillen und Bademänteln aus Seide – sie brauchte Antworten.

»Frau Forster, Doro Forster?« Ihre Stimme klang belegt vor Anspannung.

»Ja, am Apparat.«

»Hier spricht Charlotte Menzius.« *Ich habe gestern Nacht mit ihrem Ex-Mann geschlafen.* »Ich recherchiere gerade für eine Biografie über den Bundeskanzler. Und ich wollte fragen, ob ...«

Ein fröhlicher Singsang unterbrach sie. »Ach, das ist ja schön.« Die Frau wirkte erstaunlich aufgeräumt, geradezu unbeschwert. »Ich fragte mich bereits, wann sie sich melden würden. Natürlich können wir uns sehen. Wäre es ihnen heute Abend recht?«

Charlotte stand im Schlafzimmer des Bungalows am Wannsee und starrte auf die zerwühlten Laken. Mit der unabgesprochenen Kontaktaufnahme zu Forsters Familie hatte sie eindeutig gegen den Deal mit dem Kanzleramt verstoßen. Allerdings hatte sie sich sowieso nie an die Absprache halten wollen. Inwiefern die vergangene Nacht ihre Haltung beeinflusste, darüber wollte sie noch nicht nachdenken. Es gab Wichtigeres. *Wieso war Richards Ex auf den Anruf vorbereitet?*

– – –

Der Fahrer der Dienstlimousine, der sie gegen Mittag nach Hause brachte, äußerte außer den üblichen Floskeln kaum ein Wort. Schweigend erreichten sie ihre Straße, die seltsamerweise genauso aussah wie am Tag zuvor. Kein Blitzlichtgewitter, keine Pressemeute. Anscheinend war ihre Adresse noch nicht durchgesickert und so konnte sie unbehelligt ihre Wohnung betreten.

In der Küche wartete Ingrids Nachricht:

›Hallo, mein Schatz,

deine Tochter ist bei mir, bis du wieder Zeit für sie findest.‹

Wie viele Vorwürfe steckten in diesem Satz? Charlotte fluchte leise, aber eigentlich war sie zu verwirrt, um sich den Tag verderben zu lassen. Da sie sich noch nicht ihrer Mutter stellen wollte, würde sie Elise erst nach dem Treffen mit Richards Exfrau abholen. Das machte nicht nur Sinn, sondern verschaffte ihr sogar eine gewisse Befriedigung.

Und mit Träumen und Gedankenspielen vergingen die Stunden.

Als sie am Abend in ihr kaltes Auto stieg, sah sie eine Kassette auf dem Beifahrersitz. Das Zittern kam unvermittelt. Irgendjemand hatte ihren Wagen aufgebrochen, zum zweiten Mal und schon wieder ohne Spuren zu hinterlassen!

Die Stimme auf dem Band klang verzerrt. Charlotte konnte nicht einmal sagen, ob ein Mann oder eine Frau die Mitschnitte kommentierte.

»›Folgendes Telefongespräch wurde am 21.4.2000 ab 23.37 Uhr aufgezeichnet:‹

›Forster.‹

›Hier ist Felix. Richard, hörst du endlich damit auf? Warum hängst du mir eine Schmutzgeschichte nach der anderen an? Ich habe bisher nicht zurückgeschossen, aber falls du das nicht sofort lässt ...‹ Schulz wirkte hochgradig nervös, fast panisch.

›Ich weiß nicht, wovon du redest. Und wir sollten darüber nicht am Telefon sprechen.‹

›Richard, das ist meine letzte Warnung. Hältst du dich etwa für unangreifbar? Denkst du, ich wüsste nichts von deiner schmutzigen Wäsche?‹

›Ich werde jetzt auflegen, Felix.‹

›Folgendes Telefongespräch wurde am 1.5.2000 ab 17.42 Uhr aufgezeichnet:‹

›Herr Rommelskirchen, ich stelle durch.‹ Eine Sekretärin.

›Richard?‹

›Hallo, Gustav! Wie geht es deiner Frau?‹

›Meine Alte interessiert dich doch weniger als meine Füße, du intrigantes Schwein ...‹ So wütend und rustikal hatte Charlotte den alten Mann, der zurzeit in der Frankfurter Uniklinik lag, nie erlebt.

›Deine barocke Sprache ist immer wieder erfrischend. Wie kann ich dir helfen?‹

›Indem du mich in Ruhe lässt. Mein Gott, hast du nicht schon alles erreicht, was willst du denn noch?‹

›Du weißt genauso gut wie ich, dass du mir ein Messer in den Rücken jagen möchtest. Darauf wartest du doch nur. Also beleidige nicht meine Intelligenz und hör auf mit diesem sentimentalen Geseire.‹ Richard wollte offenbar verletzen.

Charlotte nahm sich vor, das Stichwort ›brutal‹ auf der Kachel zu notieren, auf der sie die besonderen Charaktereigenschaften des Kanzlers festhielt.

›Wie wär's mit einem Waffenstillstand?‹

Richard lachte. ›Nach all dem, was war? Wirst du rührselig auf deine alten Tage?‹

›Verdammt, willst du mich wirklich abservieren? So wie deinen Vater, ja? Ich kann es nicht beweisen, dennoch, du hast ihn auf dem Gewissen, davon bin ich überzeugt. Aber so schnell wirst du mich nicht los!‹

›Das sind ja schon Wahnvorstellungen, Gustav! Soll ich vielleicht einen Arzt verständigen?‹ Der Sarkasmus klang beißend.

Rommelskirchen musste in den Hörer geschrien haben, zumindest war die Aufnahme übersteuert. ›Auch du kannst dir nicht alles leisten. Du und deine Seilschaft, ihr werdet die Partei und das Land nicht ungestraft in den Dreck ziehen ...‹

›Tschüs, Gustav. Mach's gut.‹

›Folgendes Telefongespräch wurde am 1.5.2000 ab 17.56 Uhr aufgezeichnet:‹

›Hallo?‹

›Hier ist Richard. Lebt deine Tante noch?‹

›Gesund und munter.‹

Das hörte sich nach einem Code an. Die hohe, markante Stimme des Mannes, den Richard angerufen hatte, kannte sie irgendwoher.

›Methusalem wird gefährlich. Ich kann ihn nicht mehr kontrollieren. Du musst übernehmen. Aber ich denke ...‹

›Soll ich ihn übernehmen?‹

›Ja, nur ...‹

›Dann ist das meine Sache. Was ist mit den Anderen?‹

›Kein Problem.‹

›Gut.‹

›Wenn sie erfahren wollen, weshalb der Alte zurückgetreten ist und welcher Charakter unser Land führt, sollten sie herausfinden, wer der letzte Gesprächspartner war ...‹

Charlotte starrte auf den Kassettenrekorder, bis das Gerät klickte. Das Band war zu Ende. *Der Mann mit der hohen Stimme, was hat er Rommelskirchen angehängt?* Sie startete den Wagen. *Und warum hat er heute Morgen nachgelegt und die Presse von dem Herzinfarkt verständigt?* Diese Verbindung erschien ihr durchaus plausibel, geradezu naheliegend. Noch wichtiger schien jedoch die Frage, wer ein so großes Interesse daran hatte, dass ausgerechnet sie von diesen Intrigen erfuhr.

— — —

Durch die beschlagene Frontscheibe erkannte sie den Gegenverkehr nur schemenhaft. Mit der linken Hand suchte sie unter dem Sitz nach einem Wischlappen, fand aber nur ein altes vertrocknetes Taschentuch. Rasch befreite sie einen kopfgroßen Kreis von den Schlieren, dann drehte sie den Schalter der Belüftungsanlage nach rechts. Obwohl der Motor noch kalt war, fror sie lieber ein paar Minuten, als dass sie bei diesem Wetter einen Unfall riskierte. Es hatte zwar endlich aufgehört zu schneien, doch die Seitenstraßen waren nicht geräumt und der Regen tat sein Übriges. Eigentlich war es verantwortungslos, dass sie mit ihrer kleinen Kiste ohne Winterreifen, Airbag, ABS oder Seitenaufprallschutz, jenen schönen Dingen, die das Leben sicherer, aber eben auch teurer machten, überhaupt in dieser Nacht unterwegs war. Wer würde sich um Elise kümmern, wenn ihr etwas zustieße? Ihre Mutter, vielleicht Robert oder beide. Angewidert schüttelte Charlotte den Kopf. *Los,*

Mädchen, träum' hier nicht rum und tu 'was Produktives!

Welchen Eindruck hatte sie von Doro Forster? *Charmant, so nennt man das wahrscheinlich.* Sobald sie die Schwelle des exquisit eingerichteten Häuschens in Zehlendorf überschritten hatte, war sie in eine dichte Atmosphäre der Herzlichkeit eingetaucht. Charlotte hatte gerade ihren Mantel abgelegt und ging in den Flur, da sprach Forsters Ex-Frau sie schon mit Vornamen an. *Doro macht keine halben Sachen ...* Eine kleine, zierliche Person mit blondierter Dauerwelle, die wohl an Meg Ryan erinnern sollte. Die Ruhe, die der schlanke Körper vermittelte, stand in krassem Gegensatz zu dem Sturm, der auf ihren Zügen tobte, während sie redete. Charlotte beobachtete die Ältere mit wachsender Faszination. Mitunter wechselte der Gesichtsausdruck mehrmals in einer Sekunde. Aus dem Lächeln wurde ein Lachen, das schließlich in einem Stirnrunzeln mündete, und doch wirkte das alles nicht aufgesetzt, schien keine Attitüde. *Eine bezaubernde und immer noch schöne Frau, neben ihr sieht jeder Mann besser aus. Warum wollte Richard die Scheidung? Oder war sie es?*

Sie saßen auf zwei antiken Ohrensesseln, deren Samtbezüge mit vergoldeten Nägeln fixiert waren. An ihrer Seite stand ein Boulle-Tisch. Letzteren erkannte Charlotte nur, weil sie sich einmal bei einem Trödler für eine Nachbildung interessiert, dann allerdings den Preis gesehen hatte. Sonst reichte ihr Kunstverstand, wie sie sich eingestand, bei Weitem nicht aus, um die verschiedenen Epochen einzuschätzen, die dieses Zimmer prägten. Auf dem Parkett lag ein schwerer, in dunklen Farben gehaltener Teppich. *Ist das ein Gobelin? Nein, die liegen nicht auf dem Boden.* Eine impressionistische Schilderung des Landlebens zierte die eine, ein großer, strenger Schrank aus altem Nussbaumholz beherrschte die andere Wand.

»Wie finden sie den Monet?« Doro Forster goss grünen Tee in eine nahezu durchsichtige Tasse aus chinesischem Porzellan. »Ich hänge ihn jede Woche um, aber bisher hat er sich überall gestoßen.« Mit einem verbindlichen Lächeln stellte sie die Kanne ab.

Charlotte ärgerte sich. *Warum lasse ich mich von Reichtum immer so schnell einschüchtern?* »Sie sollten ihn mir ausleihen. Möglicherweise passt er zu Ikeamöbeln.« Woher kam dieser Wohlstand? Diese Frau ging keinem Beruf nach, das wusste sie. Sicher, Forster sorgte bestimmt für ihr Auskommen. Doch auch er konnte auf kein Vermögen zurückgreifen.

»Vielleicht mache ich das sogar.« Kokett schlug sie die Beine übereinander und schaute Charlotte über den Rand der Tasse hinweg an. »Sie möchten etwas von Richard erfahren, nehme ich an. Haben sie ihn schon kennengelernt?«

»Äh, ja.« Sie beschlich ein an Gewissheit grenzender Verdacht, dass ihr Gegenüber sehr wohl wusste, inwieweit sie Richard bereits kannte.

»Und sie wollen bestimmt wissen, warum wir uns scheiden ließen?«

Entweder sie gibt täglich solche Interviews oder sie ist nur enorm offenherzig. »Nun, das wäre ein Anfang.«

Doro Forster stellte ihre Tasse auf die mit einer eingelegten Glasplatte geschützte Oberseite des Boulle-Tisches zurück und strahlte sie an. »Nichts Weltbewegendes, also keine andere Frau oder Ähnliches. Ich hatte bloß von diesem Leben genug. Ich sah ihn nur noch, wenn er ins Bett fiel, und auf offiziellen Anlässen, das war auf die Dauer deprimierend.«

»Bereuen sie es?«

»Was?«

»Die Trennung. Immerhin, ihr Mann ist nun ...«

»Kindchen, wo denken sie hin? Jetzt hat er ja noch weniger Zeit. Und ich komme zurecht, das sehen sie ja.« Sie breitete die Arme aus.

Charlotte lächelte kurz. *Sie wirkt ehrlich, und warum wundert mich das?* »Sie heirateten spät, weshalb eigentlich? Sie kannten sich bereits während der Schulzeit.

Doch getraut wurden sie, wenn die Informationen stimmen, erst zehn Jahre nach dem Abitur.«

Forsters Ex-Frau lachte auf. »Ich brauchte eine gewisse Zeit, bis ich Richards Qualitäten erkannt hatte. Er lief mir ja schon auf der Schule hinterher und vergraulte Jürgen, aber lange blieben wir nicht zusammen. Wir verloren uns aus den Augen, ehe wir uns 1974 wiederfanden. Im Sommer darauf war es schließlich so weit.«

Charlotte warf einen demonstrativen Blick in ihr Notizbuch und stellte die Frage so, dass sie fast desinteressiert klang. »Sie meinen Jürgen Schoepperbaum, den Schulfreund des Kanzlers?«

»Genau. Mit ihm war ich damals liiert, bis Richard auftauchte.«

»Und sie gaben ihm den Laufpass?«

»Naja, wenn sie es so ausdrücken wollen.«

»War es nicht so, dass Schoepperbaum die Schule verlassen musste, nachdem er bei einem Täuschungsversuch erwischt worden war?« Charlotte hob die Augenbrauen.

»Stimmt, ja. Deshalb durfte ich ihn nicht mehr sehen, meine Eltern verboten es.« Sie lächelte und wirkte nicht im Mindesten verunsichert. »Ach, die Jugend, da macht man schon mal einen Fehler.«

Entweder sie ist sehr clever – oder sie sagt einfach die Wahrheit. »Halten sie inzwischen wieder Kontakt?«

»Zu Jürgen?«

Charlotte nickte.

»Nein, wie kommen sie darauf? Ich meinte doch schon, dass wir uns seit der Zeit nicht mehr gesehen haben.«

»Entschuldigung, sie sagten lediglich, dass ihre Eltern den Umgang verboten.«

Sie lachte wieder. »Aber hören sie, das kam damals für mich auf dasselbe raus. Ich war die brave Tochter eines strengen, gütigen Papis. Da gab es noch keine Modedrogen und Boy-Groups. Junge Mädchen träumten von einem eigenen Lippenstift, nicht von Brustvergrößerungen.«

Lenkt sie ab? Charlotte lächelte. »Etwas Anderes: Warum hatten sie nie Kinder? Immerhin waren sie zwölf Jahre verheiratet.«

»Ach, die übliche Geschichte. Erst will jeder Karriere machen und lebt sein Leben. Und wenn man erkennt, was das Salz in der Suppe ist, klappt es nicht mehr. Und sie, haben sie Kinder?«

»Ja, eine Tochter.« *Themawechsel.* »Noch einmal zur Schulzeit: Damals waren sie ja schon ein Paar, wieso trennten sie sich vom Kanzler?«

»Warum glauben sie, dass ich mich von Richard trennte?«

»Sie wirken nicht wie eine Frau, die man verlässt.«

Das Lächeln kehrte zurück. »Wenn sie es sagen. Nun, so war es auch. Ich denke, ich fürchtete mich ein wenig.«

»Vor ihm?« Charlotte beugte sich nach vorne.

»Na ja, wissen sie, er war mir unheimlich. Dieser enorme Ehrgeiz, der konnte schon Angst machen. Sobald Richard sich etwas in den Kopf gesetzt hatte, dann musste er es bekommen. Verstehen sie? Er musste einfach.« Sie nahm Charlottes Stirnrunzeln als Aufforderung, fortzufahren. »Und da gab es diese Geschichte ... Jedenfalls wollte ich nicht nur ein weiteres Objekt seiner Ambitionen sein.«

»Sie sehen mich neugierig ...«

»Ach, es war so: Ich war eine der Prinzessinnen, die es wohl auch heute noch auf jeder Schule gibt. Ein Mädchen, das alle Burschen schon deshalb küssen wollen, damit sie vor ihren Freunden angeben können.«

Charlotte wusste nur zu gut, wovon Doro Forster sprach. Als hässliches Entlein, das sie damals noch gewesen war, hatte sie immer voller Neid zu den früh erblühten Jungenschwärmen aufgesehen. »Und was war das für eine Geschichte?«

Die Andere rückte unruhig auf dem Sessel herum. »Sein Ehrgeiz ...« begann sie stockend, »... war wirklich enorm. Auf der Schule gab es nichts mehr für ihn. Er war bereits Sprecher, führte schon die Landesschülerversammlung. Da blieb nur die Partei. Also trat er in die SPD ein und wollte bei den Falken unbedingt schnell aufsteigen.«

»Sie meinen die Jugendorganisation der SPD?«

»Ja. Aber er war einfach noch zu jung. Jedenfalls wurde ihm das gesagt. Deshalb musste er bekannter werden, meinte er, wenn er nicht zurückstecken sollte, und das konnte Richard nie.« Sie schwieg.

»Und wie tat er das?« Charlotte nickte ihr zu.

»Er ließ sich verprügeln, und zwar ziemlich schlimm. Drei vermeintlich rechtsradikale Mitschüler lauerten ihm auf dem Schulweg auf und schlugen ihn krankenhausreif. Der Vorfall kam in die Zeitungen ...«

»Er *ließ* sich verprügeln ...«

Forsters geschiedene Frau verzog die Augen. »Er hat es nie zugegeben, aber die Jungs wurden nie gefunden. Warum sie es getan hatten, blieb auch vollkommen unklar. Jedenfalls brachte es Richard zum Chef der Falken in Schleswig-Hollstein.«

»Sie meinen, er hat sich die Geschichte ausgedacht?«

»Nein, nein, er war schon im Krankenhaus und sah wirklich schlimm aus. Bloß war die Prügelei seine Idee, glaube ich, ...« Sie lachte, als sie bemerkte, dass Charlotte sie mit großen Augen anstarrte. »Ich weiß nicht, ob sie ehrgeizige Menschen kennen. Richard bildet da noch eine eigene Kategorie. Und um ihre nächste Frage gleich vorwegzunehmen: Ja, er änderte sich, sonst hätte ich ihn nicht geheiratet. Nach den politischen Erfolgen fand er zur Gelassenheit. Und ich verliebte mich wieder in ihn.«

Charlotte hielt sich die Hand vor den Mund und hustete. Diese Offenheit war fast bestürzend. Wer war dieser Mann, der sie vor nicht einmal vierundzwanzig Stunden geliebt hatte? »Und Paul Forster? Das Verhältnis soll ja eher schwierig gewesen sein.«

»Stimmt. Doch da wurde auch übertrieben. Ich habe ihn ja nie kennengelernt, dennoch, sein Vater war schon stolz auf ihn. Jedenfalls behauptet das Richards Mutter. Sicher, er fiel später aus der Rolle und machte seinen

Sohn schlecht, bloß war daran bestimmt nur der Alkohol schuld.«

Charlotte dachte an den Helm ihrer Tochter. *Der Suff wird für so vieles verantwortlich gemacht ...* »Es heißt, der Kanzler hatte mit ihm in seinen letzten Jahren noch eine heftige Auseinandersetzung. Er soll ihn dabei sogar geschlagen haben ...«

»Ja, sie hatten ihre Schwierigkeiten. Verstehen sie, Richard wollte an die Spitze, da kann man einen besoffenen alten Herrn einfach nicht gebrauchen. Aber eigentlich bedauerte er es immer, dass er mit seinem Vater über kreuz war. Vor allem, weil er ihm den Tod seiner Schwester längst verziehen hatte. Als sein Vater dann überfahren wurde, war das schon ein Verlust für ihn. Er hatte sich nicht mehr mit ihm aussöhnen können. Jürgen ... Zabelprinz hat ihm damals sehr geholfen. Es ist bitter ...«

»Sie meinen Rüdiger, Rüdiger Zabelprinz, den Fraktionschef?«

Die zierliche Person krampfte die Hände ineinander. »Ja. Wohl sein einziger politischer Freund, der ihm privat nahe steht. Wie auch immer – kommen wir zum Ende? Ich habe noch Termine.«

»Natürlich. Danke für ihre Zeit.« Charlotte trank den Tee aus und schwieg, beobachtete die Andere und stellte dann in die Stille hinein ihre letzte Frage. »Die Schwester des Kanzlers, war sie eigentlich hübsch?«

Das geübte Lächeln gefror. »Gehen sie jetzt bitte.«

Als es Charlotte in ihrem Wagen zu warm wurde, schaltete sie die Heizung ab. Hatte sich Doro Forster tatsächlich versprochen? Aber falls Zabelprinz Richard nicht geholfen hatte, wie hatte ihn Jürgen Schoepperbaum unterstützen können, wenn der Kontakt schon dreißig Jahre zuvor abgerissen war? *Und warum sollte er ihm helfen wollen?* Richard hatte ihm damals die Freundin ausgespannt und vielleicht den Spickzettel platziert, der dann zur Relegierung geführt hatte. Wer war dieser Jürgen Schoepperbaum? Und vor allem: Wo war er?

Schläge

Es gab die allmorgendliche Frühstückskomposition: Müsli, Erdbeerjoghurt und Milch. Begeistert schaufelte Elise einen Löffel nach dem anderen aus der Schüssel. Lätzchen lehnte sie grundsätzlich ab und saß an diesem Morgen sogar noch im allmählich mit rosafarbenen Spritzern überzogenen Schlafanzug am Tisch. Mit geradezu überschäumender Freude verteilte das Mädchen rote Batzen aus Haferflocken und Rosinen in alle Himmelsrichtungen. Charlotte saß ihr in wohlweislichem Abstand gegenüber und pflegte ihr schlechtes Gewissen. Sie verbrachte neuerdings viel zu wenig Zeit mit ihrer Tochter. *Warum habe ich diesen verdammten Job überhaupt angenommen? Nein, das führt zu nichts! Robert zahlt nicht, er hat mich so weit getrieben.* Aber die Wut schmeckte nur im ersten Moment besser als Schuld und hielt sie zudem in Abhängigkeit vom Sündenbock. Das hatte sie zumindest in populärwissenschaftlichen Psychologiebüchern gelesen. Sie warf Elise einen düsteren Blick zu. Ernsthaft und konzentriert, die Zunge zwischen die Lippen gepresst benutzte die Kleine wie jeden Morgen ihren Löffel als Katapult. Und endlich platschte eine Milch-Müsli-Erdbeerjoghurt-Ladung auf den PVC-Boden.

Fröhliches Quietschen. »Fer-fertig Mam-mama!«

Charlotte wischte die Überreste auf. *Warum habe ich nur mit ihm geschlafen? Bin ich denn vollkommen durch den Wind?* Sicher, er war attraktiv, doch mit diesem läppischen Grund hätte sie nach Robert mit etlichen Verehrern zusammen sein können. War sie aber nicht. Lag es an seiner Macht? Spreizte sie tatsächlich, verführt von der eigenen Eitelkeit, sofort die Beine, wenn der große Boss mit den Fingern schnipste? Sie galt nun als prominent, allein in der letzten Stunde waren drei Interviewanfragen per Telefon eingegangen. Bedeutete ihr das wirklich etwas? Nein, ihr Leben war schon kompliziert genug. Und sie brauchte auch keine Pressemeute, die sich um ein Foto, ein Wort der neuen Kanzlerfreundin riss. Immerhin hatten weder Hadi noch das Kanzleramt bisher ihre Adresse weiter gegeben. Dennoch war es nur eine Frage der Zeit, bis sie die Türklingel würde abstellen müssen, da machte sie sich nicht die geringsten Illusionen. Also warum hatte sie mit ihm geschlafen? *Keine Ahnung, verdammt!* Jedenfalls hatte sie die Kontrolle verloren und das war ihr höchst zuwider. *Und wie steht es mit ihm? Hat er es bewusst gewollt? Wieso rief er dann nicht an, gestern Abend? War er zu beschäftigt? Vielleicht. Oder ist er verärgert, weil ich seine Ex getroffen habe? Eher unwahrscheinlich. Will er mich überhaupt wiedersehen? Möglicherweise hat er häufig solche Affären und schläft mit jeder einigermaßen ansehnlichen Journalistin, die seinen Weg kreuzt.* Das würde immerhin ihrem klischeelastigen Bild von Spitzenpolitikern vollauf entsprechen. Sie wusste nichts über ihn – das war der entscheidende Satz. All diese biografischen Bruchstücke, Verdächtigungen, Verbindungen kamen ihr wie die Schlaufen eines verschlungenen Wollknäuels vor. Und sie hatte noch nicht einmal ein Ende gefunden. Sie schenkte sich eine dritte Tasse Kaffe ein und ihrer Tochter ein liebevolles Lächeln.

»Mam-mama gut?«

»Ja, Schatz, mir geht's gut, keine Angst.« *Warum sage ich das? Sollte ich denn Angst haben?*

Es klingelte.

Sie blickte aus dem Fenster auf die Straße hinunter.

»Oh, das ist schon Tom. Wir müssen uns beeilen.«

Hastig lief sie zur Tür und bediente den elektronischen Öffner. Dann hob sie Elise aus dem Kinderstühlchen und zog sie um. Sie war gerade bei der Windel angekommen, als Tom bereits in der Tür stand.

»Morgen. Du, ich steh' im Halteverbot. Könnte die Kanzlerfreundin etwas Gas geben?«

»Herr Liebermann! Nimm dir einen Kaffee und halt die Klappe.« Nervös, wie sie war, klang ihre Erwiderung unnötig scharf.

Grinsend hob der Andere die Hände, taumelte theatralisch rückwärts und ließ sich auf einen Küchenstuhl fallen. »Diese Aggressionen ...«, murmelte er in gespielter Bestürzung. »Weshalb ist sie nur immer so aggressiv?«

Eigentlich mochte sie Tom, den kleinen, dünnen ewigen Studenten mit dem grotesk großen Kopf, der seine löchrigen Jeans wohl nur selten in die Waschmaschine steckte. Der Aushilfsfahrer der Tagesstätte galt als sogenannter Sozialgeschädigter: Aus zerrütteter Familie stammend hatte er es bloß auf die Sonderschule und dann in eine Behindertenwerkstatt geschafft, normalerweise der Endpunkt eines typischen deutschen Verliererlebens. Doch nicht für Tom. Inspiriert durch einen engagierten Zivildienstleistenden hatte er lesen gelernt und anschließend alles verschlungen, was ihm unter die Finger gekommen war. Zwei Jahre später hatte der ehemalige Analphabet den Hauptschulabschluss auf der Abendschule nachgeholt und nach noch einmal sechs Jahren das Abitur bestanden. Aber das Lernen ging weiter. Voller Begeisterung für die neu entdeckten Welten hatte er sich gar nicht erst für Maschinenbau oder Elektrotechnik, sondern gleich für Philosophie, Musik und Physik eingeschrieben. Seit achtzehn Semestern gab Tom nun den intellektuellen Studenten, der jeden materiellen Zwang ignorierte und über das Leben lachte. Zur Prüfung würde er sich wohl nie melden. Warum auch? Das Leben, sagte er gerne mit gefurchter Denkerstirn, sobald man ihn auf künftige Examina oder Familienpläne ansprach, sei eine Achterbahnfahrt, für die ein Unbekannter mit unbekannten Motiven ein Ticket gelöst habe. Und wenn man schon mitfuhr, könne man die Kurven und Loopings doch genießen oder nicht? Tom war einfach ein netter Kerl. Und seitdem Charlotte erklärt hatte, dass sie sich nicht für ihn interessiere, er also bitte alle Avancen unterlassen solle, Tom aber erwidert hatte, dass Arroganz das Leben vergifte, und er nicht in sie, sondern natürlich in ihre Tochter verknallt sei, kamen sie prächtig miteinander aus.

Elise zog sich selbst die dicke Daunenjacke an und schlüpfte mit Mühe in die schlabberigen Turnschuhe. Dann warf sie ihrer Mutter einen Kuss zu und hüpfte in Toms ausgebreitete Arme. Als Charlotte die Tür hinter ihnen geschlossen hatte, gaben die Beine unter ihr nach und sie setzte sich auf die Dielen. Seit dem Abend vor zwei Tagen nahm sie keine Tabletten mehr und nun kauerte sie vor einem tiefen dunklen Abgrund. *Er hat immer noch nicht angerufen. Aber will ich das denn überhaupt?* Die Gedanken flitzen durch ihr Hirn. *Oh Gott, jemand hat auf mich geschossen!* Ihr Versuch, das zu verdrängen, war anscheinend kläglich gescheitert. *Richard kann sich nicht um eine hysterische Kuh kümmern, er hat sicher Besseres zu tun.* Sie schüttelte den Kopf, entnervt wegen ihrer fahrigen Entschlusslosigkeit, stand auf und setzte sich an den Computer. Das Modem, einige Jahre alt, hatte schon damals nicht zur schnellsten Sorte gehört, doch sie wusste ohnehin nicht, was sie mit ihrer Zeit anfangen sollte. Also konnte sie genauso gut etwas Sinnvolles tun. Nach wenigen Sekunden erschien der Startbildschirm ihres Browsers. Sie klickte die Nachrichten an, wollte sich mit Fakten auseinandersetzen. Das hatte ihr stets geholfen.

Schulz stand kurz vor dem Rücktritt, zumindest kolportierten das die Hauptstadtjournalisten. Und Rommelskirchen lag weiterhin im künstlichen Koma. Etliche Glossen beschäftigten sich mit den Umständen, die dem Herzinfarkt vorausgegangen waren. Er galt nur noch als alter Bock, der möglicherweise eine Überdosis Viagra geschluckt hatte. Es war ungeheuer peinlich und offensichtlich, dass sein Renommee diese Breitseiten nicht überleben konnte. *Stammen die Bänder von ihm?* Wenn dem so war, erfuhr sie es vielleicht nie mehr. Sie rief eine weitere Nachrichtenseite auf. Natürlich behandelten die meisten Artikel das gescheiterte Attentat auf Forster – und sie. Die Ermittler suchten fieberhaft nach dem Täter, bisher ohne jeden greifbaren Erfolg. In einem Kasseler Postamt war immerhin ein Bekennerschreiben eingegangen. Es stammte von der ›Dritten Generation‹, einer bislang unbekannten terroristischen Splittergruppe, die wohl an die RAF anknüpfen wollte. Verfassungsschützer zogen die Authentizität des Briefes allerdings in Zweifel.

Schulz´ möglicherweise fingierte Verstrickung in die Waffenaffäre und Rommelskirchens Auftritt im Bordell – welche Rolle spielte Forster bei diesen Geschichten? Wo sollte sie beginnen? Das alles wuchs ihr über den Kopf. *Hadi ... Die alte Spürnase kann vielleicht helfen. Immerhin hat er jahrelang als Klatschreporter in Bonn seine Brötchen verdient und im Schmutz gewühlt. Und falls das nichts bringt?* Entnervt zuckte sie mit den Schultern und schrieb ihm eine E-Mail. *Der Internet-Junkie hockt bestimmt auch jetzt vor der Kiste.* In seinem Büro standen zwei Computer, die ständig online waren. *Wahrscheinlich gibt er sich als eine Mischung aus Tarzan und Einstein aus, wenn er mit fremden Frauen chattet ...*

Die Post fiel durch den Briefschlitz der Wohnungstür.

Der Brief stammte von Kleinert. Der alte Mann hatte ihr die vollständige Liste der Schüler aus Richards Klasse geschickt und unter die ›freundlichen Grüße‹ ein Postskriptum gesetzt.

›Übrigens ist mir eingefallen, dass Schoepperbaums Mutter im Jahr seiner Relegierung an Leukämie verstarb und sich sein Vater aus Verzweiflung das Leben genommen haben soll. Wenn das stimmt und Jürgen vielleicht adoptiert wurde, kann er heute einen anderen Nachnamen führen.‹

Interessant. Charlotte kaute auf ihren Fingernägeln. *Bloß ist ein Name, den man nicht kennt, auch nicht besser als ein Name, den man nicht findet.*

Auf dem Monitor blinkte das Briefkasten-Icon. Wie erwartet hatte Hadi schnell geantwortet.

›Kleines, wieso rufst Du mich nicht an? Ich vermisse Deine Stimme.‹

144

»Arschloch ...« Sie verdrehte die Augen.

›Doch Du redest ja jetzt nur noch mit den Führern unserer Gesellschaft. Warum versuchst Du es nicht einmal bei der Frau von Rommelskirchen? Sie ist in der Partei aktiv und lebt mit ihrem Mann in einer WG zusammen. Zerrüttete Ehe? Die kennt bestimmt etliche Interna und gibt wohl eine einigermaßen objektive Quelle ab. Sie heißt Roswitha. Schön, nicht? Falls Du ihre Nummer suchst, wirst du leider nicht glücklich. Die ist nämlich geheim, nachdem die beiden mal Telefonterror hatten oder so. Aber Super-Hadi löst jedes Problem! Es hat mich zwei große Gefallen gekostet: 0680 / 763221. Ich werde Deine Schulden zu gegebener Zeit eintreiben ... Dein Traumprinz ist zwar nicht so mächtig wie der Kanzler, sieht jedoch eindeutig besser aus. Bussi.

P.S.: Wenn Du eine Erhöhung deines Honorars im Sinn hattest, kannst Du das jetzt vergessen.‹

Charlotte wunderte sich. *Dieser Schwachkopf entdeckt auf seine alten Tage doch tatsächlich den Humor.* Jedenfalls brauchte sie nicht mehr Geld fordern, solange sie nicht wusste, ob sie das Buch überhaupt schreiben sollte. Das hing von Forster ab.

›P.P.S.: Weißt Du, dass Deine künftige Schwiegermutter ziemlich verstört in einem Schweizer Chalet sitzt? Was hast Du bloß mit ihr angestellt?

P.P.P.S.: Wie kamen denn nun Dein Lover und sein Alter miteinander aus? Übrigens wurde der Fahrer des Wagens, der ihn überrollte, nie gefunden? Besitzt Dein lieber Richard eigentlich einen Führerschein? Na, jetzt höre ich besser auf ...‹

Hadi spinnt! Richard oder einer seiner Leute am Steuer ... Quatsch! Sie musste sich zusammenreißen, sonst sah sie hinter jeder Andeutung eine Intrige und in Zufällen böse Absichten. Nein, das schien einfach lächerlich. Selbst wenn Forster seinen Vater gehasst hatte, würde er doch nie seine Existenz aufs Spiel setzen und ihn überfahren lassen. Allerdings hatte er ihn verprügelt, das war nicht nur eine Vermutung, sondern fast ein Fakt. *Charlotte! Was denkst du da?!* Vor kaum mehr als vierundzwanzig Stunden war sie mit dem Mann intim gewesen, den sie jetzt schon des Mordes verdächtigte! Aber Amtsinhaber und Person unterschieden sich anscheinend drastisch und mit dem harten, vielleicht skrupellosen Kanzler hatte sie nicht geschlafen. Sie schüttelte den Kopf und rieb sich über die Augen. Das brachte alles nichts. Sie brauchte weitere Informationen, unbedingt. Vorzugsweise von diesem Schoepperbaum, oder wie er auch immer hieß. Und wenn das nicht ging, dann eben von Roswitha Rommelskirchen.

– – –

Warum ruft er nicht an? Sie konnte kaum einen klaren Gedanken fassen, und wenig hasste sie mehr, als wenn sie zur Passivität gezwungen war. Immerhin hatte sie Rommelskirchens Geheimnummer angerufen und zwei, drei Sätze der Anteilnahme für seine Lage auf das obligatorische Band geheuchelt. Den Wunsch nach einem Gespräch mit der Frau hatte sie bloß am Rande erwähnt, nicht zu aufdringlich. *So weit, so gut.* Der Kaffeemaschine musste es ähnlich gehen wie ihr. Man tat nichts, ohne dass irgendjemand einen Knopf drückte. Ihr eigener Antrieb schien gegenwärtig ausgeschaltet, und ihre Ideen machten offensichtlich blau. *Minesweeper!* Das war nicht schlecht, sie sollte Zeit totschlagen. Warum also nicht ein paar virtuelle Minen entschärfen? In der schlimmsten Phase nach Elises Unfall hatte sie die neunundneunzig Minen der Profi-Version in nicht einmal fünf Minuten aufgespürt. Aber sie war wenigstens nie stolz auf dieses Ergebnis gewesen. Als sie sich erneut vor den Computer setzte, bemerkte sie, dass der Briefkasten schon wieder blinkte. *Was kann Hadi noch wollen?* Niemand anderes kannte ihre Adresse. Bisher hatte sie von dieser Art der Kommunikation wenig gehalten und ihm die Information auch nur widerwillig gegeben.

146

›Frau Menzius, dies ist die einzige Warnung. Beenden sie sofort die Recherche und vermeiden sie jeglichen Kontakt mit F. Denken sie an ihre Tochter ...‹

Die elektronische Botschaft trug keinen Absender.

Wie ist das möglich? Und wie sind die an meine Adresse gekommen?

Aber wen interessierte das jetzt? Wichtig war, dass irgendjemand ihren Schalter gedrückt hatte.

— — —

Es klingelte an der Tür.

Während Charlotte durch den Flur hastete, ärgerte sie ihr panisches Verhalten. Natürlich hatte sie sofort in der Tagesstätte angerufen, dort aber nur erfahren, dass die Betreuerinnen mit Elises Gruppe das Aquarium des Zoos besuchten. Anschließend hatte sie, ohne zu überlegen, mit dem Büro ihres Ex-Manns telefoniert, doch auch ihn nicht erreicht. Seine neue Sekretärin, die sie nicht mehr kennengelernt hatte, musste sie für eine hysterische Furie halten, so unzusammenhängend hatte Charlotte auf sie eingeschrien. Einigermaßen zur Ruhe gekommen, hatte sie endlich nachgedacht und im Aquarium die Betreuerin ausrufen lassen.

Es war nichts passiert, überhaupt nichts.

Aber drei lächerliche Zeilen auf ihrem Bildschirm hatten sie bereits in die Arme von Robert getrieben. *Verdammt, vielleicht ist er das jetzt schon. Bestimmt spielt er den lange verkannten Beschützer der Familie und beansprucht wieder den angestammten Patriarchensitz. Warum habe ich bloß bei ihm angerufen? Das war so dumm ...* Wütend öffnete sie die Tür und schaute auf einen Berg roter und gelber Rosen, deren Duft ihr den Atem verschlug.

Über dem Strauß lächelte Richard sie an. »Hallo!«

»Hallo.« Ihre Stimme kratzte.

»Vielleicht die passende Entschuldigung?« Er drückte ihr die Blumen in die Hände. »Es tut mir wirklich leid, aber ich konnte dich einfach nicht anrufen, keine Zeit.

Da dachte ich mir einen fiktiven Termin aus, den ich unbedingt wahrnehmen muss. Meyer denkt, ich bin auf der Beerdigung eines altverdienten Genossen in Schleswig-Hollstein.«

»Sehr clever.« Sie mied seinen Blick.

»Bist du verstimmt?« Wenn er überhaupt jemals unsicher wirkte, dann würde es sich wohl so ähnlich anhören.

Automatisch schüttelte sie den Kopf.

»Darf ich eintreten? Ich möchte ungern schon jetzt die Nachbarn kennenlernen.«

»Ja, natürlich.« Sie drehte sich zur Seite und entdeckte neben ihm Heinrichs versteinerte Züge. Der riesige Leibwächter, dem sie im Schnee nähergekommen war, starrte sie finster an.

»Sie warten hier,« befahl Forster und ließ die Tür hinter sich ins Schloss fallen.

Sie ging ihm voraus in Richtung Küche, suchte eine Vase, wusste aber eigentlich gar nicht, was sie tun sollte.

Mit zwei Schritten holte er sie ein und umfasste ihre Schultern. »He, was ist denn los? Hat es dir nicht gefallen?« Er strich über ihr Haar und wickelte eine Strähne um seine Finger.

Sie blieb stehen. »Doch, natürlich, das ist es nicht.«

»Was ist es dann?«, flüsterte er und küsste ihren Nacken.

Ihre Hände zitterten. Sie legte die Blumen auf das Regal, drehte sich um, löste sich von ihm und trat zurück. Ihr Blick heftete sich auf seine Schuhe. »Richard, ich ...«

Ein lautes Schnaufen unterbrach sie. »Himmel, Charlotte, was ist denn los?« Erneut liebkoste er ihren Hals.

Sie schüttelte leicht den Kopf. »Bitte ...«

»Ich weiß von deinem Besuch bei Doro. Sagte sie vielleicht etwas, was dir Angst macht?« Ehe sie sich wegdrehen konnte, packte er ihren Arm. »Oder fürchtest du etwa deine eigene Courage?« Er lächelte. »Alles wird gut und es gefällt dir, das verspreche ich. Als Freundin des Kanzlers genießt du gewisse Vorteile, weißt du?« Seine Finger streichelten ihre Hüfte. »Wie es weiter geht, sehen wir schon. Wir können es einfach auf uns zu kommen lassen. Sogar Elise dürfte kein Problem sein.«

Das war das Stichwort. Wie aus einer Trance aufgerüttelt, presste sie die Hände gegen seine Brust und schob ihn weg. »Hör auf damit, ich mag das nicht.« Zornig blitzte sie ihn an. »Ich will auch nicht deine Freundin sein. Ich ...«

Das Brüllen traf sie unvorbereitet und ließ sie zusammenfahren.

»Himmel, Charlotte! Was ist los mit dir? Ich denke nichts Böses und komme nach einer tollen Nacht mit Blumen hierher, aber du spielst die Spröde.« Schon wieder fasste er nach ihrer Hüfte. »Jetzt sag mir endlich, was los ist. Ich habe meine Zeit bestimmt nicht gestohlen.«

»Schrei nicht so! Und vor allem: Fass´ mich nicht an.«

Als er sie nur fester an sich zog, trat sie ihn gegen das Schienbein.

Überrascht ließ er sie los.

Charlotte nutzte die Chance und wich in die Küche zurück. Laut fluchend rieb er sich zunächst das Bein und humpelte ihr hinterher.

»Bist du verrückt geworden?« Vor Zorn klang seine Stimme tiefer als sonst, er sprach langsam, wie mit einem Kind, das man vor einer Dummheit zurückhalten will. »Was ist denn in dich gefahren? Sind das die Tabletten, die du nimmst? Charlotte!«

So viel zur ärztlichen Schweigepflicht ... Sie wandte sich um, lächelte verzerrt. »Du möchtest wissen, was mir die Laune verdorben hat? Dann lies!« Sie wies auf den Bildschirm, auf dem immer noch der Text der anonymen E-Mail prangte.

Stirnrunzelnd warf er ihr einen Blick zu, ehe er auf den Monitor schaute.

Oh Gott! Die Sekunde, die er zu lange las, gab ihr Gewissheit.

Er nickte. »Meine Güte, natürlich hast du Angst. Wer hätte die nicht? Jetzt beruhige dich! Das ist bloß ein Verrückter. Ich bekomme häufig solche Nachrichten ...«

»Aber ICH nicht!« Ihre Stimme überschlug sich. »Von wem stammt das?«

»Keine Ahnung,« antwortete er schulterzuckend, »Ich meine, woher willst du denn wissen, dass ich ...«

»Tu doch nicht so unschuldig! Meinst du, meine Adresse steht in der Zeitung? Irgendjemand bedroht meine Tochter. Und du weißt, wer.«

»Charlotte! Bitte bleibe auf dem Teppich.« Er sprach leise, beschwörend, während er auf sie zutrat. »Wie kannst du glauben, dass ich etwas damit zu tun habe? Ist das dein Ernst?!«

Zu keiner Antwort fähig wich sie langsam zurück, bis sie hinter sich den Küchentisch spürte.

Verständnislos schüttelte er den Kopf. »Ich wollte dich einfach nur wiedersehen, vielleicht deine Tochter kennenlernen, auf jeden Fall zwei schöne Stunden mit dir verbringen. Warum sollte ich dich denn unter Druck setzen wollen?«

Verdammt, er hört sich so vernünftig an! Doch wieso lügt er dann und sagt nicht, dass er den Absender kennt? Sie fühlte sich wie ein in die Enge getriebenes Tier und biss nun nach allen Seiten. »Das habe ich nicht gesagt. Aber du kennst dieses Arschloch. Du bist blass geworden, als du die Nachricht gelesen hast. Irgendetwas stinkt hier ganz gewaltig. Und solange ich keine Antworten bekomme ...«

»Jetzt hör' endlich auf. Das ist ja total verrückt.«

»Halt den Mund! Deine Mutter kann nicht von deinem Vater und auch nicht über ihre Tochter reden. Deine Ex-Frau lügt wie gedruckt. Wer ist denn für Rommelskirchens Rücktritt, seinen Auftritt im Bordell und die Affäre um Schulz verantwortlich? Sag' mir das!«

Sie stand neben sich und hörte ungläubig ihrer Stimme zu. »Wer bist du eigentlich? Je mehr ich von dir weiß ... Am liebsten hätte ich deinen Namen nie gehört.«

Merklich aufgewühlt versuchte er, sie zur Ruhe zu bringen, zog sie in die Arme. Sein Blick nagelte sie fest. »Charlotte, ich kann nur ahnen, was in deinem Kopf vorgeht. Trotzdem, eines sage ich dir: Mit all dem, was du da andeutest, habe ich aber auch gar nichts zu tun.«

Sie schwieg und suchte in seinen Augen eine Bestätigung, etwas, das sie glauben konnte. Sehr leise und dennoch unüberhörbar stellte sie die entscheidende Frage: »Wer brachte deinen Vater um?«

»WAS?« Er schien wirklich schockiert, ließ sie jedoch nicht los. »Bist du jetzt vollkommen übergeschnappt? Warum hätte ich das tun sollen?«

»Du hast ihn gehasst.« Ungehemmt sprudelte es aus ihr heraus. »Nicht nur, weil er dir mit seinen Äußerungen schadete. Nein, ich glaube, er verursachte den Tod deiner Schwester.«

Die erste Ohrfeige klatschte auf ihre Wange. Wutentbrannt schlug er auf sie ein. »Du bist ja wahnsinnig!«, brüllte er. »Ich lasse mir nicht in meinem Leben rumpfuschen, auch nicht von dir. Du wirst mir nicht alles kaputtmachen. Das erlaube ich nicht.«

Charlotte wehrte sich verzweifelt, doch vergebens. Während die Schläge auf sie einprasselten, schüttelten sie trockene Schluchzer.

Das Telefon klingelte. Einen Moment später hielt er ein, anscheinend aus dem Jähzorn erwacht, und stand schwer atmend vor ihr.

Langsam hob sie den Kopf und blickte ihn an, hasserfüllt. Niemand hatte sie jemals derart geschlagen.

Er schaute zu Boden. »Es tut mir leid, dennoch, du müsstest dich einmal selbst hören ...«

Als der Anrufbeantworter ansprang an, spuckte sie ihm ins Gesicht.

Obwohl er zurückwich, traf der Speichel sein rechtes Lid. Fast widerstrebend formten seine Lippen ein ironisches Lächeln. »Danke. Aber jetzt solltest du dich beruhigen.«

Nach dem Pfeifton sprach eine leicht zittrige Frauenstimme auf das Band: »Frau Menzius? Guten Tag,

Roswitha Rommelskirchen. Mein Mann ist vor einer Stunde verstorben. Gerade deshalb würde ich mich gerne mit ihnen unterhalten. Wie wäre es heute Abend um zehn Uhr? Den Ort können wir noch vereinbaren. Auf Wiederhören.«

Forster hatte sich mit einem ungläubigen Gesichtsausdruck zum Telefon umgewandt. Als ein Klicken das Ende der Nachricht anzeigte, drehte er sich langsam wieder zu ihr – und packte sie. Wie Krallen bohrten er die Finger in ihre Oberarme, die Augen zu engen Schlitzen verkniffen.

Charlotte schrie. Körperliche Angst spülte auch den letzten klaren Gedanken hinweg. *Wehr' dich, jetzt!* Als er den Mund öffnen wollte, traf ihn ihr Knie mit voller Kraft zwischen den Beinen. Keuchend ging er zu Boden, ließ sie aber nicht los, und so fiel sie auf ihn. Verzweifelt versuchte sie sich zu befreien, da riss sie ein überwältigender Schmerz am Kinn herum. Er hatte sie wieder geschlagen und diesmal mit der Faust! Sie schluckte Blut und hustete. Der Schock brandete in ihrem Magen hoch.

»Du Schlange, du Verräterin! Du möchtest dich mit mir anlegen? Das haben schon viele bereut ...« Er rollte sich zur Seite, stand auf, warf sie auf den Teppich und setzte sich rittlings auf sie.

Ihr Kopf knallte so hart auf den Boden, dass sie den nächsten Schlag kaum spürte.

Forster schrie weiter auf sie ein. So etwas wie: »Verdammt, ich will dich doch.«

An der Grenze zur Bewusstlosigkeit dämmernd, fühlte sie einen kalten Luftzug auf ihrer Brust. Er musste ihre Bluse zerrissen haben. *Warum hat er das getan?* Er drückte ihren Busen, es tat weh. *Bitte nicht ...* Mühsam zwang sie sich in die Gegenwart zurück und öffnete die Augen. Forster kauerte über ihr, das Gesicht abgewandt. Er schien zu weinen, jedenfalls hörte sie ein Stöhnen.

Plötzlich wandte er den Kopf und schaute kurz auf ihren Körper, dann hoch. »Es ...« Er schluckte. »Es tut mir leid. Charlotte, hörst du? Ich weiß nicht, was in mich gefahren ist. Der Stress, glaube ich. Ja, es muss der Stress sein. Kannst du mir verzeihen?«

Sie zeigte keine Regung und schwieg, wusste auch gar nicht, was sie hätte sagen können.

Schließlich stand er auf. Als er sich umdrehte, bemerkte er Heinrichs in der Küchentür, der seinen Chef beobachtete und die halb nackte Frau auf dem Boden konsequent ignorierte.

Forster warf seinem Leibwächter einen langen abschätzenden Blick zu, ehe er in ihre Richtung nickte. »Naja, es ist ja nichts passiert.« Eine fahrige Handbewegung überspielte die Unsicherheit. »Kümmern sie sich darum.« Und ohne sie noch einmal anzusehen: »Charlotte, ich kann mich nur wiederholen: Es tut mir wirklich leid. Wir hören sicher voneinander.«

Dann ging er.

Heinrichs sah auf sie herunter, anscheinend unschlüssig, was er genau tun sollte. Schließlich half er ihr hoch, packte sie kurzerhand unter den Beinen und trug sie in das Schlafzimmer.

»Darf ich irgendwie helfen? Soll ich jemanden anrufen?« Er stand vor ihrem Bett und schaute auf die Decke, die er über sie gebreitet hatte.

Sie schüttelte den Kopf.

Er holte ein Taschentuch aus seinem Jackett, kniete neben ihr nieder und tupfte das Blut von ihrem Mund. Sie zuckte zusammen, als er die Schwellung an ihrem Kinn streifte.

Der riesige Mann gab sich einen Ruck. »Hören sie, wenn ich gewusst hätte, was er ihnen antut, wäre ich früher reingekommen. Doch er ist nun einmal der Boss.« Es hörte sich an, als ob er diesen Umstand nicht zum ersten Mal bedauerte. »Schauen sie mich an.«

Sie reagierte nicht, zog nur die Decke fester um ihre Schultern.

»Ich kann, glaube ich, jetzt nichts weiter für sie tun. Es tut mir leid, aber sie haben etwas gut bei mir. Verstehen sie? Und ich pflege meine Schulden zu bezahlen.«

Sie schaute hoch und sah in die faltige, zerschlagene Visage. Offensichtlich meinte er es ernst.

»Auf Wiedersehen, Frau Menzius.« Er ging zur Tür und wandte sich noch einmal um.

Charlotte schwieg.

— — —

Forster saß auf der Rückbank einer schwarzen Dienstkarosse und rieb sich die Schläfen. Sie fuhren in Richtung Bundeskanzleramt, aber zum ersten Mal seit langer Zeit wusste er nicht, ob er da überhaupt hin wollte. Was war nur über ihn gekommen? Sicher, sie hatte gefährliche Fragen gestellt, bloß gab ihm das keinen hinreichenden Grund ... Er fluchte leise. Andererseits hätte sie nie gefragt, wenn diese verdammte Botschaft nicht auf ihrem Bildschirm erschienen wäre. Mechanisch tippte er die Kurzwahl. Er musste jetzt unbedingt seine Wut loswerden.

»Ja?«

»Lebt deine Tante noch?«

»Gesund und munter.«

»Warum hast du mich nicht gefragt? Solch ein unnötiges Risiko ...«

»Meinst du die Frau?« Die Stimme klang knapp und kalt.

»Wen denn sonst?« Forster atmete tief ein, da er nicht laut werden wollte. »Alles war in Ordnung, bis sie die Drohung bekam. Jetzt ist sie alarmiert. Verdammt, ich ...«

»Sie war sowieso gefährlich. Ich hätte das auf jeden Fall unterbunden.«

»Quatsch, nur weil sie Journalistin ...«

»Es gibt einen anderen Grund, aber das ist nun nicht mehr relevant. Sie hat die Nachricht also bekommen. Wie reagierte sie?«

»Was glaubst du wohl? Mein Gott, ich wollte sie sogar schon offiziell der Presse vorstellen, damit die Spekulationen aufhören! Jetzt wird sie mich hassen.«

»Was ist denn passiert?

»Als Roswitha anrief, bin ich ausgerastet und ...«

»Sie steht in Kontakt zu Rommelskirchens Frau? Dann scheint sie gefährlicher als ich dachte. Wir kümmern uns um sie.«

»Du Idiot hast schon genug getan. Hörst du? Das ist meine Sache.«

»Du sagst mir nicht, was ich tun soll. Du nicht. Mensch, schalte endlich dein Gehirn ein! Sie hasst dich doch, das siehst du selbst. Also wird sie reden und die Witwe des Alten auch, die hat rein gar nichts mehr zu verlieren. Solche Risiken nenne ich inakzeptabel.«

Forsters Atem ging nun etwas ruhiger. »Kann ... man sie nicht täuschen und dann Gras darüber wachsen lassen?«

»Ich finde es immer wieder erstaunlich, dass du so naiv bist, wenn Frauen im Spiel sind. Ich lege jetzt auf.«

Die Leitung war tot.

Konzentriert starrte Forster eine Weile auf den blonden Haarschopf seines Fahrers, ehe er den Knopf der Sprechanlage drückte. »Theobald, wir drehen um!«

»Aber, Herr Bundeskanzler, sie kommen schon zu spät zur Kabinettssitzung, wir sollten ...«

»Tun sie gefälligst, was ich sage!«

»Soll ich Meyer informieren?«

»Sagte ich das?«

Er ließ den Knopf los. Diesmal nicht, diesmal machte er es auf seine Art, er konnte es wieder einrenken. Er musste einfach.

Nachdem er geklingelt hatte, hörte er hastige Schritte den Flur hinunter kommen. Die Tür ging auf. Es war nicht Charlotte. Vor ihm stand ein ungefähr vierzig Jahre alter Hüne mit kurzen, bereits weißen Haaren. Dreitagebart, schicker Anzug – wahrscheinlich ein Banker, dachte Forster.

Der Mann, der an die zwei Meter groß sein musste, starrte ihn von oben herab aus braunen, leicht verquollen Augen an. »Fors ... Ich meine, Herr Bundeskanzler?« Die Stimme klang etwas verwaschen.

Ein Banker mit Alkoholproblemen. »Ja, ich bin Richard Forster.« Mühelos strahlte er eine professionelle Autorität aus, während er den Fremden fixierte. »Und wer sind sie, darf ich fragen?«

Der Andere schien eingeschüchtert, sicher auch überrumpelt. Das ging eigentlich allen so, wenn sie ihm zum ersten Mal und unvermutet begegneten.

»Äh ... Weissmann, Robert. Meine Frau, nein, meine Ex-Frau rief mich auf der Arbeit an. Es sollte ein Problem mit unserer Tochter geben, da bin ich so schnell wie möglich hergefahren.«

Forster nickte. So sah also Robert aus. Eindeutig ein attraktiver Mann, der allerdings schon bessere Zeiten gesehen hatte. Weissmann – der Name kam ihm merkwürdig vertraut vor, nur leider kannte er viel zu viele Menschen, als dass er direkt eine Verbindung hätte herstellen können. »Ich möchte sie sprechen, ihre Ex-Frau.«

»Ja, ich hörte davon.« Weissmann runzelte die Stirn. »Charlotte recherchiert für eine Biografie über sie.«

War das Eifersucht? Aber aus dem Fernsehen konnte er nichts wissen und sie hatte gewiss von ihrer Nacht geschwiegen.

»Es scheint gefährlich zu sein in ihrer Nähe.«

»Ach so, sie meinen die Schüsse? Ja, dafür kann ich nur um Entschuldigung bitten, passiert mir auch nicht jeden Tag.«

Der Andere nickte. »Jedenfalls ist nicht da. Ich warte hier auf sie.«

Forster versuchte, in Weissmanns Gesicht zu lesen. Anscheinend log er nicht und hinter ihm konnte er keine Bewegung erkennen. »Nun, sie sollte mich interviewen. Also richten sie ihr bitte aus, dass wir einen neuen Termin machen müssen. Ich erwarte, dass sie den dann gefälligst einhält.« Der Mann würde kaum glauben, dass der Bundeskanzler einen Termin in der Wohnung seiner Ex-Frau hatte oder sie persönlich abholen wollte. Forster war das zwar nur allzu bewusst, aber ihm fiel in der Eile einfach nichts Besseres ein.

»Ich gebe es weiter. Ach, nur weil es Charlotte eventuell interessiert: Gingen sie vielleicht mit Dr. Thorwald in eine Klasse?«

»Ich ... verstehe nicht ...« Alarmiert trat er einen Schritt zurück.

»Entschuldigen sie, ich möchte nicht aufdringlich wirken. Ich frage mich bloß, ob sie mit dem Vorstandschef von TWB auf der Schule waren.« Als Forster ihn nur sprachlos anstarrte, fuhr er fort. »Nun, wenn sie wollen, kann ich ihnen zeigen, weshalb ich darauf komme.« Ohne auf eine Antwort zu warten, wandte sich Weissmann um und eilte den Flur entlang zur Küche.

Verblüfft schüttelte er den Kopf. Woher konnte der Andere davon wissen?

Weissmann kam wieder und reichte ihm einen Zettel. »Das hier dürfte eine Namensliste ihrer Mitschüler sein, Herr Bundeskanzler. Sehen sie, Charlotte schrieb ›Schule‹ darüber. Die Marotte mit den Lackstiften pflegt sie schon länger. Überall finden sich diese roten Wörter, sogar im Bad.« Das Husten klang wie ein Pausenfüller. »Wie auch immer. Dieser Jürgen Schoepperbaum da.« Er wies auf den Namen und wirkte etwas irritiert, als Forsters Augen nicht seinem Finger folgten, sondern ihn weiterhin fixierten. »Ich meine, es wäre natürlich ein Zufall, andererseits kommt dieser Name bestimmt nicht allzu häufig vor. Und unser Vorstandschef hieß früher Schoepperbaum, bevor ihn Thorwald senior adoptierte. Das steht zumindest in seinem Personalbogen.«

Forster schwieg.

Unsicher hob Charlottes Ex-Mann die Hände. »Verzeihen sie, wenn ich indiskret war ...«

»Sie heißen Weissmann und arbeiten bei TWB?«

»Ja, als Assistent des Personalchefs kann ich die Akten einsehen. Dr. Thorwald scheint kein Interesse daran zu haben, dass seine Herkunft publik wird ...«

Unfassbar. Forster riss sich zusammen. »Also auf Wiedersehen, Herr Weissmann, es hat mich gefreut.« Es folgte eine lange eingeübte Kombination aus dankbarem Blick und aufmunterndem Nicken, die ihn sympathischer wirken ließ. Noch heute verbrachte er mindestens eine Stunde pro Woche vor dem Spiegel.

Drohungen

Offenbar hielt Roswitha Rommelskirchen nicht viel von Pünktlichkeit. Am Vortag hatten sie sich für den Morgen um elf Uhr im *Kallisthenes* verabredet. Eigentlich hatte die gerade erst verwitwete und dennoch erstaunlich aufgeräumte Frau, deren Eheleben wohl nicht allzu innig gewesen war, schon am Telefon sprechen wollen. Aber Charlotte hatte sich am Abend noch zu elend, zu verletzt gefühlt. Daher saß sie nun in dem kleinen, aus einer Studenteninitiative hervorgegangen Café in Mitte, das inzwischen als schick und trendy galt. Um diese Zeit war das Lokal allerdings üblicherweise ziemlich leer – ein wesentlicher Grund für ihre Wahl. Zudem hatte sie sich die stillste Ecke ausgesucht, direkt vor den Toiletten. Es war recht dunkel, wobei das eher an ihrer Sonnenbrille lag, mit der sie die verheulten Augen vor neugierigen Blicken schützte. Deprimiert und verstört rührte sie den Inhalt eines weiteren Zuckerbeutelchens in ihren zweiten Cappuccino.

Die ganze Nacht hatte sie geweint, getrauert um eine erst wenige Tage alte Chance. Gut, er hatte sie geschlagen, fast vergewaltigt, das war unentschuldbar, doch nicht entscheidend und einige Lagen an Rouge minderten wenigstens die optischen Probleme. Nein, er hatte sie eiskalt angelogen, sogar als es um ihre Tochter gegangen war, und nur das hatte alles kaputtgemacht. Vertrauen konnte sie ihm nie wieder. Ob sie sich rächen wollte, wusste sie nicht, aber das schien nicht ihr drängendstes Problem. *Solange ich nichts Greifbares außer Gerüchten vorweisen kann, haben die mich in der Hand, wer auch immer die sind ...* Ihr fehlte das Gesamtbild. Sie brauchte einen Schlüssel, musste all die Informationen, die sie erhalten hatte, endlich zu einem Muster zusammenfügen. Immerhin war sie mit Roberts Hilfe einen Schritt weitergekommen und kannte jetzt die Identität des alten Schulfreundes.

Kaum zehn Minuten, nachdem Heinrichs gegangen war, klingelte es. Aber sie blieb im Bett liegen, wollte niemanden sehen. Und nicht einmal ihre Mutter besaß einen Zweitschlüssel.

»Charlotte? Bist du da?«

Robert! Er steht schon im Flur ... Mit einem Ruck sprang sie auf und rettete sich in den begehbaren Schrank. *Wie kommt dieses dreiste Arschloch an ein Duplikat?!* Während sie im Dunkeln kauerte, hörte sie ihn in der Küche. Er sprach mit sich selbst, beklagte ihre Unzuverlässigkeit. Der Wasserkocher blubberte. Sie fragte sich gerade, wie lange sie in dem ungeheizten Wandschrank noch ausharren musste, als es erneut an der Tür klingelte.

Eine tiefe Stimme. *Richard?!*

Sie schlich zur halb geöffneten Schlafzimmertür. Warum war er zurückgekehrt? Wollte er sich etwa versöhnen? Nein, so naiv war er bestimmt nicht. Was aber suchte er dann hier?

Sie verstand nicht jedes Wort, doch die Frage nach diesem Thorwald schien ihn zu verunsichern, denn er setzte kleine, für ihn untypische Pausen. Zudem kannte er offenbar ihren früheren Familiennamen, den nun nur noch Robert trug. *Merkwürdig, alles haben sie in meinem Leben überprüft und gerade ihn übersehen.*

Nachdem zuerst Forster und endlich auch ihr Ex-Mann gegangen war, rief sie wieder in der Tagesstätte an. Elises Gruppe war aus dem Aquarium zurück und hielt Mittagsschlaf. Nein, sie wollte ihre Tochter nicht wecken lassen. Was sollte sie tun? Ratlos streifte sie durch die Wohnung, bis sie sich schließlich im Badezimmer einschloss. Sie duschte lange, genoss den heißen Strahl auf ihrer Haut, dachte an gar nichts und wartete darauf, dass ihr Zittern nachließ.

Nur leider hörte es nicht auf.

160

Also musste sie sich von den Erinnerungen an die letzte Stunde ablenken. Mit Kaffee und Schokolade konzentrierte sie sich zunächst auf Thorwald und TWB, die einzigen neuen Teile des Puzzles.

Über die Firma bekam sie im Internet nicht viel mehr heraus, als sie von Robert schon wusste: ein riesiger Konzern mit knapp achtzig Tochterunternehmen. *Gut, vielleicht eine Sackgasse, doch Richard kannte Roberts Namen, woher?* Ihr Ex-Mann war vor vier Jahren zu TWB gekommen, ungefähr zu der Zeit, als ihre Familie in jener unseligen Nacht zerbrochen war. Zuvor hatte er als Vorstandsassistent eines Kosmetikherstellers seine Brötchen verdient und gekündigt, nachdem er sich mit seinem Chef überworfen hatte. Und plötzlich die Riesenchance bei TWB, ein großer Schritt. Damals hatte alles nach einer Bilderbuchkarriere ausgesehen: mit nicht einmal Vierzig leitender Assistent des Personalchefs des größten deutschen Unternehmens. *Logisch, da hat er ja noch nicht getrunken ... Ein paar Monate später schwankte das Arschloch nur noch zwischen Selbstmitleid und Jähzorn.* Heute schien klar, dass er keine weitere Sprosse auf der Leiter nach oben mehr nehmen würde. *Erstaunlich nur, dass er den Job überhaupt behalten durfte ...*

Als ihr Ex-Mann dazu gestoßen war, führte Thorwald den Vorstand des Konzerns bereits einige Jahre. Robert hatte ihn als charismatischen, eloquenten und knallharten Manager beschrieben, der jedoch auch menschliche Seiten aufweise. Da sie Elises Vater Wochen nach seinem ersten Tag bei TWB verlassen hatte, kannte sie Thorwald nicht persönlich. Seine Biografie, auf die ein Link auf der Website des Unternehmens verwies, enthielt noch weniger Rückschläge als Forsters. Allerdings fehlten Kindheit und Jugend fast ganz: Geburtsdatum und Abitur, spärlicher ging es kaum. Aber das musste nicht ungewöhnlich sein, immerhin stand er nur bedingt in der Öffentlichkeit. Sie dachte an den Brief des Lehrers. *Warum hat Kleinert mir nicht gesagt, wie Schoepperbaum heute heißt? Er muss Thorwald doch aus dem*

Fernsehen kennen ... Als ihr keine befriedigende Antwort einfiel, las sie weiter. Auf das Maschinenbaustudium folgte die unweigerliche Promotion, dann einige Lehrjahre bei einem Konkurrenzunternehmen, in denen er vom Abteilungsleiter zum stellvertretenden Vorstand für den Vertrieb aufgestiegen war. Anschließend der Wechsel zu TWB, die er nunmehr seit elf Jahren führte, eine Zeit drastischer Veränderungen: Aus einem verschlafenen Autoproduzenten war ein Moloch geworden, der alles verkaufte, was nur entfernt mit Maschinenbau zu tun hatte. Wie auf dem Basar hatte Thorwald Firmen erstanden, die in Schwierigkeiten geraten waren, sie zerschlagen oder zumindest umgebaut. Und heute arbeiteten annähernd eine halbe Million Menschen unter ihm. Thorwald war ein sehr mächtiger Mann. Und er kannte den Kanzler. *Immer noch?* Auf dem Gymnasium hatten sie sich wegen ihrer ersten Liebe zerstritten, das war mehrfach bestätigt und durfte als Fakt gelten. Später war Thorwald oder damals Schoepperbaum von der Schule geflogen, ob mit Forsters Hilfe blieb fraglich. Auf jeden Fall hatte Forster ihm die Freundin ausgespannt. *Brüderliche Freundschaft hat sie danach wohl nicht mehr verbunden. Und? Hielten sie weiterhin Kontakt?* Forster und seine Ex-Frau widersprachen sich. Aber sie konnte gelogen haben, er allerdings auch, und irgendwie glaubte Charlotte das eher. Zumindest war Forster Aufsichtsratsmitglied von TWB gewesen, darauf legte der sogenannte Automann immer großen Wert und das Kanzleramt nahm diese ehemalige Funktion als Beweis für seine Wirtschaftskompetenz. Und schließlich gehörte die Hartmann-Holding zum Konzern, zählte zu den vielen Tochterunternehmen, die Thorwald erworben hatte. Da er Forster in seinen Aufsichtsrat gerufen hatte, mussten sich die beiden wieder näher gekommen sein, arbeiteten vielleicht sogar zusammen. Bloß in welcher Form und was verband diese Männer? Charlotte schüttelte den Kopf. Ihr fehlte ein entscheidendes Puzzleteil.

Eines der Handys klingelte. Während sie in ihrer überfüllten Tasche nach dem Telefon suchte, schaute sie auf die Uhr, die über dem lang gestreckten, offenen Tresen hing. Rommelskirchens Witwe war bereits fünfundzwanzig Minuten überfällig.

Es war Hadi. Alle schmutzigen Andeutungen zur letzten Nacht ignorierend erzählte sie ihm von der Verbindung, die zwischen dem Vorstandschef von TWB und dem Kanzler bestehen musste. »Ich will mit Thorwald sprechen, kannst du das arrangieren?«

»Ach Schätzch'n, übrigens is' des nich' de' erst' Geschicht', die auf des Konto der beid'n Chorknab'n geh'n könnt'. Vor ungefähr fuffzehn Jahr'n war da schon 'mal 'ne Sach' mit von Schirach, dem Amtsvorgäng'r von Forster in der Pfalz.«

»Lass' mich raten: Schirach hat einen überteuerten Auftrag unterschrieben?«

»Denkst an Schulz, ja? War auch so ähnlich, Schirach hat die g'samte Landespolizei mit neuen Dienstwag'n ausgestattet. Und deren Preis lag weit über'm Marktwert, ganz abgeseh'n davon, dass Kund'n, die solche Meng'n an Fahrzeug'n bestell'n, sonst natürlich Rabatt bekomm'n.«

»TWB?«

»Klar.«

»Ist er darüber gestürzt?«

»Nee, er konnt' die Schuld auf 'nen korrupt'n Staatssekretär abschieb'n. Doch er blieb danach so angeschlag'n, dass 'de Geschicht' mit 'der Kaufhauskett' Ginzburg ihm sofort 'en Rest gab, als sie ruchbar wurd'.«

Zu viele Zufälle ... »O.k., noch eine Bitte: Du kennst jemanden im Bundeskriminalamt, oder? Ich muss über den Tod von Forsters Vater mehr wissen.« In der nächsten Minute blockte sie alle neugierigen Fragen ab.

»Is' ja gut!«, gab er schließlich nach. »Ich horch' mich um.« Er schwieg kurz, ein für ihn untypisches Gesprächsverhalten. Aber vielleicht brauchte er die Zeit für seine Notizen.

»Charlotte, ...«

Wann hat er mich das letzte Mal mit Namen angesprochen? Jemals?

»Weiß' de eigentlich, auf was 'de dich da einlässt?« Er klang tatsächlich besorgt.

»Was meinst du?«

»Mensch, de legs' di' gleichzeitig mi' dem mächtigst'n Wirtschaftsboss und unser'm aller Kanzler an! Ich weiß nicht, wer gefährlich'r is'. Un' wenn sie wirklich zusammenarbeit'n, brauchs' de' dir nich' de geringst' Chanc' auszurechn'n.«

»Danke für die aufbauenden Worte, Hadi.« Sie legte auf.

Wusste sie denn, was sie tat? Wahrscheinlich nicht, eigentlich konnte sie nur verlieren. Aber das Schlimmste war ihr bereits angedroht worden. Und gerade deshalb sollte sie weitermachen. Sie musste Elise dauerhaft schützen, und das gelang ihr nur mit handfesten Beweisen. Falls sie jetzt aufgab, blieb sie erpressbar und diese Geschichte hing für immer über ihrer Zukunft. Doch besaß sie auch die Kraft dazu? Ja, für ihre Tochter schon, für Elise würde sie sich sogar töten lassen.

»Sind sie Frau Menzius?« Der schmallippige Barkeeper musterte sie aufdringlich.

Sie nickte.

»Vor wenigen Minuten für sie abgegeben.« Er drückte ihr ein kleines Päckchen ohne Absender in die Hand und wartete.

»Danke.« Sie lächelte ihn an, bis er sich zurückzog, dann warf sie einen Blick auf die Uhr. Warum sagte Rommelskirchens Witwe nicht telefonisch ab? Nein, sie hatte ja gar nicht ihre Handy-Nummer. Schnell öffnete sie den Karton und überflog die vier lapidaren Zeilen auf dem oben aufliegenden Zettel:

›R. kommt nicht.

Sie versteht, was gut für sie ist.

Das sollten Sie ebenfalls.

Eine weitere Warnung wird es nicht geben.‹

Unter dem Papier fand Charlotte einen blutigen Gefrierbeutel. Unvermittelt biss sie in ihre Faust und erstickte den Schrei.

Da lag ein kleines Ohr in ihrer Hand, das linke Ohr eines Kindes.

– – –

Sobald ihr Zittern nachgelassen hatte, sie wieder Luft bekam und einen Gedanken fassen konnte, betrachtete sie das blutige Stück Fleisch in ihren Fingern. Unendlich erleichtert schluchzte sie auf. Wessen Ohr das auch war, es gehörte nicht Elise. Ihre Tochter trug keine Ohrringe, hatte nie welche getragen. Aufgrund der manchmal abrupten, ziellosen Bewegungen des Mädchens kam es nicht infrage. Dennoch – sie musste die Kleine sehen.

Hastig und immer noch in stiller Panik verließ sie das Café und raste zur Tagesstätte, wo sie das verdutzte Kind zwischen ihren Freundinnen fand. Sie spielten Krankenhaus. Weinend vor Glück schloss sie die Achtjährige in die Arme.

»Wa-warum da-da, Mam-mama?«

»Ach Schatz, ich bringe nur einen Pulli vorbei. Bis später. Dann lesen wir.«

Elise lächelte sie an – und hatte sie vergessen, sobald sich eine vorwitzige Mini-Ärztin über ihr vermeintlich gebrochenes Bein beugte.

Charlotte nickte noch einer Betreuerin zu, ehe sie zu den Spinten ging. Sie musste zumindest in den Schrank ihrer Tochter schauen, damit ihr Besuch nicht allzu außergewöhnlich erschien.

Als sie den Plastikkasten öffnete, in dem die Wechselwäsche aufbewahrt wurde, entdeckte sie einen weiteren Zettel.

›Sie sind verwundbar!

Begreifen Sie das!‹

Die Angst fraß sich erneut in ihren Magen. *Wie haben sie das geschafft?* Nach einem widerlichen Vorfall einige Jahre zuvor waren die Sicherheitsvorkehrungen der Einrichtung drastisch verschärft worden. Neben den Kindern durften nun nur noch Erzieherinnen und Erziehungsberechtigte die Tagesstätte betreten. Und die Eltern mussten sich ausweisen ... Charlotte rannte in das Büro der Leiterin.

»Ich weiß nicht, wie das geschehen konnte.« Die untersetzte, grauhaarige Frau wirkte resolut wie stets. »Hier war niemand.«

Charlotte mochte die Ältere nicht, hatte ihr Elise immer schon nur mit schlechtem Gewissen überantwortet. Für ihren Geschmack ging die Andere viel zu harsch mit den Kindern um. Furcht, Zorn und Antipathie ließen sie nun überreagieren. »Und das soll es jetzt gewesen sein? Wie sie wissen, bin ich Journalistin. Ich schreibe eine ganze Artikelserie über ihre laxe Haltung zu Regeln, wenn es sein muss!« Natürlich war das ein Bluff. Und sie wusste, dass sie ihre Tochter nun, nachdem sie die Leitung brüskiert hatte, in einer anderen Einrichtung unterbringen musste.

Die Frau schluckte nervös. »Wir können gern die Kolleginnen fragen.«

Na also!

Die dritte Erzieherin, die sie hartnäckig und eingehend zur Rede stellte, packte schließlich unter Tränen aus. Zwei Männer in dunklen Anzügen und fünftausend Mark hatten sie davon überzeugt, dass es Schlimmeres gab, als einen Zettel in einen blauen Plastikkasten zu legen. Die Leiterin kündigte der Frau umgehend und fristlos, bat mehrfach um Entschuldigung, aber das war Charlotte egal. Sie konnte nicht fassen, welchen Aufwand jene Leute betrieben, um sie einzuschüchtern. Genau das sagten ihr das Ohr und die Nachricht. *Die wollen mich fertigmachen, gleichgültig, wie viel Mühe es kostet.* Dennoch, letztlich erreichten die Unbekannten nur das Gegenteil. Sie wusste nicht wirklich, warum sie handeln musste. Sie tat es einfach.

Kurz entschlossen brachte sie Elise bei ihrer Mutter unter, wich allen Fragen aus und verlegte ihren Wohnsitz vorübergehend in das Auto. Zu Hause wurde sie beobachtet, ihr Telefon abgehört – darauf hätte sie Geld gewettet. Im Wagen fühlte sie sich sicherer, bis sie begriff, wieso die zwei dunklen Limousinen ihr so auffallend langsam folgten. Schließlich rettete sie sich in eine Tiefgarage, hastete zum Fahrstuhl des Einkaufszentrums und verschwand in der nächsten Damentoilette.

Nach einer sehr langen Stunde kam sie wieder heraus und verließ das Zentrum durch den Vordereingang. An der gegenüberliegenden Straßenseite stieg sie in den dort abgestellten Audi und fuhr los. Drei Kreuzungen weiter fand Charlotte eine Lücke, parkte und schaute auf den Beifahrersitz. Erleichtert stöhnte sie auf. *Dieser kleine nette Mistkerl ...* Hadi hatte vorgesorgt: Decken, Schokolade, Kekse, Kaffee, Wasser – alles da. Und sogar ein neues Handy, dessen Frequenz ihre Feinde hoffentlich noch nicht kannten. Nun war sie bereit zu kämpfen. Es war nicht rational, es war nicht logisch, doch instinktiv wusste sie, dass ihr gar keine Wahl blieb. Sie musste weitermachen, wenn sie Elise wieder ein Mindestmaß an Sicherheit bieten wollte.

›Tut mir leid, Kleines, Thorwald will nicht mit dir sprechen.‹

Charlotte zerknüllte den Notizzettel, den Hadi ins Handschuhfach gelegt hatte, und zog ironisch einen Mundwinkel nach oben. *Das kann ich mir denken, aber so einfach kommst du mir nicht davon!*

– – –

Die zu schnell gespielte Nationalhymne klang auch nicht besser als andere Beispiele elektronischer Warteschleifenmusik. Alle paar Sekunden meldete sich eine neutrale Frauenstimme vom Band: »Das Bundesverteidigungsministerium, das Büro des Ministers. Ihr Anruf wird in Kürze entgegengenommen. Bitte haben sie etwas Geduld. Vielen Dank.«

Schulz überlegt vielleicht gerade, ob er überhaupt mit mir sprechen soll ... Charlotte wusste nicht genau, was sie sich von dem Gespräch erhoffte. Jedenfalls schien es riskant. In der Zentrale hatte sie sogar ihren Klarnamen nennen müssen, sonst wäre sie gar nicht durchgestellt worden. *Ein weiterer verzweifelter Versuch, irgendwoher irgendwelche Unterstützung zu bekommen.*

›Mensch, Kleines, überleg´ doch ´mal,‹ hatte Hadi genuschelt. ›Sicher, s´ war´ nich´ des Ohr von Elise, hätt´s aber sein könn´n. Un´ was dann? Du müsstest di´ mal hör´n! Hysterisch is´ gar´ kein Ausdruck. Charlotte, du bist fertig, richtig bedient. Die mach´n mit dir, was ´se woll´n. Die sin´ ´n paar Nummern größer als wir. Lass´ es! Lass´ es, deiner Tochter zulieb´.‹

Sie nahm das Handy in die andere Hand und trommelten mit den Fingern auf das Lenkrad. Jetzt wartete sie schon über zehn Minuten und langsam sickerte die Kälte ins Innere des Wagens. Manchmal kam eine Sekretärin an den Apparat und vertröstete sie, ehe wieder das Deutschlandlied erklang. Und immer noch wusste sie nicht, ob sie überhaupt mit Schulz sprechen würde. *Sicher, an seiner Stelle wäre ich auch misstrauisch.* Mit einer Mischung aus Scham und Widerwillen dachte sie an die Nacht des Attentats. *Er sah mich an Richards Seite, was soll er also denken? Ich muss in seinen Augen zu denen gehören. Allerdings erklärt das nicht meinen Anruf. Komm schon! Was riskierst du, wenn du den Hörer abnimmst?* Und Hadi irrte sich: Gerade wegen Elise durfte sie nicht aufhören. Natürlich, diese Leute hatten sie in der Hand und ja, es hätte sehr wohl das Ohr ihrer Tochter sein können. Aber sie hatten es nicht gewagt. *Noch nicht? Oder bluffen sie nur? Arbeiten Thorwald und Forster gar nicht zusammen?* Mit letzter Gewissheit wusste sie es nicht. *Zumindest haben die beiden einiges zu verlieren. Egal, morgen, übermorgen ist es vielleicht das Ohr der Kleinen. Kann ich dann mit der Schuld leben?* Wie oft hatte sie sich jetzt schon diese Frage gestellt? Trotzdem – sie würde nie wieder ruhig schlafen, davon war sie überzeugt, solange sie diese Sache nicht zu Ende brachte und erpressbar blieb. Und das half Elise auch nicht. Ja, sie musste es darauf ankommen lassen: Wie skrupellos waren diese Leute wirklich? Aber sie brauchte Hilfe, einen mächtigen Verbündeten. Und Schulz war der einzige ernst zu nehmende Gegner, den Forster noch übrig gelassen hatte. Allein Hadi wusste von diesem Anruf. Wenn also im Verteidigungsministerium kein hoch angesiedelter Maulwurf saß, sollte niemand von dem Kontakt erfahren. *Blödsinn, alles nur Illusionen! Denk' an das Ohr! Du hast keine Chance.*

»Frau Menzius?« Eine angenehme Frauenstimme unterbrach das endlose Gedudel.

»Ja, ich höre. Mit wem spreche ich?«

»Klaussen, Chefsekretärin. Der Minister hat jetzt Zeit für sie.«

»Danke.« *Geht doch!*

Ein leises Knacken, dann endlich die nasale Stimme, die sie aus dem Fernsehen kannte: »Felix Schulz. Womit kann ich ihnen dienen?«

Weder offen noch verschlossen, nur neutral. Offenbar weiß er wirklich nicht, was er von dem Anruf halten soll. »Charlotte Menzius.« Entschlossen schluckte sie die Angst herunter, die ihr plötzlich in die Glieder gefahren war. »Herr Minister, ich denke, wir können uns gegenseitig helfen ...«

Nach einer kleinen Pause: »Wobei?«

»Wir haben das gleiche Problem, nein, genauer: Wir haben beide ein Problem mit demselben Mann.«

Ein Hüsteln. »Sie finden mich überrascht.« Aus den Worten troff der Sarkasmus. »Ich dachte, dass gerade sie Glück und Zufriedenheit erfahren.«

»Dinge ändern sich, Herr Minister.« *Mein Gott, das klingt ja wie in einem schlechten Detektivstreifen.* »Und ich glaube, sie können meine Hilfe gut gebrauchen.«

»Warten sie.«

Nach ein paar Sekunden hörte sie ein Piepen im Hintergrund.

»Wir sprechen nun auf einer sicheren Leitung.« Er schien ein Gähnen zu unterdrücken. »Verfolgen sie die Nachrichten? Jedenfalls entwerfe ich gerade die Presseerklärung für meinen Rücktritt. Deshalb kümmert es mich auch nicht besonders, ob sie wirklich diese Frau Menzius sind. Also, wenn sie meine Zeit nicht stehlen wollen, kommen sie bitte zur Sache.« Er klang nicht resigniert, nur unbeteiligt, als ob er mit unabänderlichen Tatsachen abgeschlossen hatte.

»Hartmann-Holding und TWB. Ich weiß, wie es gelaufen ist.«

»Schön. Sie sollten etwas darüber schreiben, bevor ihnen die lieben Kollegen die Story wegschnappen. Mir wird das allerdings nicht mehr helfen, es sei denn, sie liefern Beweise. Haben sie welche?«

»Ich arbeite daran ...«

»Na dann viel Spaß.« Er schien das Gespräch beenden zu wollen.

»Hören sie! Ich weiß auch von Thorwald.«

Ein leichtes Schnaufen bestätigte den Treffer. »Sie wissen von ihm?«

»Herr Minister, ich möchte sie gerne sehen. Die Leitung mag sicher sein, aber ich durfte schon einige Erfahrungen mit diesen Leuten sammeln ...«

Eine Minute später suchte sie mit zitternden Fingern den roten Knopf auf dem Handy. *Das war der erste Streich.*

— — —

Charlotte fror in ihrem Lammfellmantel. Frustriert sah sie den fallenden Schneeflocken nach, wie sie auf dem geräumten Asphalt der Fußgängerzone landeten und sich wenig später in schmutzige Brühe verwandelten. *Alle düsteren Episoden meines Lebens spielen im Winter ...* Ihre Wildlederschuhe, die zwar italienisch aussahen und doch nur von einem deutschen Discounter stammten, waren längst durchweicht, ihre Füße klatschnass. Da sie zumindest allzu plumpe Fehler vermeiden wollte, stand der Wagen, den ihr Hadi besorgt hatte, einige Hundert Meter entfernt in einer dunklen Seitenstraße. Die Einkaufsmeile schien verlassen und dunkel, die Laternen spendeten nur noch wenig Licht, seitdem der Berliner Senat die Stromversorgung reduziert hatte. Die düstere, feuchte Umgebung erinnerte an alte Agentenfilme. Rasch stapfte sie weiter und dachte gerade an Orson Welles in Wien im ›Dritten Mann‹, als sie endlich den Eingang zur U-Bahn-Station erreichte. Vorsichtig stieg sie die glitschigen Treppen hinunter – am Salz wurde ebenfalls gespart – und betrat den großen Vorraum, von dem zwei Rolltreppen zu den Bahnsteigen führten. Als sie sich umdrehte, fuhr sie erschrocken zusammen. Keinen Meter vor ihr befand sich die im digitalen Zeitalter antiquiert anmutende Fotokabine, an der sie sich verabredet hatten. Charlotte sah sich um, entdeckte jedoch niemanden. *Er verspätet sich, wenn er überhaupt kommt ...* Instinktiv suchte sie Schutz, schlüpfte in die Kabine und setzte sich auf den Drehhocker. Dann zog sie den bis zur Hüfte reichenden Vorhang zu und die Beine an. Plötzlich hörte sie die Schritte. *Das sind mindestens drei ...* Langsam beugte sie sich vor und schaute an dem schwarzen Stoff vorbei. Ihr Herz raste. Eine weitere Person kam die Treppe herunter.

»Ist sie noch nicht da?«

Fast hätte sie geseufzt vor Erleichterung. Die dünne Stimme von Schulz klang ungemein beruhigend.

»Nein. Oben steht Richter. Er gibt uns Bescheid, wenn er sie sieht.«

Wahrscheinlich ein Leibwächter. Charlotte stand auf und zog den Vorhang zurück. »Guten Abend«.

»Sie können die Waffe wegstecken, Jonas,« sagte Schulz. »Das ist sie. Durchsuchen, aber gründlich!«

Eine Sekunde später wurde sie aus der Kabine gezerrt und an die Wand gedrückt. Finger fuhren ihren Körper entlang.

»Hören sie auf damit!«, protestierte sie und versuchte sich zu befreien.

Eine Antwort erhielt sie nicht. Stattdessen presste sich eine Hand auf ihren Mund, während eine andere sie vom Kopf bis zu den Füßen abtastete, kaum einen Flecken aussparend. Charlotte krümmte sich unter den dreisten Berührungen. *Das Arschloch genießt es ...*

»Nichts, nicht einmal ein Rekorder.«

»Na gut, warten sie in der Nähe.«

Der Mann entfernte sich hinkend.

»Entschuldigen sie die konspirativen Umstände, aber zurzeit kann ich nicht vorsichtig genug sein.«

»Ach keine Ursache,« zischte sie. »Ich lasse mich gerne von ihren Mitarbeitern begrapschen!«

»Wie auch immer.« Schulz Miene blieb ausdruckslos. »Der Kanzler soll in ihnen seine neue Herzensdame gefunden haben, jedenfalls hörte ich das. Nun stehen sie jedoch vor mir und wollen mir beistehen, gegen ihn. Darf ich fragen, worin sich dieser doch recht drastische Sinneswandel begründet?«

»Sie dürfen,« sagte sie langsam, jede Silbe betonend. »Ich werde erpresst, und ich weiß, dass er etwas damit zu tun hat.«

»Aha.«

Während er schwieg, bewegte sie die kalten Zehen in den durchnässten Schuhen. *Geduld, er beißt schon an ...*

»Verzeihen sie mir, doch ich kann das nicht ganz glauben. Weshalb ...«

»Herrgott, haben sie so viel Zeit? Ich nicht.« Charlotte fror, sie war müde, verängstigt und in dieser Verfassung reagierte sie seit Jahren immer gleich. »Ich fand einige für Forster wohl unangenehme Dinge heraus und nun soll ich wieder alles vergessen, weil sie meine Tochter bedrohen. Reicht ihnen das?«

»Fürs Erste, Frau Menzius. Nun, also schön, sie gehen in Vorleistung. Was wissen sie über Hartmann-Holding?«

»... gehört zu TWB.«

»Meinen sie ernsthaft, das wüsste ich nicht?«

»Aber der Vorstandschef von TWB ...«

»... ist Jürgen Thorwald, ein Mann, der auf den verschiedensten Ebenen mit Forster zusammenarbeitet.

Erzählen sie mir etwas Neues oder dieses Gespräch endet, bevor es richtig begonnen hat.«

»Der Kanzler veranlasste die Veröffentlichung des Geschäfts auf der Pressekonferenz in Stockholm. Die Frage nach den Umständen war fingiert, Helmbusch rief den Journalisten gezielt auf.«

»Und sie können das natürlich beweisen?«

Als sie nicht antwortete, zog er hörbar Luft durch die Nase ein. »Lächerlich. Was glauben sie eigentlich, was wir hier spielen?«

»Wussten sie, dass Forster und Thorwald Klassenkameraden waren?«

Eine kurze Pause. »Nein, das klingt interessant, bloß sieht eine direkt verwertbare Information anders aus.«

Von den Tonbändern wollte sie ihm erst erzählen, wenn er geliefert hatte. Also blieb ihr jetzt nur noch eine Lüge. Aber sie hatte geahnt, dass es so weit kommen würde: »Er hat mich vergewaltigt. Deshalb will ich mich rächen.«

Er schien konsterniert. »Gibt ... es dafür ...?

»Ich ließ mich untersuchen. Der Bericht liegt in einem Schließfach. Zudem hat es meine Tochter gesehen.«

»Sie ...«

»Glauben sie mir jetzt, dass ich Forster schaden möchte? Dann rücken sie endlich mit ihrem Wissen raus.«

Vor Anspannung hätte Charlotte fast die Fäuste geballt. *Beiß an!*

Und er tat es.

»Rommelskirchens Leben wurde bedroht, sein Rücktritt sollte erzwungen werden. Es gingen mehrere anonyme, ernst zu nehmende Warnungen ein. Zunächst tat er sie als hohle Drohungen ab, obwohl die Leute vom BKA auf die detaillierten Kenntnisse hinwiesen, die aus den Briefen sprachen. Der Absender wusste, wo er sich am Wochenende aufhielt und welche Strecken er wann im Dienstwagen zurücklegte. Wir vermuteten, dass Forster dahinter steckte. Er hatte ein Motiv, weil wir drohten, mit unserem Wissen über die Verflechtungen zwischen Kanzleramt und der TWB-Konzernzentrale an die Öffentlichkeit zu gehen. Aber Rommelskirchen nahm es nicht ernst, erst der Autounfall seines einzigen Sohnes überzeugte ihn. Als er die Nachricht bekam, trat er noch am gleichen Tag zurück – gegen meinen Rat.«

Die Ähnlichkeit in den Vorgehensweisen schien offensichtlich. Schnell erzählte sie ihm von dem unappetitlichen Inhalt des Briefes, den sie im Café erhalten hatte. »Sie warfen ihm vor, mit Thorwald zusammenzuarbeiten? Wie reagierte er?«

»Nun, er stritt natürlich alles ab. Wenn Richard nicht will, dass man in seine Karten schaut, wird man auch nichts sehen. Ich kenne niemanden, der sich besser verstellen kann.«

Oh ja ... Sie nickte nachdrücklich.

»Unklar bleibt,« fuhr Schulz fort, »in welcher Form sich die beiden tatsächlich helfen. Sicher, Richard nimmt TWB gegen das Kartellamt und Subventionsklagen aus Brüssel in Schutz. Und er hatte damals dem Verkauf von Ostfirmen aus der Treuhandmasse zu Dumpingpreisen an TWB ausdrücklich zugestimmt. Das alles riecht zwar nach Korruption, nur ist mir nicht bekannt, dass er jemals einen eigenen Vorteil davon gehabt hätte. Keine schwarzen Konten, Ferienhäuser oder Luxusreisen, einfach gar nichts.«

»Der Aufsichtsratsposten?«

»Unsinn. Das erklärt dieses halbseidene Verhalten nicht. Ich saß selbst in acht solcher Gremien. Ließ ich mich deshalb etwa bereits korrumpieren?«

»Das weiß ich nicht ...«

Er lachte leise. »Reichlich unverschämt. Sehen sie, als Kanzler genießt er das Prestige und die Macht des Amtes, das große Geld kann er auch später verdienen. Nein, ich denke, da ist noch etwas anderes. Rommelskirchen meinte bis zuletzt, dass Forster seinerseits erpresst werden könnte.«

Aufgeregt riss sie die Augen auf. *Kann das sein?* »Inwiefern?«

»Keine Ahnung, bloß erscheint diese Verbindung zu Thorwald doch sehr seltsam. Wussten sie, dass Doro Forster heute mit Thorwald liiert ist. Im Stillen natürlich, nahezu niemand weiß davon. Fakt ist also, dass Richard TWB in letztlich illegaler Weise bevorteilt, obwohl Thorwald mit seiner Frau schläft.«

»Ex-Frau.« *Warum habe ich das gesagt?* Sie dachte an die kleine, elegante Person und konnte es kaum glauben, wie kaltschnäuzig sie gelogen hatte. *Die beiden sind ein Paar!* »Immerhin treibt die Zusammenarbeit von TWB und Kanzleramt sie zum Rücktritt. Ein nicht gerade geringer Vorteil für den Kanzler oder?«

»Mag sein, nur gehen diese Verflechtungen tiefer, die Verbindung besteht ja auch schon viel länger. Da muss noch mehr sein ...«

»Lernten sie seinen Vater einmal kennen?«

»Den Säufer? Nein, aber ich habe mit Genuss verfolgt, wie er sich über seinen Sohn ausließ. Warum fragen sie?«

»Nun, sein plötzlicher Tod kam sehr gelegen ...«

Wieder zog er scharf die Luft ein. »Sie meinen tatsächlich ... Lächerlich. Weshalb sollte er ein solches Risiko eingehen?«

»Wenn das Motiv stimmt, scheint alles möglich. Richard hasste seinen Vater. Der wurde immer gefährlicher, je höher sein Sohn aufstieg.«

»Und Thorwald soll dabei geholfen haben? Quatsch, totaler ...«

»Rommelskirchen ahnte es auch,« unterbrach sie brüsk. »Er hat es ihm sogar vorgehalten.«

»Woher wissen sie das?«

»Das tut nichts zur Sache.« Die Bänder sollten vorerst ihr Geheimnis bleiben. »Überlegen sie! Für einen Mord hätte er sich bestimmt von Thorwald korrumpieren lassen.«

Schulz schwieg. Sie spürte es fast körperlich, wie er nach Wegen suchte, diese Informationen auszunutzen.

»Doch ihn umbringen? Den eigenen Vater? Sicher mag Richard einer der übelsten Menschen sein, die ich kenne, aber so etwas?«

Ja ... Eigentlich glaube ich es auch nicht ... »Entscheidender ist die Frage, ob sie sich nun wehren oder sang- und klanglos die Segel streichen.«

»Was soll ich denn machen?« Er sprach hastig und seine Stimme klang schrill in Charlottes Ohren. »Selbst wenn das alles wahr sein sollte, kann ich nichts tun. Das Einzige, was ich erreichen würde, wären noch schlimmere Vorwürfe gegen mich. Ein Schwager von mir, der im Innenministerium arbeitet, hat sich dummerweise tatsächlich ein Haus auf Teneriffa von einer Tochterfirma von TWB bauen lassen. Er konnte ja auch nicht ahnen, wem er damit schadet. Jedenfalls bekommt die Öffentlichkeit als Nächstes davon Wind, falls ich nicht schleunigst meinen Hut nehme. Das durfte ich heute Morgen lesen.«

»Halten sie durch!«, sagte sie mit beschwörender Stimme. »Ich mache zumindest weiter. Denken sie an Rommelskirchen und was mit ihm geschah! Meinen sie, die begnügen sich mit ihrem Rücktritt? Dafür wissen sie zu viel.«

»Aber was bleibt mir denn Anderes übrig?«

»Gehen sie in die Offensive. Tun sie irgendetwas, mit dem Richard und damit auch Thorwald nicht rechnen, das sie überrascht. Vielleicht werden sie dann unvorsichtig.«

Schulz räusperte sich. Er schien schwer angeschlagen, war nicht mehr der eloquente, tatkräftige Chef der Bundeswehr, den sie aus dem Fernsehen kannte. Stattdessen wirkte er wie ein Boxer, der in der Ringecke kauert und ängstlich auf die Glocke wartet.

»Ohne Angst gibt es auch keinen Mut,« flüsterte sie.

»Den Spruch haben sie meiner Mutter geklaut.«

— — —

»Ja, ich bezeichne Gustav Rommelskirchen als meinen Mentor. Ich konnte viel von ihm lernen, ins-

176

besondere seine Prinzipientreue beeindruckte mich immer tief. Umso trauriger, unter welchen Umständen er jetzt von uns gehen musste. Wahrlich bitter, nicht nur für die Partei oder mich, sondern für unser ganzes Land.«

Die Meute der Reporter umringte Forster im Foyer des Bundeskanzleramtes. »Und ihre früheren Konflikte?«, fragte jemand aus der Menge.

»Vergangen und vorbei.« In großzügiger Geste wedelte er mit Hand. »Im Kern wollten wir stets dasselbe.«

»Immerhin sollte ihnen die weitere Arbeit als Parteichef nun leichter fallen.«

»Wer will das wissen?« Der Kanzler schaute sich mit erzürntem Gesichtsausdruck in der Runde um.

Keiner meldete sich.

»Feigheit vor dem Feind, hm? Nun, wer auch immer es war. Glauben sie, in der Politik gehen wir über Leichen? Sie lesen zu viele billige Krimis! Wo denken sie denn hin?! Dies ist ein sehr trauriger Augenblick für uns alle, und der Tod von Gustav Rommelskirchen bedeutet insbesondere für mich einen schweren persönlichen Verlust.« Er nickte gravitätisch, etwas unsicher, ob er nicht zu dick aufgetragen hatte.

»Gibt es neue Erkenntnisse zum Attentat?« rief eine junge Frau.

»Ich danke ihnen. Wenn sie mich jetzt meine Arbeit tun lassen ...« Er winkte den Leibwächtern, dann drängten sie durch die Menge und verschwanden hinter einer Drehtür.

Das Bild des Fernsehers erlosch, als Meyer die Fernbedienung drückte. »Nicht übel, Chef. Abgesehen von dem leichten Zittern in der Stimme überzeugend.«

Forster grunzte. »Nein, das kam etwas überzogen, aber egal.« Er saß am Schreibtisch in seinem Arbeitszimmer und hatte sich in seinem Sessel lässig zurückgelehnt. Tief zog er den Rauch einer Zigarette in die Lungen, dann blickte er seinen Berater an. »Was machen wir jetzt mit Schulz? Er müsste in zwanzig

Minuten hier sein. Wieso besteht er auf einem Gespräch? Was kann nicht bis zur Kabinettssitzung warten?«

Das unschöne Doppelkinn unter Meyers Heringskopf wackelte, als er zum Sprechen anhob. »Zwei Möglichkeiten, Chef. Entweder überreicht er ihnen sein Rücktrittsgesuch oder er übt Druck aus.«

»Okay. Wenn er zurücktreten wollte, hätte er das schon der Presse mitgeteilt. Das käme seinem Stil näher. Ergo will er in die Offensive gehen. Na gut, aber womit?«

»Jedenfalls konnte er nicht mehr mit Rommelskirchen reden.«

»Das stimmt. Und nur der Alte war verschlagen genug, Beweise zu sammeln.« Also hatte Schulz nichts Wesentliches in der Hand. Forster entspannte sich und drückte die Zigarette aus. Angewidert betrachtete er den überquellenden Aschenbecher. Er ließ sich im Arbeitszimmer nur selten bedienen, erledigte das meiste selbst, allerdings hatte diese wohltuende Abgeschiedenheit auch ihre Nachteile. »Will er doch nur zurücktreten?«

Meyer zuckte mit den Achseln.

»Verdammt, es ist ihr Job, das zu wissen, oder etwa nicht?«

Aus leidvoller Erfahrung wusste Meyer, dass sein Chef ihn nun eine Zeit lang brutal beschimpfen würde. Das tat er immer, wenn er die Unsicherheit nicht abschütteln konnte. Für den kleinen Mann schien das durchaus in Ordnung, denn über diese Zornesausbrüche gewann Forster häufig seine Konzentration zurück. Und manchmal kamen ihm nach diesen Attacken tatsächlich die besten Ideen.

Heute war jedoch kein guter Tag. Forster fluchte und spottete, drohte wie stets mit Kündigung, fixierte die Probleme aber nicht.

Meyer musste nachhelfen. »Wollen wir ihn nun abschießen oder nicht?« Er wiederholte die Frage dreimal, bis sich der Kanzler endlich mäßigte.

Entnervt fuhr sich Forster durch die grau melierten Haare. »Das hängt von ihm ab. Im Zweifel auf jeden Fall.«

Schulz verspätete sich und Forster begegnete ihm erst, als er aus dem Fahrstuhl trat und zum Sitzungsraum gehen wollte. Der Verteidigungsminister stand in der Lounge und unterhielt sich mit Hilsberg, einem Staatssekretär im Außenministerium. Hilsberg gehörte zu den letzten Resten von Rommelskirchens Hausmacht. Vom ehemaligen Parteichef war seine Bestallung gegen alle Widerstände durchgedrückt worden, und bisher hatte Forster ihn noch nicht loswerden können. Da haben sich wieder einmal die Richtigen gefunden, dachte er grimmig.

Als Hilsberg ihn näher kommen sah, beendete er hastig das Gespräch und nickte höflich. »Guten Morgen, Herr Bundeskanzler.« Für das ›Du‹ unter Genossen fehlte ihm der Mut.

Forster verbiss sich ein höhnisches Grinsen. Nach dem Tod des Alten suchte der Bastard offenbar Anschluss, doch bei ihm brauchte er es gar nicht erst versuchen. »Morgen.« Er ignorierte den Staatssekretär demonstrativ. »Felix, waren wir nicht verabredet?«

Sein Gegner sah müde aus, dunkle Ringe umrandeten die Augen. Forster hatte ihn noch nie so blass gesehen. Schulz schien auf den Gnadenstoß zu warten.

Aber er sprach klar und deutlich – und voller Bitterkeit. »Ich danke dir für die tröstlichen Worte zum Hinscheiden des Alten. Sie kamen von Herzen, das musste jeder spüren. Und zu deiner Frage: Nun, wer geht seinen Henkern nicht gern aus dem Weg?«

Oh nein, dachte Forster, er will mir hier eine Szene machen ...

Hinter Schulz gingen die Kabinettsmitglieder und deren Mitarbeiter zum Sitzungsraum.

Forster begrüßte einen nach dem anderen mit einem Nicken oder auch nur einem Zucken der Augenbrauen. »Felix, wie darf ich denn das verstehen?« Er lächelte den Anderen an. »Die Verdächtigungen, die du in den letzten Tagen gegen mich ausgestoßen hast, finde ich ebenfalls sehr betrüblich.« Er hob seine Stimme, sodass die vorbeigehenden Minister ihn hören mussten. »Sicher, du stehst unter enormem Druck, bloß ist das keine Entschuldigung für dein Verhalten. Vergiss nicht: Wir stärken dir mit aller Macht den Rücken. So leicht verliere ich nicht meinen besten Mann, oder Markus?« Abrupt wandte er sich zu dem Staatssekretär.

Hilsberg nickte mechanisch. »Natürlich, Herr Bundeskanzler.«

Forster fixierte ihn weiter, während er leise an Schulz gewandt fortfuhr. »Allerdings solltest du diese lächerlichen Vorwürfe dementieren. Das ist wohl selbstverständlich, nicht wahr?«

Unter dem stechenden Blick seines Parteichefs nickte Hilsberg erneut.

»Aber nun genug davon.« Freundschaftlich legte er Schulz einen Arm auf die Schulter und wollte ihn wegziehen.

Doch Schulz blieb wie angewurzelt stehen. Entschlossen schob er den Arm weg und brachte den Mund ganz nah an Forsters Ohr. »Leck mich,« flüsterte er. »Meinst du, die Show nimmt dir noch irgendjemand ab? Wir gehen nun in dein Arbeitszimmer und dort reden wir, sonst packe ich hier und jetzt aus.« Er zeigte kurz auf die surrenden Kameras, die vor dem Foyer die ankommenden Kabinettsmitglieder einfingen.

Forster trat einen Schritt zurück und erwiderte den feindseligen Blick. »Verwundete Bären sollen ja die gefährlichsten sein,« sagte er leise, »aber du bist schon tot, Felix.«

− − −

Schulz ging voraus und betrat das Arbeitszimmer des Kanzlers. Forster signalisierte einer Sekretärin, dass sie den wartenden Ministern mitteilen sollte, dass er sich verspäten würde.

Sobald sich die Tür hinter der Frau geschlossen hatte, packte Schulz ihn grob am Arm. »Du verdammtes Schwein hast dich kaufen lassen. Wie viel hat er dir gezahlt? Was ...«

Er stieß ihn weg. »Leiser, mein Freund. Von deinen Problemen muss nicht das ganze Haus erfahren.«

»Von meinen Problemen?!«, schrie der Andere. »Von deinen, meinst du wohl. Oder soll ich besser sagen: von euren?«

Forsters Züge schienen maskenhaft. »Solltest du von Thorwald sprechen, kann ich dich beruhigen. In dieser Beziehung entbehrten schon Gustavs Vorwürfe jeder Grundlage.«

Schulz ließ sich in einen Sessel fallen, holte mechanisch eine Zigarre aus seinem Jackett und schnitt die Spitze ab. Nach dem ersten Zug blickte er hoch und fuhr nun ruhiger fort. »Nicht ganz. Ich wusste immer, dass du keine Skrupel kennst. Und gerade mir musstest du es ja beweisen. Hättest du dich damals an die Absprache gehalten, wäre ich jetzt Kanzler. Zweifellos der bessere für Partei und Land.«

Forster, die Arme vor der Brust verschränkt, verzog den Mund zu einem ironischen Grinsen. »Du spielst die beleidigte Leberwurst? Etwas spät, findest du nicht?«

»Ich möchte damit nur sagen, dass du wirklich zu allem fähig bist und warst. Du wolltest um jeden Preis nach oben und dort bleiben. Ich hätte es wissen müssen.«

»Komm´ zum Punkt, Felix.«

»Du hast sogar Rommelskirchen in den Tod getrieben, ich weiß nur nicht, wie ihr es genau angestellt habt. Aber das ist auch nicht mehr wichtig, ich will nur noch meine Haut retten.«

»Du redest ja wirr.« Forster wandte sich zur Tür. »Ich werde jetzt zur Sitzung gehen und der Welt verkünden, dass ich dein Rücktrittsgesuch akzeptiere und wir uns im gütlichen Einvernehmen trennen.«

Anscheinend unbeeindruckt blieb Schulz sitzen und schaute aus dem Fenster in die klare Mittagssonne.

»Gütliches Einvernehmen, ja, so nennt man das wohl.«
Er ließ den Rauch langsam durch die Nase ausströmen.
»Ich habe mich immer gefragt, warum Thorwald dich
einspannen konnte. Immerhin hat er dir deine Frau weggenommen.« Er blickte zu Forster, der mit dem Rücken
zu ihm an der Tür stand. »Darfst du vielleicht zuschau-
en, wenn er mit ihr schläft?«

Forster prustete vor Lachen. »Jetzt wirst du auch
noch ordinär. Wie tief willst du eigentlich sinken?«

»So tief, wie nötig. Mein Gott, warum war der Alte
immer so misstrauisch? Hätte er es mir doch nur früher
gesagt ... Andererseits hätte er es gar nicht erst erfahren,
falls er nicht so paranoid gewesen wäre.«

Langsam drehte sich Forster um.

»Wenn ich überlege, was ich mit diesem Wissen alles
hätte erreichen können. Aber egal.« Schulz ließ den
Sessel herumschwenken und fixierte ihn. »Gab es keine
andere Möglichkeit? Musstest du ihn töten lassen? Was
hat es gekostet? Was kostet der Tod des eigenen
Vaters?« Die letzte Frage hatte er gebrüllt.

Forster erstarrte, die Lider zuckten nervös. Seine Gedanken überschlugen sich. Nichts sagen, kein Wort!
Schulz konnte verkabelt sein. Woher wusste ... Der Alte
hatte mit niemandem mehr gesprochen, außer vielleicht
... Plötzlich schmerzte seine Brust. Ja, sie hatte ihn verraten. Der entscheidende Schritt auf die andere Seite
und Charlotte hatte ihn getan. Er musste sich konzentrieren, dieser Drecksack hier blieb das ernstere Problem.
Er hustete, atmete gegen Messer. »Felix, du bist verrückt, eindeutig. Du brauchst dringend einen Thera-
peuten.«

»Ach ja? Ich bin gespannt, was die Öffentlichkeit
davon hält, wenn ich dich in Verbindung mit einem
Mord bringe. Keine Beweise nötig, nein, die Presse
wird nur danach gieren, ob du die Behauptung wider-
legen kannst.«

Forster legte eine Hand auf die Schulter des Anderen.
»Denk´ nach, denk´ noch einmal ganz genau nach! Ich
habe nichts Derartiges getan, und du wirst mich darüber

nicht stürzen sehen. Ich gebe nicht wegen irgendwelcher Gerüchte einfach auf. Aber du! Überleg′ mal: Was riskierst du? Meinst du etwa, wir können nicht nachlegen? Deine Familie versinkt im Schmutz, wenn du weitermachst. Du bist am Ende, du musst es nur endlich einsehen.«

Schulz schlug den Arm weg und sprang auf die Füße. »Ich mag ein Verlierer sein, doch dich ziehe ich mit in den Dreck,« zischte er und wandte sich zur Tür.

»Felix, verdammt, sei vernünftig. Ich bin ja auch nicht daran interessiert, dass du Blödsinn herumerzählst. Also, mein Angebot: Du hältst den Mund und alles bleibt beim Alten. Du kannst sogar Minister bleiben, und ich verspreche dir, dass wir dich in Ruhe lassen.«

Schulz drehte sich nicht einmal um. Ein sarkastisches Lachen lag in seiner Stimme. »Du versprichst mir Frieden? Für wie blöd ... egal! Es scheint ja tatsächlich etwas dran zu sein, sonst wärst du zu solchen Konzessionen nie bereit. Dabei sollst du mich doch beerdigen, das hat dir der Fischkopf Meyer sicher geraten oder nicht? Nein, mein ekelhafter Freund, ich gehe da jetzt raus und suche mir die nächste Kamera. Und ich werde ein gutes Gefühl haben, wenn ich den Ast absäge, auf dem wir beide sitzen.« Er legte die Finger auf die Klinke, dann wandte er sich noch einmal um. »Auf Wiedersehen, Richard. Du warst mehr als ein Jahr hier drin. Das muss deinem Ehrgeiz genügen. Dem Land genügt es schon lange.«

»Ach, hör′ bloß auf mit deinem billigen Pathos,« schrie Forster ihn an.

Schulz hob die Hand und ging um die Ecke.

Der Kanzler lehnte sich gegen den Türrahmen und stöhnte. Als er aufblickte, sah er in die Augen einer bleichen Sekretärin. Sichtlich um Fassung bemüht starrte ihn die Frau an, ein Wasserglas in den zitternden Fingern. Forster nahm das Glas und warf es auf ein Porträt seines Vorgängers, das neben der Tür hing. Er sah die Scherben auf den Teppich fallen.

»Verschwinden sie!«, knurrte er und schlug die Tür vor ihr zu.

Im Keller

Die trüben braunen Augen stierten sie sekundenlang an und blinzelten schließlich zur Begrüßung.
Na klasse, er muss wieder getrunken haben, das hätte ich mir eigentlich denken können. Warum schockiert es mich dann immer? Er kann dir doch egal sein! Ihr knappes Nicken sollte weder beleidigen noch allzu freundlich wirken.

Trotzdem stahl sich ein Lächeln auf sein Gesicht. »Charlotte?« Er riss sich sichtlich zusammen und wies mit einem Arm einladend in die Wohnung. »Bitte sehr. Komm′ in mein karges Exil. Du beehrst es, glaube ich, zum ersten Mal mit deiner Anwesenheit.«

Was tue ich nur hier? Da sie es wusste, trat sie widerwillig in den kleinen Raum, Wohnzimmer und Küche zugleich – und blieb verblüfft stehen. Die peinliche Sauberkeit widersprach diametral ihren Erwartungen. Der Teppich war gesaugt, die Spüle gewischt und selbst die beiden Fenster zum Hof der Mietskaserne schienen vor Kurzem geputzt worden zu sein. *Wann war meine Wohnung das letzte Mal so sauber? Jemals? Aber dieser Arsch hat ja auch genügend Zeit. Dennoch, ich hätte gedacht, er lebt auf einer Müllhalde. Wo ist der Berg aus Taschentüchern, mit denen er seine Tränen trocknet?* Charlotte konnte Roberts Selbstmitleid kaum ertragen und tatsächlich kochte jetzt schon die Wut in ihr hoch. Umso heftiger zuckte sie zusammen, als sie seine Hand auf der Schulter spürte.

»Darf ich dir helfen?«

Sie hörte der Stimme nach. *Ist er unsicher? Zumindest wäre ich das, wenn die Mutter des Kindes, das ich fast tot gefahren habe, zum ersten Mal meine Wohnung betritt. Und er weiß nicht, was ich will ...*

Er hängte ihren Mantel an einen der Haken neben der Eingangstür. »Möchtest du dich setzen?«

Sie wählte einen abgewetzten, cremefarbenen Freischwinger und runzelte irritiert die Stirn. *Anscheinend gibt er das Geld, das er uns vorenthält, nicht für Möbel aus.*

»Du siehst fantastisch aus, Charlotte. Welch´ Glanz in meiner bescheidenen Hütte ...«

»Abgedroschen, irrelevant und gelogen. Erstens bin ich übermüdet, ungeschminkt und trage seit drei Tagen die gleichen Klamotten und zweitens können wir uns geheuchelte Artigkeiten getrost sparen. Du schaust übrigens beschissen aus.« Letzteres klang zwar gut in ihren Ohren, musste jedoch relativiert werden. Auch ein verkaterter Robert stellte immer noch den attraktivsten Mann dar, den sie je kennengelernt hatte. *Nur schade, dass die Evolution die männlichen Exemplare unserer Gattung nicht mit auf der Stirn eintätowierten Charakterattributen versieht. Begriffe wie ›verantwortungslos‹, ›egoistisch‹ und ›geizig‹ hätten mich nach der ersten Nacht bestimmt zur Besinnung gebracht.*

»Danke. Ich bemühe mich um Besserung.« Sein Lächeln, weiterhin verbindlich, vielleicht sogar hoffnungsvoll, wirkte nun ein wenig gequält. »Möchtest du einen Kaffee, oder wäre das auch nur eine überflüssige Geste der Höflichkeit?«

»Entschuldigung.« *Reiß dich gefälligst zusammen! Du willst etwas von ihm ...* »Ja, bitte. Gern.«

Er lief zur Kaffeemaschine, zog einen frischen Filter aus der Packung, faltete die Spitze und zählte die Löffel mit Pulver ab. Während Charlotte die umständliche Prozedur beobachtete, schüttelte sie den Kopf. *Wenn er doch in allen Lebensbereichen so sorgfältig gewesen wäre ...*

»Dein Kanzler ist ja nicht gerade untätig ...«

»Das ist nicht *mein* Kanzler. Ich recherchiere nur über ihn.«

Er wandte ihr weiterhin den Rücken zu. »Ach so.«

Was bildet sich dieser aufgeblasene Bastard ein? Und was hatte er bloß an sich, dass sie jedes Mal bereits nach wenigen Minuten in seiner Gegenwart keinen klaren Gedanken mehr fassen konnte? »Hör mal! Es geht dich verdammt noch mal absolut nichts an, mit wem ich meine Zeit verbringe. Oder gab es kürzlich mir unbekannte Änderungen in unserem rechtlichen Verhältnis?«

Charlotte erschrak, als er sich langsam umdrehte und sie sein zorniges Gesicht sah.

»ICH habe überhaupt nichts vergessen. Doch denkst du auch nur einmal an Elise? Stehen denn schon Reporterteams vor ihrer Tagesstätte? Dachtest du nur eine Sekunde daran, was mit ihr sein wird, sobald du dich in die Spitzenpolitik hochschläfst.«

Am liebsten hätte sie ihm das lange Küchenmesser, das neben den Herdplatten lag, in den Unterleib gerammt. Dann aber schloss sie kurz die Augen und krampfte die Hände ineinander. *Du willst etwas von ihm. Lass dich nicht provozieren.* Dennoch fiel ihre Erwiderung schneidend aus: »Absurd, dass gerade du dich um Elise sorgst. Und selbst wenn ich nach finanziell potenten Ersatzvätern suchte, könnte mir das wohl niemand ernsthaft übel nehmen – angesichts deines Verhaltens.«

Seine Finger zitterten so stark, dass er den Messlöffel beiseitelegen musste. »Charlotte ... Siehst du hier irgendwo irgendwelche Reichtümer? Fahre ich ein teures Auto oder siebenmal im Jahr in die Karibik? Was glaubst du, wo das ganze Geld wartet? Du kannst es jederzeit kriegen. Es liegt alles auf der Bank und arbeitet sinnlos vor sich hin.«

Charlotte wunderte sich, als sie in seinen Augen keine Lüge entdeckte. *Das scheint sogar zu stimmen ... Bloß werde ich mich niemals von ihm kaufen lassen.* »Wie auch immer - du wirst Elise nicht mehr sehen. Und nun möchte ich das Thema wechseln.«

»Aber ich nicht. Findest du die Vorstellung denn so berauschend, unserem Kind einen neuen Vater zu geben, der seinen alten Herrn auf dem Gewissen hat?«

Fassungslos starrte sie ihn an. »Woher ...«

»Noch keine Nachrichten gehört? Der Verteidigungsminister gab ein sehr aufschlussreiches Interview. Dein Richard scheint nicht nur korrupt zu sein, was wir ja schon immer ahnten, nein, er soll tatsächlich ein Verbrechen begangen haben.«

Warum so schnell? Was bringt das? Hat Schulz die Nerven verloren? Charlotte bemühte sich um einen möglichst unbeteiligten Tonfall: »Wie reagiert das Kanzleramt?«

»Alles dementiert, vor einer knappen Stunde. Schulz war vor seinem Interview bereits entlassen, sagen sie, medizinische Gründe. Stante pede weigerte sich Schulz dann, seine Entlassung zu akzeptieren, übrigens auch live im Fernsehen. Er betrachte sich immer noch als Kabinettsmitglied, meinte er. Also entweder ist dein neuer Lover ein geschmierter Vatermörder oder Schulz tatsächlich verrückt. Meinst du wirklich, dass Elise nichts Besseres verdient?«

Ganz sicher, nur bist du der Letzte, mit dem ich das erörtern möchte. »Können wir jetzt endlich das Thema wechseln?« Demonstrativ griff sie nach der Handtasche. »Sonst werde ich gehen.«

Er seufzte und machte eine wegwerfende Handbewegung, aber er fügte sich. »Was willst du?«

»Nur etwas wissen.« Sie lehnte sich zurück. »Wie sah das Auto aus, das dir damals entgegenkam?«

Entgeistert schüttelte er den Kopf. »Warum ist das noch wichtig? Du glaubst mir doch sowieso nicht.«

»Kannst du einfach die Frage beantworten?«

Resigniertes Achselzucken. »Ein dunkler großer Wagen, wahrscheinlich ein BMW. Er fuhr mindestens ...«

»Damals sagtest du, es wäre ein Audi ...«

»Was soll das? Verhörst du mich?«

*Genau, Arschloch. Und wenn du noch mehr Wider-
sprüche produzierst, setzt du dieses Gespräch bald bei
der Polizei fort.* Charlotte holte tief Luft, konnte aber
das Gefühl nicht abschütteln, dass ihr Gehirn in Gift
schwamm. Wieso hatte sie nicht früher daran gedacht,
nicht bei der Wache angerufen und nach anderen Un-
fällen in jener Nacht gefragt? *Mein Gott, nur vier-, fünf-
hundert Meter entfernt!* Roberts Geschichte stimmte
vielleicht tatsächlich: Nachdem der BMW Forsters
Vater überfahren hatte, war er mit irrwitziger Geschwindigkeit weiter gerast. Ohne Licht war er Robert ent-
gegengekommen, und der, besoffen und übermüdet,
hatte den Wagen mit Elise frontal gegen die Hauswand
gelenkt. »Immer mit der Ruhe. Ich muss dir diese Frage
stellen, weil ich eben über den Kanzler recherchiere ...«

»Was hat denn dieser Kretin mit dem Unfall zu tun?«

*Er scheint wirklich wütend zu sein ... Und wieso wun-
dert mich das?* »Wahrscheinlich gar nichts. Noch etwas
anderes: Wie bist du damals zu TWB gekommen? Du
hattest dich doch gar nicht beworben.«

»Charlotte ...« Er suchte in ihren Augen nach Antworten, schlug dann den Blick nieder und schüttelte
resigniert den Kopf. »Gut, wenn es dem Frieden dient:
Also es war zumindest ungewöhnlich. Sie riefen mich
an, sagten, sie wüssten, dass ich gerne in ihrem Bereich
arbeiten würde und so weiter.«

»Warum ungewöhnlich?«

»Weil ich nicht zum Top-Management gehörte und
zudem arbeitslos war, für Head-Hunter eine viel zu
kleine Leuchte.«

»Siehst du Thorwald häufiger?«

»Ach, daher weht der Wind? Natürlich kann ich mir
vorstellen, dass er den Kanzler schmiert. Er kennt keine
Skrupel, wäre das anders, hätte er nicht diesen Job.«

»Das war nicht meine Frage.«

Er stöhnte. »Gelegentlich.«

»Erkundigt er sich immer noch nach Elise?«

»Du wirst es nicht glauben, aber ja. Man darf nämlich in der Wirtschaft arbeiten und dennoch das Herz am rechten Fleck haben.«

Endlich Antworten! Thorwald wollte die Folgen der Panne in jener Nacht weiter kontrollieren und hatte Robert gekauft, ohne dass er es wusste. Ja, so musste es gewesen sein. *Nur um uns im Auge behalten zu können* ... Und deshalb hatte Robert auch seine Anstellung nicht verloren, trotz der offensichtlichen Alkoholprobleme.

»Das weiß ich doch. Sonst könnte er ja kaum einen Säufer in der Vorstandsetage dulden.« *Warum, zum Teufel, habe ich das gesagt?*

Seine Lippen wurden schmal. »Du solltest jetzt besser gehen.«

Charlotte wollte schon aufstehen, da hörte sie aus dem Schlafzimmer leises Rascheln. »Haustiere?«

Als sie sein nervöses Blinzeln registrierte, spürte sie plötzliche, heftige Eifersucht und Wut, Wut auf was auch immer. »Oh, Entschuldigung,« zischte sie spitz. »Wenn ich das geahnt hätte ...« *Mein Gott, er darf schlafen, mit wem er mag, weshalb reg´ ich mich auf?*

Die Tür ging auf und Elise tapste Daumen lutschend herein. »Hall-hallo Mam-mama!« Glückstrahlend ließ das Mädchen seine Kuscheldecke fallen und lief zu Charlotte.

Er wagt es?! Der Zorn schwappte in Wellen über sie hinweg. »Du Schw ...« *Nein, nicht vor ihr!* »Hallo, mein Schatz! Das ist aber eine schöne Überraschung.« Mit gezwungenem Lächeln nahm sie ihre Tochter in die Arme.

»Bevor du ausrastest nur so viel: Ingrid meint, du kannst dich zurzeit nicht richtig um die Maus kümmern. Die Leiterin der Tagesstätte ist ebenfalls besorgt. Ich habe dort angerufen und die Kleine abgeholt. Ich glaube, es ...«

»Sprich es nicht aus.« Sie strich dem Mädchen durch die Haare und küsste es. »Denk´ nicht einmal daran.« Charlotte warf ihm einen Blick zu, der in hartem Kontrast zu ihrem falschen Lächeln stand. »Wir wollen jetzt

190

keine Szene machen. Ich gehe und falls du irgendwann nur in ihre Nähe kommen solltest, rufe ich die Polizei an. Mal sehen, was die zu einem chronisch besoffenen Vater sagt, der seine behinderte Tochter begrapschen möchte ...« *Ja, ich werde lügen und sogar viel Schlimmeres tun, wenn es sein muss.*

»Du Miststück!« Er zwang sich zur Ruhe. »Mir geht es doch nur um Elise ...«

»Das fällt dir leider zu spät ein.« Schnell sprang sie auf, zog das zufrieden an der Decke nuckelnde Mädchen an und warf sich den Mantel über.

Hilflos betrachtete Robert seine Familie, die bereits vor Jahren in Trümmer gegangen war. Als Charlotte schon an der Tür war, startete er einen letzten Versuch. »Schatz, ich liebe dich, noch immer. Und verdammt, ich liebe Elise, genauso wie du. Allerdings machst du es mir sehr schwer, dich nicht zu hassen.«

»Tue es doch,« zischte sie ihm zu, ohne sich umzudrehen. »Das macht die Sache einfacher.«

»Bleib hier! Sie ist auch mein Kind. Du darfst mich nicht von ihr fernhalten. Das sieht der Richter so, das sieht Ingrid so und die Leitung der Tagesstätte ebenfalls. Mensch, sie vermisst mich, und das weißt du! Also: Bisher habe ich gute Miene zum bösen Spiel gemacht, aber ich kann auch ganz anders.«

Anscheinend unbeeindruckt drückte sie die Klinke herunter.

»Charlotte, wenn du aus dieser Tür gehst, sind wir geschiedene Leute.«

»Das sind wir schon, Idiot.« Sie ging ins Treppenhaus.

»Das wirst du bereuen. Ich gebe Elise nicht auf. Niemals, hörst du?! NIEMALS.«

Sie presste die langen Fingernägel in ihre Handflächen, bis sie den Schmerz nicht mehr ertragen konnte. *Ich auch nicht, du Dreckskerl.* Rasch nahm sie die Stufen hinunter. Nachdem sie das Erdgeschoss erreicht hatte, stellte sie Elise auf ihre Füße, öffnete die Glastür und trat in den kühlen Abend hinaus. Tief sog sie die kalte Luft in die Lungen. *Überstanden. Jetzt nur noch ins Auto und nach Hause.*

»Frau Menzius?«

Sie wirbelte herum, sah zwei dunkle Gestalten, die direkt hinter ihnen standen. Eine abrupte Bewegung, ihr wurde schwarz vor Augen. Sie fiel, ein pulsierendes Pochen an der Schläfe. *Die haben mich k.o. geschlagen* ... Dann schlug sie auf den Asphalt und spürte einen beißenden Schmerz im Mund. Im Nebel hörte sie das kurze Heulen ihrer Tochter, wollte sich mit aller Kraft aufrichten, doch der Körper gehorchte ihr nicht mehr.

– – –

Bohrende Kopfschmerzen. Vorsichtig betastete Charlotte ihren Schädel und fand eine handtellergroße Beule über dem Nacken. Sie schmeckte Blut, als sie schluckte. Ihre Zunge fühlte sich an wie ein aufgedunsener Schwellkörper, viel zu groß für ihren Mund. Sie fror. *Wann war mir eigentlich das letzte Mal warm?* Mühsam schlug sie die Augen auf und sah sich um, erkannte jedoch kaum etwas. Ein strahlender Monitor, der nichts anzeigte und oberhalb der Eingangstür hing, war die einzige Lichtquelle. Im blauen Widerschein konnte sie die schemenhaften Ausmaße des kleinen, fensterlosen Raums ausmachen. *Ein Keller?* Der Boden war hell gefliest, Wände und Decke bestanden aus grauem Beton. Sie saß auf einem Notbett, das jede ihrer Bewegungen mit einem leisen Quietschen begleitete. Mehr Möbel gab es nicht.

»Hallo?«

Sie versuchte aufzustehen, gab dieses Unterfangen aber schnell auf. Ihre Beine trugen sie nicht. »Hört mich jemand?« Panik stieg in ihr auf. Wer hatte sie gekidnappt? Und wo war ihre Tochter? *Oh Gott, wo ist Elise? Verdammt, reiß' dich zusammen! Das bringt dich keinen Schritt weiter. Bekomm' erst einmal deinen Körper in den Griff!* Sie massierte ihre Wadenmuskeln, dann den Nacken. Langsam gewöhnten sich ihre Augen an die

Dunkelheit, da entdeckte sie einen schwarzen Apparat an der Wand gegenüber. Einen Augenblick später bemerkte sie den kleinen roten Punkt, der von ihrer Hüfte zu den Brüsten wanderte. *Irgendjemand beobachtet mich* ... Wieder schwappte Angst hoch, unmittelbar und umso heftiger, weil sie seit Tagen auf die Tabletten verzichtete. Und immer, wenn sie sich fürchtete, wurde sie wütend.

Stöhnend stand sie auf und stellte sich vor die Kamera. »Möchte vielleicht endlich jemand mit mir kommunizieren, oder holt ihr euch da oben gerade einen runter.« *Klasse, Charlotte. Du hörst dich an wie ein Hamburger Fischweib. Unglaublich souverän ...*

Auf dem Monitor erschien eine Zeile aus weißen Buchstaben: ›Gut geschlafen?‹

»Ich will raus, sofort!« Mit der geschwollenen Zunge klang ihre Stimme sehr undeutlich.

Die Schrift verschwand.

War ich tatsächlich die ganze Nacht hier? In einer plötzlichen Eingebung schaute sie an sich herunter, fand ihre Kleidung aber in Ordnung. *Schön, du wurdest nicht vergewaltigt – und jetzt konzentriere dich gefälligst auf das Wesentliche!* »Wo ist meine Tochter? Ich möchte sie sehen!«

Die Antwort auf dem Monitor nahm keinen Bezug auf ihre Frage: ›Die Kontaktaufnahme zu Schulz war ein Fehler. Das sollten sie begreifen.‹

»Sind sie Thorwald?« *Oder Richard? Nein, das ist nicht sein Stil. Es muss Thorwald sein.* »Kamen die Drohungen von ihnen?«

›Wundern sie sich nicht, woher ich weiß, dass sie mit Schulz gesprochen haben?‹

»Wo ist meine Tochter?«, schrie sie hysterisch. Verzweifelt versuchte sie, die Videokamera zu erreichen, doch ihre Finger reichten nicht so weit.

›Ihr Redakteur – sie nennen ihn Hadi, nicht wahr? – schätzte die Kräfteverhältnisse richtig ein. Deshalb tritt unser Freund demnächst einen gut dotierten Posten im Gewerkschaftsbund an. Alle sind glücklich, nur sie nicht. Wollen wir das gemeinsam ändern? Was meinen sie?‹

Sie zog einen Schuh aus, warf ihn mit voller Wucht auf die Kamera – und traf. Der rote Punkt sackte ab, kehrte aber schnell zurück.

›Finden sie tatsächlich, dass ihr Verhalten den Umständen entspricht?‹

Charlotte setzte sich wieder auf das Bett und schlug die Hände vor die Augen. »Wo – ist – meine – Tochter?« Sie klang nun ruhiger, entschlossener.

›Neben mir. Mehr erfahren sie zu diesem Thema nicht. Kommen wir zum Geschäftlichen: Sie brauchen Geld und wollen ihren Frieden, beides kann ich ihnen bieten. Was sagen sie?‹

Denk nach! Offenbar konnte sie Elise derzeit nicht helfen. Und auch wenn sie sich bestechen ließ, davon war sie überzeugt, würden sie niemals sicher sein. »Was ist damals wirklich geschehen? Haben sie Forsters Vater umbringen lassen?«

›Was halten sie von einer Million?‹

»Fuhren sie womöglich sogar selbst?«

›Verstehen sie?! Eine Million! Stellen sie sich die Träume vor, die sie ihrer Tochter erfüllen können!‹

»Aber wieso? Das ist mir immer noch nicht klar. Warum gingen sie und der Kanzler dieses Risiko ein? War es wirklich einen Mord wert? Es erscheint so überzogen.«

›Das wollen sie gar nicht hören. Denken sie an ihren Mann.‹

Ihre Hände krampften sich in den gelben Plastikbezug des Bettes. »Was ... was hat er damit zu tun?«

Als die Schrift auf dem Monitor verschwand, entstand eine kurze Pause.

Gebannt schaute sie auf das blaue Viereck und wollte doch nur die Augen schließen. *Er hat recht. Ich will es nicht wissen.*

›Sie ahnten tatsächlich nichts? Robert war arbeitslos und brauchte dringend einen Job. Jeder Mann verliert irgendwann alle Skrupel, solange er seine Familie nicht ernähren kann.‹

Die Tränen kamen unvermittelt. Weinend schüttelte sie den Kopf. »Das ... das ist einfach nicht wahr. Er hätte Elise nie gefährdet. Außerdem war er betrunken.«

›Sonst würden sie es ihm allerdings zutrauen? Sehen sie, das Mädchen hätte das perfekte Alibi abgegeben. Wer vermutet schon, dass ein Vater mit seiner kleinen Tochter im Wagen einen Mord begeht? Zunächst sträubte er sich natürlich, aber er brauchte nun einmal das Geld. Leider ist ihr Mann nicht so stark, wie er gerne wäre. Vorher musste er sich wohl Mut ansaufen. Daraus entstand eine Tragödie, die ich ehrlich bedauere. Das können sie mir glauben.‹

»Oh Gott!« Hemmungslos schluchzend brach sie zusammen. In ihrem Kopf spürte sie eine brutale Leere. Warum nur? Wieso hatte Robert geglaubt, ihm bliebe keine Wahl? War sie schuld? Hatte sie ihn unter Druck gesetzt? *Vielleicht ...* »Elise ..., es tut mir so ... entsetzlich leid.« Verzweifelt suchte sie in dem wirbelnden Chaos nach Fixpunkten, an denen sie sich aufrichten könnte. Sie dachte an ihre Tochter vor dem Unfall, an ihre Familie, als noch alles in Ordnung war. Dann schlug sie die Augen auf. *Elise. Ich muss sie schützen. Wenigstens jetzt.*

Auf dem Monitor stand eine neue Botschaft. ›Sehen sie es ein? Eine Million und keine Probleme mehr. Wenn sie möchten, kümmern wir uns sogar um ihren Ex-Mann. Nehmen sie das Geld, falls sie das Mädchen wiedersehen wollen.‹

Ihre Kraft schien erschöpft. *Alles hat ein Ende.* Sie konnte sich nicht länger wehren. Es war genug.

Von außen donnerte etwas gegen die Tür.

»Charlotte, bist du da drin?«

Ein Mann. Sie erkannte die Stimme nicht – oder wollte sie nicht kennen. Jedenfalls brach da jemand die Tür auf. Wieder erbebte die Tür in ihren Angeln. Leises Fluchen, Stille, dann zwei Schüsse. Mit einem letzten

Stoß sprang die Tür auf und eine große Gestalt mit einer Pistole in der Hand stürzte hinein.

Vor ihr stand Robert.

Laut keuchend starrte er sie an, ehe er den Raum musterte. Auf dem inzwischen leeren Monitor blieb sein Blick haften.

Entgeistert schloss Charlotte die Augen. *Was passiert hier?*

»Komm Schatz, wir verschwinden besser.«

Sie konnte nicht mehr klar denken, hatte nur Fragen. »Wie hast du mich gefunden? Wo sind wir? Und seit wann besitzt du eine Waffe?«

Er ergriff ihre unkontrolliert zitternden Hände und drückte sie fest. »Erstens: Ich sah, wie euch zwei Typen auflauerten. Konnte dich zwar nicht mehr warnen, doch wenigstens ihrem Wagen folgen. Zweitens: im Keller einer Villa am Wannsee. Wem sie gehört, weiß ich nicht.«

»Aber ...«

»Drittens: seit zwanzig Minuten. Die Pistole trug einer der Gesellen, die euch überfallen haben. Zuerst wollte ich natürlich die Polizei rufen, ehe mir einfiel, über wen du recherchierst. Also wartete ich im Wald, bis endlich einer alleine herauskam. Dem nahm ich die Waffe ab, dann stieg ich in diesen Palast ein und durchsuchte ihn von oben bis unten. Und jetzt sollten wir so schnell wie möglich verschwinden. Vielleicht halten sich hier noch andere Typen auf.« Er schaute ihr in die Augen. »Charlotte, in was bist du nur geraten? Und vor allem: Wo verstecken die Elise?«

Plötzlich erinnerte sie sich wieder an die Rolle, die er vor vier Jahren gespielt hatte. Entsetzt riss sie die Hände aus seinen und schlug ihm ins Gesicht. Erschrocken wich er zurück, versuchte sie festzuhalten, aber sie entwand sich und boxte ihn in den Bauch.

»SCHWEIN! DU CHARAKTERLOSER BASTARD!«

Er zögerte kurz, dann gab er ihr eine Ohrfeige, die ihr den Atem nahm. Rasch packte er ihre Arme und drückte sie herum. Als sie ein wenig ruhiger wurde, brachte er den Mund nah an ihr Ohr. »Keine Ahnung, was in dich gefahren ist oder was hier passiert, wir bekommen bloß große Probleme, wenn wir nicht endlich verschwinden.«

Sie keuchte, ihre Brust hob und senkte sich vor Anstrengung, doch es war zwecklos. Robert war zu stark. Sobald sie sich nicht mehr wehrte, ließ der Druck sofort nach. »Ich weiß zwar nicht, was du willst,« sie atmete schwer, »ich kann jedenfalls nicht weg. Irgendwo in diesem Haus halten diese Dreckskerle Elise fest. Ich muss sie finden.«

»Sie ist nicht da, ich habe die ganze Villa durchsucht, vom Dachboden bis zum Keller. Bis auf einen anderen Idioten, der besoffen im Bett liegt, sind wir alleine.«

Voller Verzweiflung ballte Charlotte die Fäuste. *Wo ist die Kleine? Vielleicht in der Nähe des Computers – und der könnte überall stehen. Aber Thorwald oder wer auch immer weiß, wo ich bin und dass Robert hier ist. Und Robert wird von ihm bezahlt ...*

Er ließ ihren Arm los, fasste sie an den Schultern und drehte sie langsam um. Dann schob er eine Hand unter ihr Kinn und hob ihren Kopf so weit, dass sie ihm direkt in die Augen sehen musste.

Gar nicht verquollen, sogar erstaunlich klar für einen notorischen Trinker. Nur müde ...

»Komm endlich, ich habe einen Menschen umgebracht. Wir müssen weg.«

»Du hast WAS?«

»Ja verdammt.« Er fuhr sich durch die Haare, eine hilflose Geste. »Meinst du, der Idiot gab mir seine Waffe freiwillig? Mir blieb keine Wahl. Er drehte sich um, als ich ihn gerade ansprang, da musste ich zuschlagen, mit dem Fernglas. Und dann ist er einfach umgekippt, wie eine gefällte Eiche. Herrgott ...« Verzweifelt wischte er sich die Tränen aus den Augenwinkeln.

Charlotte hob eine Hand, wollte ihn trösten, bis sie daran dachte, was sie auf dem Monitor gelesen hatte. »Wo liegt er?«, fragte sie in neutralem Tonfall.

Wütend ließ er sie los. »Wieso bist du nur so kalt?«
Er schüttelte den Kopf. »Im Wald, ich habe ihn mit
Laub bedeckt. So schnell findet ihn niemand.«

Sie starrte ihn an, unschlüssig. *Zurzeit kann ich mir
wohl meine Verbündeten nicht aussuchen. Aber warum
tut er das?* »Also los, gehen wir.«

Als sie sich an ihm vorbeischob, blickte er ihr nach.
Die schwarze Lederhose modellierte ihre langen Beine
perfekt. Weshalb, fragte er sich, mussten sie seit damals
immer nur streiten, sich wehtun? Er würde sie am liebsten in den Arm nehmen und küssen, doch stattdessen
verletzte er sie oder sie ihn. Einfach zum Kotzen.

Eine hohe, durchdringende Stimme: »Kommen ´se
raus!«

»Verdammt!«, fluchte er leise. »Der Besoffene!«

Ja, den du nicht gefesselt hast. Ihr Blick fiel auf den
leuchtenden Monitor, dann schloss sie kurz die Augen
und verfluchte ihre Dummheit. Irgendwo hier mussten
Mikrofone versteckt sein. *Na toll. Bestimmt hat Thorwald oder wer auch immer jedes Wort gehört und den
Typen aufgeweckt ...*

»Langsam, mit erhobenen Händen.«

— — —

Charlotte trat in den Türrahmen. Dabei hob sie die
Hände über den Kopf und zeigte kurz einen Finger.

Robert bewunderte ihre Kaltblütigkeit.

»Auf die Knie!« Die Worte klangen verwaschen.

Während sie gehorchte, fragte er sich, ob der Mann
alleine war. Ihre Geste musste man so deuten. Und
wusste der Typ von ihm? So leise wie möglich zog er
die Waffe aus der Manteltasche.

»Ich sag´s ja, ein schöner Po. Aber der Knabe hinter
dir soll keinen Unsinn treiben, sonst schieße ich dir in
den Kopf.«

Oh Gott ... Er senkte die Pistole.

»Hörst du mich, Arschloch?! Deine Alte kniet jetzt
vor mir und ich ziele auf ihre Stirn. So schnell bist du

nicht. Also nimm das Magazin raus und wirf es durch die Tür, danach die Wumme.«

Er hörte Charlotte schluchzen. Angst lähmte ihn.

»Wird´s bald?!«

»Ist gut, ich mach´s.« Abrupt riss sich Robert zusammen und betrachtete die Waffe. Die verdammte Kammer steckte im Knauf, das wusste er aus Krimis, aber wie entfernte man sie? Er hatte vorhin schon Minuten gebraucht, um die Pistole zu entsichern. Apropos ...

»Ich zähle bis drei, dann ist sie tot!«

»Nein! Warten sie!« Nachdem er den Hebel zurückgeschoben hatte, drehte er die Waffe in den schweißnassen Händen, bis er endlich eine winzige silberne Taste fand. Das Magazin fiel auf die Fliesen. Hastig trat er es durch die offene Tür, wo es neben seiner Ex-Frau liegen blieb.

»Geht doch. Nun die Knarre.«

Der Typ sächselt ... Und warum denke ich jetzt an so einen Scheiß? Er gehorchte, dann sah er den Anderen, der noch vor kurzer Zeit seinen Rausch ausgeschlafen hatte. Die untersetzte Gestalt trug nur Shorts und ein Unterhemd, das sich über einem beträchtlichen Bauch spannte. Der Mann war anscheinend bis zum Hals tätowiert – und zielte an Charlottes Kopf vorbei direkt auf seine Brust. Das Grinsen verhieß nichts Gutes.

»So, meine Hübsche, lauf zu deinem Helden!«

Charlotte, der die Tränen über die Wangen liefen, stand auf und kam auf zitternden Beinen zu ihm.

Er nahm sie in die Arme. »Alles wird gut ...«, flüsterte er in ihre Haare.

»Rührend!« Der Mann trat in den Raum und schob sich leicht schwankend ein paar Meter an der Wand entlang, ohne sie aus den Augen zu lassen. Dann warf er einen Blick auf den Bildschirm oberhalb der Tür. »Was mache ich mit den Turteltäubchen, Chef?«

Nach einigen Sekunden kam die Antwort: ›Sie kooperieren nicht. Also ... Danach kommst du her. Hier wartet noch ein Job.‹

Elise! Roberts Herz raste.

»Nein!«, kreischte Charlotte und löste sich von ihm. »Ich tue alles, was sie wollen ...«

Der Tätowierte zögerte einen Moment, doch auf dem Monitor erschien keine neue Zeile. »Dafür ist es jetzt, glaube ich, ein bisschen spät, oder? Der Boss hat mit Toten nicht mehr so ein Problem, wisst ihr? Das musste die Rommelskirchen auch schon einsehen.« Er starrte Charlotte an, ließ den Blick über ihren Körper gleiten. »Alles was ich will, ja?«

Sie stutzte kurz und riss dann die Augen auf. »Ihr habt die alte Frau umgebracht?!«

Der Andere zuckte nur mit den Schultern.

»Und ... das Kind?«

»Was für'n Kind?«

»Von wem stammte das Ohr?«

»Nein! So 'ne Sauerei ist nicht mein Ding.« Als er lachte, wehte eine Alkoholfahne durch den Raum. »Plaste und Elaste aus Schkopau! Täuschend echt, hä?«

Robert verstand wenig, doch das hatte er begriffen: Wenn sie nicht aus diesem Keller herauskamen, musste Elise sterben. *Warte auf eine Chance! Der Typ ist noch halb besoffen ...*

Da erschienen erneut Worte auf dem Bildschirm: ›Übrigens liegt Wellkopf im Wald, tot.‹

Der Tätowierte richtete die Pistole wieder auf Robert, das Grinsen war verschwunden. »Du hast Hans erledigt?! Dafür bezahlst du! Aber erst darfst du zusehen, was ich mit deiner Frau anstelle.« Er nickte Charlotte zu. »Das wird spaßig mit uns. Auf's Bett!«

Oh Nein! Robert unterdrückte ein Würgen.

Sie trat zögernd einen Schritt vor - duckte sich plötzlich und sprang. Schon als sie die Füße des Mannes packte und der die Waffe herumriss, warf sich Robert auf ihn. Gemeinsam prallten sie gegen die Wand. Ein Schuss peitsche an Roberts Schläfe vorbei, ohrenbetäubend in dem kleinen Raum, während er dem Anderen die Faust ins Gesicht drosch, einmal, zweimal. Dann bog er die Hand, die den Knauf hielt, brutal von sich weg. Zwei Schüsse, ein kurzer Schrei, Gurgeln. Im nächsten Augenblick rutschte der Dicke auf die Fliesen. Zumindest eine Kugel hatte den Kopf getroffen.

Erleichtert, ungläubig und auch verzweifelt fasste sich Robert an die Stirn. »Schon der zweite ...«

»Ja, bevor das zur Routine wird, sollten wir verschwinden. Solange sie uns nicht finden, lebt Elise.«

— — —

Sie krochen auf der Stadtautobahn Richtung Zentrum. Dicke Nebelschwaden umwaberten Roberts Auto. Alle paar Sekunden schaute er in den Rückspiegel und suchte nach möglichen Verfolgern. Aber da war niemand. Nur vereinzelte Spätheimkehrer und einige Lastwagen. Neben ihm gähnte Charlotte. Sie hatte die Villa, in der sie festgehalten worden war, nicht erkannt, bezweifelte allerdings, dass sie Forster gehörte. Ein Kanzler verdiente nicht so viel. Also Thorwald, wahrscheinlich.

Aus den Augenwinkeln betrachtete sie ihren Ex-Mann: In den letzten Jahren hatte er gelitten, eindeutig. Die Haare waren weiß, der kleine Bauch zeugte von seiner Sucht. *Gut so!* Sie würde es nicht aushalten, wenn es ihm blendend ginge, während sie normalerweise nur mit Happy-Makern einen Tag überstand. Wie unter Zwang durchwühlte sie ihre Tasche, fand jedoch nichts Schluckbares außer einem alten Pfefferminz-Kaugummi. *Warum musste ich es mir auch gerade jetzt beweisen wollen, mitten in diesem ganzen Mist?* Angewidert schob sie sich den Kaustreifen in den Mund.

Robert schwieg.

Wahrscheinlich sucht er nach einer Erklärung. Er weiß ja nicht, weshalb wir gekidnappt wurden. Oder doch? Welche Rolle spielt er in diesem Schlamassel: Auftragsmörder, besorgter Vater, beides? Nein, das ist abwegig. Seine ausgebeulte rechte Manteltasche war ihr nur allzu bewusst. *Himmel, er hat heute zwei Menschen umgebracht!* Aber er hatte sie auch gerettet. Fast hätte sie den Kopf geschüttelt. All das schien so irreal, ungleich komplizierter als ihr früheres Leben mit klaren Zielen und eindeutigen Feindbildern. *Wach endlich auf, Charlotte! Thorwald ließ deine Tochter entführen! Was musst du noch wissen?*

»Warum hast du nicht die Polizei gerufen?« Sie klang neutral, unbeteiligt.

Seine Antwort kam prompt. »Nun, weil du über Forster recherchierst, ich sagte es schon. Ich hatte Angst um Elise und dich, wusste nicht, woran ich war. Beides gilt übrigens weiterhin.« Er schaute sie kurz an. »Wer hat euch entführt?«

»Ich weiß es nicht.« *Ist das wirklich eine Lüge?* Nein, sie konnte sich tatsächlich nicht sicher sein. »Möchtest du jetzt die Kripo benachrichtigen?«

»Nicht bevor du mir sagst, was hier eigentlich los ist.«

»Das werde ich tun, wenn du mir vorher ein paar Fragen beantwortest.«

Als Robert im dunklen Wagen den Kopf zu ihr wandte, erwiderte sie seinen Blick.

Er zuckte mit den Achseln. »Schön. Keine Ahnung, wieso, aber fang an.«

»In der Nacht, als du mit Elise ...«

»Das darf doch nicht wahr sein!«, rief er und ballte die Faust. »Wir haben wirklich andere Probleme. Musst du jetzt wieder mit der Geschichte anfangen?«

»Hör mir zu. Damals hatte noch jemand einen Unfall, erinnerst du dich? Es stand in den Zeitungen.«

»Ja, natürlich weiß ich das! Forsters Vater.«

»Genau. Und kannst du dich auch erinnern, wo er starb?«

»Was glaubst du denn? Ich habe alles über diese Nacht gelesen, was es zu lesen gab. Ich wollte dir doch beweisen, dass ich nicht gelogen hatte. Ja, der alte Mann wurde nur drei Querstraßen weiter getötet, wenige Minuten, bevor ich diesem verfluchten Schwachkopf ausweichen musste.« Seine Finger trommelten auf das Lenkrad.

»Hast du da nie einen Zusammenhang vermutet?«

»Ich bin nicht blöd. Natürlich, bloß wer hätte mir geglaubt? Du etwa? Mach´ dich nicht lächerlich. Du glaubst mir ja nicht einmal, dass ich keinen Tropfen getrunken hatte.« Er klang zynisch.

In diesem Augenblick ahnte Charlotte, in welcher Stimmung Robert zur Flasche griff. »Okay. Weißt du auch, dass Thorwald hinter dem Mord steckt ...«

»WAS? Thorwald? Mein Chef?«

Sie nickte entschlossen.

»Das ergibt überhaupt keinen Sinn. Warum sollte er Forsters Vater umbringen?«

»Wenn er dafür eine entsprechende Belohnung erhalten hat ...«

»Quatsch, Thorwald ist integer. Sicher, für den Erfolg würde er fast alles tun, aber das ist nicht ungewöhnlich. Jedoch Mord? Du spinnst ja. Kannst du das denn beweisen?«

Sie schlug die Augen nieder. Konnte sie es? Nein, sie wusste es noch nicht einmal selbst mit Gewissheit. Bisher beruhte ihr Verdacht auf bloßem Hörensagen und mehr oder weniger gesundem Menschenverstand. Robert hatte recht, sie musste auch mit der Alternative rechnen. Hatte Thorwald überhaupt etwas mit der Sache zu tun oder war er womöglich nur eine Figur, die andere groß geredet hatten?

Als sie schwieg, schnaufte Robert entnervt. »Charlotte, das ist krank. Unsere Tochter ist vielleicht schon tot, und du kommst mir mit solchem Blödsinn.«

»Hör mir zu!«, sagte sie mit aller Autorität, die sie aufbringen konnte. »Du warst damals arbeitslos und plötzlich bot dir TWB einen Traumjob an. Eine Stelle, die weit über dem lag, was du erwarten durftest. Ungewöhnlich, oder? Du selbst nanntest das so.«

Er starrte sie an. »Was willst du damit sagen?« Seine Stimme hatte einen gefährlichen Unterton angenommen.

Sehr leise spannte sie die Mausefalle. »Was hörst du denn?«

»Ich höre etwas, was ich nicht glauben möchte.«

Sie spürte die Drohung. »Das wollte ich auch nicht, aber ...«

»ABER WAS?« Er schrie sie an, ehe er widerwillig wieder nach vorn blickte. »Wie kannst du das annehmen? Ich habe mich bestechen lassen und Schweigegeld kassiert? Du bist ja vollkommen irre! Was traust du mir eigentlich zu?« Er bemerkte ihr Kopfschütteln. »Ach, das ist es nicht? Was denn dann?« Er schaute sie erneut an und seine Stimme troff vor Sarkasmus. »Wahrscheinlich habe ich ihn selbst überfahren, nicht wahr? Bin dreimal über ihn drübergerollt mit Elise an meiner Seite, bin mit ihr ausgestiegen und habe ihr die deutsche Straßenverkehrsordnung erklärt. Dass man zum Beispiel niemals bei Rot die Straße überqueren darf.« Als sie nicht reagierte und nur sein verschattetes Profil beobachtete, schüttelte er den Kopf. »Das ... das glaubst du wirklich, oder?« Er trat hart auf die Bremse und lenkte das Auto auf den Standstreifen.

Ich brauche die Waffe, jetzt! Bevor er die Hände vom Steuer nehmen konnte, zog sie die Pistole aus seiner Manteltasche.

»WAS ZUM TEUFEL ...?« Ungläubig glitt sein Blick zur Waffe hinunter, die sie auf ihn gerichtet hatte.

Inzwischen stand der Wagen.

»Charlotte ...« Er schloss die Augen, zwang sich offensichtlich zur Ruhe. »Wenn du mich erschießen willst, solltest du sie vorher entsichern.«

Schnell schob sie den ersten Riegel, den sie fand, nach unten. *Wieso hat er mir das Ding nicht weggenommen?*

Gelassen, fast entspannt saß er neben ihr. »Ich weiß nicht, was in dich gefahren ist. Traust du mir tatsächlich einen kaltblütigen Mord zu?«

Sie antwortete nicht.

»Ich habe euch geliebt. Ich liebe euch noch immer. Sogar wenn ich jemanden für Geld umgebracht hätte, dann doch niemals mit Elise im Auto!«

Sie schwieg beharrlich, die Waffe zitterte in ihren Händen.

»Was ist nur mit uns geschehen? Ich saufe, klage mich selbst an oder versinke im Selbstmitleid und du leidest offenbar unter Verfolgungswahn.« Als Scheinwerfer sie erfassten, warf er einen Blick in den Rückspiegel. »Wahrscheinlich glaubst du jetzt auch, dass diese Polizisten uns verhaften wollen.«

Panisch drehte sie sich um. Tatsächlich kam ein Einsatzwagen etwa zehn Meter hinter ihnen zum Stehen.

»Mein Gott, Charlotte, die denken doch nur, dass wir eine Panne haben oder uns das Benzin ausgegangen ist. Steck´ einfach die Waffe weg und lächle mal.«

Unschlüssig sah sie erst ihn an und dann in den Rückspiegel.

Ein Polizist stieg aus dem Wagen und sprach in ein Mikrofon. »SCHALTEN SIE DEN MOTOR AB UND STEIGEN SIE MIT ERHOBENEN HÄNDEN AUS.«

Robert zuckte zusammen.

»Werd´ endlich erwachsen!«, zischte sie ihm zu. »Die Polizei arbeitet für den Staat. Und der Staat ist Forster. Die suchen bestimmt bereits deutschlandweit nach deinem Kennzeichen.« Sie packte den Türgriff, überlegte es sich im nächsten Augenblick aber anders. Sie waren mitten im Grunewald, und es war Nacht. Sie würde sich nur verlaufen, wenn sie überhaupt schnell genug war. »Fahr´ los!«

»Ich weiß nicht ...«

»Du hast zwei Menschen umgebracht, also KOMM´ SCHON!«

Er gab Gas, zuerst etwas zögerlich, dann jedoch drückte sie die Beschleunigung in die Sitze. Wenige Sekunden später folgte die Polizei, diesmal mit Blaulicht und Sirene. Robert beschleunigte bis zum Maximum des alten Mercedes.

Aber es reichte nicht. Der moderne Wagen holte auf, scherte aus und war bereits auf gleicher Höhe.

»Nimm die Ausfahrt!«

Robert reagierte, bremste scharf, riss das Steuer herum und raste die abgehende Straße hinunter.

Charlotte entdeckte den schmalen Waldweg zuerst. »DA REIN!«

Der Mercedes schoss in den dunklen, für Fahrzeuge des Forstamtes reservierten Weg. Nur knapp wich Robert einem Baum aus, dann gab er erneut Vollgas.

Hinter ihnen quietschten Reifen.

»Folgen sie uns?«, fragte er atemlos.

Sie starrte in den Rückspiegel. »Nein, ich glaube ...«

Fernlicht holte sie ein.

Robert drosselte das Tempo und lenkte den Wagen in eine Abzweigung. Nach hundert Metern kamen sie auf eine weitere Kreuzung und er steuerte in Richtung Autobahn zurück. Als sie die Lichter der Straße wieder sehen konnten, erfassten die Scheinwerfer plötzlich einen Baum, der quer über dem Weg lag.

»Scheiße!«

Robert bremste hart und riss das Steuer herum, trotzdem krachte der rechte Kotflügel mit viel zu hoher Geschwindigkeit gegen den Widerstand. Beide wurden heftig in die Gurte gedrückt, als der Mercedes sich auf die Seite legte und dann mit rauchendem Motor auf die Räder zurückfiel.

In der Stille heulte die Sirene umso lauter.

»Ist dir etwas passiert?« Er klang ehrlich besorgt.

Sie spürte seine Hand auf der Schulter. »Nein. Dir?«

»Glück gehabt. Bloß das Auto kann ich vergessen. Was machen wir jetzt? Die finden uns bald.«

»Wir laufen, getrennt.«

»Was? Du glaubst mir noch immer nicht?«

»Tut mir leid. Vielleicht bin ich wirklich paranoid, doch zurzeit traue ich niemandem.« Mühsam richtete sie sich im Sitz auf und stieg aus. Als er ihr folgen wollte, zog sie wieder die Waffe. »Ich meine es ernst, Robert. Wenn du es getan hast, ist es so richtig, und falls du unschuldig bist, möchte ich dich nicht mit hineinziehen.« Damit verschwand sie im Unterholz.

Er schaute ihr nach und verfluchte sie in Gedanken. Aber Charlotte hatte verdammt viel Mut, und auch dafür liebte er sie, immer noch und vielleicht mehr denn je.

Natürlich folgte er ihr. Etwas anderes kam nicht infrage.

— — —

»Hallo, hier Haus Winterruhe. Sie sprechen mit Gergsen.« Eine resolute, ältere Frauenstimme.

»Guten Abend. Jana Hauland, Referentin im Bundeskanzleramt. Verbinden sie mich bitte mit Frau Forster.«

Nach einer Pause: »Hauland? Es tut mir leid, ich finde ihren Namen nicht auf der Liste, die ich von ihrer Behörde bekommen habe. Ich kann sie deshalb ...«

»Oh, verzeihen sie das Versehen. Ich weiß, dass sie strikte Anweisungen erhielten, bloß gibt es hier große Probleme und meine Chefin, Frau Helmbusch, hat mich direkt angewiesen. Ich soll die Mutter des Herrn Bundeskanzlers auf den Besuch einer ausgesprochen hartnäckigen Journalistin vorbereiten.«

»Also, ich glaube nicht ...« Sie klang verunsichert.

»Nein, ich bedaure sehr, nur ...«

»Hören sie, es ist wirklich ernst. Ich muss sie sprechen. Es handelt sich um dieselbe Person, die Frau Forster bereits einmal in Angst versetzte.«

Stille.

»Frau Gergsen, ich möchte nicht unfreundlich wirken, aber wenn sie mir nicht helfen, suchen wir eine andere ...«

»Schon gut, ich verbinde.«

Vor einer Burger-King-Filiale im Zentrum von Zehlendorf lehnte sich Charlotte erschöpft gegen die Wand der Telefonzelle. *Das wäre geschafft.* Erstaunlich mühelos hatte sie die Telefonnummer des Schweizer Chalets herausbekommen, in dem die Mutter des Kanzlers sich derzeit aufhielt: Bereits der dritte Anruf hatte zum Ziel geführt, da der Fremdenverkehrsverein in Zürich offenbar keinen Maulkorb erhalten hatte. *Das war ein Fehler, Richard, endlich einmal ein Fehler.*

»Hallo?«

Sie erkannte die piepsige Stimme sofort wieder.
»Frau Forster? Hier spricht Charlotte Menzius ...«

»Was?! Ich dachte, es wäre das Büro meines Sohnes.«

Charlotte konnte sich lebhaft vorstellen, wie sich das zierliche Persönchen den Pelz enger um die Schultern zog. »Ein Trick, tut mir leid. Nur so kam ich zu ihnen durch. Möchten sie sich mit mir unterhalten? Sie wollen vielleicht Einiges loswerden.«

»Was sie so denken,« und nach wenigen Sekunden: »nun gut.«

Ja! »Vielen Dank. Aber wir sollten uns beeilen, bevor das Gespräch unterbrochen wird, es hört bestimmt jemand mit.«

»Das glaube ich auch. Was soll ich denn erzählen?«

»Woran ist Helga gestorben?«

Ein fast perfekt inszenierter Hustenanfall, dann: »Das wissen sie doch bereits.«

»Nein, ich ahne es nur. Bloß sehr wenige neunjährige Mädchen ersticken noch an einer Murmel, eigentlich gar keines. Das habe ich ihnen nie geglaubt. Also, möchten sie es nicht endlich sagen, was sie schon so lange Zeit verschweigen?«

»Die Kleine erstickte im Bett, Frau Menzius. Wenn sie das nicht glauben, bleibt das ihre Sache.« Sie schien ernsthaft wütend, beendete allerdings nicht das Gespräch.

Charlotte fragte sich, wie sie diesen massiven Schutzwall durchbrechen konnte. Zwar tat ihr die alte Dame leid, doch solange es um ihre Tochter ging, durfte ihr jedes Mittel recht sein. *Also die schweren Geschütze!* »Ihr Mann missbrauchte Helga, warum ließen sie das zu?«

Ein unterdrücktes Stöhnen.

Volltreffer! Sie war nicht stolz auf sich, nur halfen ihr Skrupel eben nicht weiter. *Und das reicht noch lange nicht.*

Sie hörte Fosters Mutter leise weinen.

208

»Bitte, es fällt mir nicht leicht und ich bedaure es zutiefst, aber ich muss es einfach wissen ...«

»Woher ... nehmen sie sich ... das Recht!?« Die alte Dame schien schwer angeschlagen, kaum zu verstehen zwischen den Schluchzern.

»Jemand hat meine Tochter entführt, und ich vermute, dass ihr Sohn daran beteiligt ist. Was verbirgt er? Warum übt er solchen Druck aus?«

Charlotte wollte glauben, dass die mütterliche Loyalität enge Grenzen kannte. Wenn das nicht der Fall war, hatte sie verloren, denn ohne neue Informationen konnte sie nicht in die Initiative gehen. Im Keller hätte sie schon fast gegen besseres Wissen aufgegeben. Und sollte die Frau jetzt nicht reden, war es vorbei. Was blieb ihr auch übrig? Der halbe Staat schien sie zu suchen. Die Nachrichten zeigten bereits ein Foto von Robert, der als geistesgestört ausgegeben, sogar mit dem versuchten Attentat in Verbindung gebracht wurde. Man unterstellte ihm niedere Motive, Eifersucht, und das klang bei einem notorischen Trinker leider nicht unplausibel. Nach ihr fahndete zwar niemand offiziell, dennoch war sie sicher, dass in ihrer Wohnung jemand auf sie wartete. Nur Forsters Mutter konnte ihr also noch helfen.

»Mein Mann ...«

Wieder Tränen. Anscheinend drückte sie sich ein Taschentuch auf den Mund, denn Charlotte musste den Hörer gegen ihr Ohr pressen, um überhaupt etwas zu verstehen.

»Paul war nicht schlecht, nur nicht zufrieden mit seinem Leben. Sehen sie: Er hatte einen älteren Bruder, und der durfte auf das Gymnasium gehen. Für ihn selbst reichte das Geld nicht und das machte ihn bitter. Am Anfang lief alles gut, bis Richard seine Begabung zeigte. Paul war nicht stolz, sondern voller Neid, eben nur ein Mensch. Und dass der Junge schon sehr früh diese Stipendien bekam, hat ihm auch nicht gepasst. Er fühlte sich dadurch irgendwie noch kleiner.« Sie hustete kurz und schnaubte sich die Nase.

»Fing er deshalb mit dem Trinken an?«

»Ach, wissen sie: Jemand, der sich besaufen will, findet doch tausend Gründe. Es hängt nur davon ab, wie stark man ist.«

Wehmütig dachte Charlotte an Robert. *Habe ich ihm seinen Grund gegeben?* Im nächsten Augenblick runzelte sie die Stirn. *Das tut jetzt nichts zur Sache!* »Und im Rausch hat er ...«

»Paul ... war nicht bei sich, wenn er ... es tat. Zunächst noch vorsichtig wurde er immer dreister. Nur solange der Junge da war, tat er es nicht. Ich erwischte ihn eines Abends an ihrem Bett.«

Stille.

Charlotte fühlte mit dieser Frau, die sich derart qualvollen Erinnerungen stellte.

»Er züchtigte mich, zwar nicht zum ersten Mal, aber schlimmer als je zuvor. Und falls ich Richard oder sonst jemanden ins Vertrauen gezogen hätte ...«

»Und deshalb schwiegen sie?«

»Ja, natürlich. Wissen sie, das waren damals andere Zeiten. Wenn der Herr im Haus trank, meine Güte, das erlebten doch die meisten Frauen im Ruhrpott. Und Helga ... Gott, ich habe einfach die Augen zugemacht, war besonders lieb zu ihr, hab´ mir eingeredet, dass sie noch nichts merken würde, und ...«

»Wie lange ging es?«

»Drei Jahre, glaube ich.« Sie sprach sehr leise.

»Drei Jahre?! Helga war also erst sechs, als ...«

»Mhm.«

»Und sie haben nie etwas gesagt?«

Als Forsters Mutter wieder aufschluchzte, wusste Charlotte nicht, was sie fühlen sollte: Mitleid mit dieser gebeutelten Frau oder Zorn? Und durfte sie überhaupt urteilen? *Allerdings ... Ich hätte Robert bedenkenlos getötet, wenn er Elise ... Glaube ich jedenfalls ...*

»Sprachen sie jemals mit Helga darüber?«

Keine Antwort.

Zu viel Furcht, sie war einfach zu ängstlich. Sonst hätte sie nicht drei Jahre lang die Augen vor der Wahr-

heit verschlossen. Gelähmt durch die Brutalität ihres Mannes, den sie jetzt, Jahrzehnte später, weiterhin in Schutz nimmt. Wollte sie noch mehr wissen?

Die alte Frau nahm ihr die Entscheidung ab. »Sie erstickte wirklich. Die Kleine schämte sich so furchtbar ...«

»Vor wem denn?«

»Na vor ihrem Bruder. Der kam eines Abends früher vom Sport zurück und erwischte Paul und Helga, wie ...«

»Und deshalb ...«

»Ja, sie steckte sich während des Abendessens eine Murmel in den Mund und schluckte sie runter. Dann lief sie zu Richard und klammerte sich an ihn.« Das Schluchzen mündete in einen kurzen tonlosen Aufschrei. »Ich ... ich frage mich, wie ich damit so lange leben konnte.«

Traurig dachte Charlotte an Robert. *Anscheinend können Menschen alles überleben.* »Frau Forster, sie hat es nicht mit Absicht getan, das ist medizinisch gar nicht möglich, es ...« *Hör' bloß auf, du Klugscheißerin!* Sie schluckte. »Wie reagierte ihr Mann?«

»Zunächst gar nicht, aber als Richard ihn anschrie, mit der Polizei drohte und ich mich vor ihn stellte, schlug er uns beide mit dem Gürtel. Ein paar Tage später zog er dann aus. Ich habe ihn nie wieder gesehen.«

»Und Richard, wie verkraftete er es?«

»Ja ...« Sie schwieg für einen Moment. »Ich muss gestehen ... Wir haben bis heute nie mehr darüber gesprochen. Es tat wohl zu weh. Ich glaube, dass er mir nie vergeben hat. Und das ist richtig so. Einer Mutter wie mir darf ein Kind nicht verzeihen ...«

Unsicher, wie sie reagieren sollte, wechselte Charlotte das Thema. »Denken sie denn, dass er mit dem Tod seines Vaters etwas zu tun hatte?«

Wieder Stille am anderen Ende der Leitung.

Nach einer Weile: »Ich weiß es nicht und ich will es auch nicht wissen.«

Das kann ich mir vorstellen ... »Die beiden sahen sich wenige Tage vor dem Tod ihres Mannes noch einmal, wussten sie davon?«

»Ja. Paul rief mich an, übrigens zum ersten Mal, nachdem er ausgezogen war. Er war natürlich furchtbar betrunken, faselte, dass unser Sohn nun sein wahres Gesicht gezeigt hätte. Richard muss ihn wohl hart angegangen sein.«

»Lag es an den Interviews? Fürchtete Richard um seinen Ruf?«

»Nein, nein. Wissen sie, da Paul die ganzen Jahre ruhig geblieben war, hatten wir all das verdrängen können. Nur so kann man ja überhaupt leben, nicht? Naja, bis zu den Artikeln in den Zeitungen. Wir hatten ihn fast schon vergessen.«

Das trifft auf Richard bestimmt nicht zu ... »Hat er seinen Vater mit dem Tod bedroht?«

»Ich weiß es nicht. Vielleicht, aber Paul war gründlich betrunken, als er mir davon erzählte. Da darf man nichts für bare Münze nehmen.«

»Na gut. Vielen Dank, sie haben mir sehr geholfen.«

»Sie mir auch, Frau Menzius.«

»Wieso?«

»Ich durfte dem Teufel noch einmal in die Fratze schauen. Und, wissen sie, nichts ist so schlimm, wie man es sich ausmalen kann.«

»Wenn sie es sagen ...« Charlotte hängte auf.

Aber manchmal ... Manchmal stellt die Realität jede Vorstellung in den Schatten.

Am Westhafen

Der Frack stand ihm vorzüglich, und Bundeskanzler Dr. Richard Forster fühlte sich sehr wohl in seiner Haut. Lächelnd hielt er ein Tablett mit exquisiten Schnittchen in den Händen und bot die Kanapees umstehenden Journalisten an. Die Pressevertreter sollten sich geschmeichelt fühlen und natürlich erwiesen sie ihm den Gefallen. Überhaupt schien der Stehempfang zu Ehren des russischen Außenministers, der im Palais des Bundespräsidenten stattfand, ein voller Erfolg zu sein. Das lag allerdings weniger an irgendwelchen diplomatischen Durchbrüchen. Dafür hungerte die Wirtschaft der einstigen Supermacht zu sehr nach Devisen, letztlich nach großzügigen Geschenken, die sich angesichts der deutschen Schuldenlast von selbst verboten. Seitdem Forster mit der fahrlässigen Politik seines Vorgängers gebrochen hatte, und der Staat keine Hermesbürgschaften mehr riskierte, fristeten die beiderseitigen Wirtschaftsbeziehungen ein kümmerliches Dasein. Daran würde auch dieses Treffen nichts ändern. Weder erweckte die Person des Außenministers – eine weitere Ex-KGB-Charge, die einen dubiosen Aufstieg im Kreml genommen hatte – noch seine Botschaft neues Vertrauen. Es schien schon ausgesprochen dreist, dass die Russen weiterhin erwarteten, der gutmütige Westen werde zusätzliche Milliarden in die marode russische Wirtschaft blasen. Nicht einmal das Bankensystem hatten sie bisher reformieren können, und die einzige Organisation, die in Russland erfolgreich arbeitete, blieb die Mafia.

Nein, außenpolitisch ließ sich heute Abend kein Blumentopf gewinnen. Aber das lag auch gar nicht in seiner Absicht. Forster wollte bloß alle Gerüchte und umlaufenden Halbwahrheiten dementieren. Und die Rechnung schien aufzugehen: Wie oft hatte er in den letzten zwei Stunden in diversen Runden die psychische Gesundheit von Schulz infrage gestellt? Zugleich hatte er den Verdacht geäußert, dass die aufgedeckte Rüstungskorruption vielleicht nur eine von vielen anderen, noch unbekannten Verfehlungen sein könnte. Hatte Schulz etwa deshalb die Nerven verloren? Dennoch ließ er an der festen Verbundenheit mit seinem langjährigen Freund natürlich keinen Zweifel, bedauerte die bittere, aber unumgängliche Trennung.

Forster unterdrückte ein Grinsen. Endlich war er wieder obenauf. Thorwald versicherte zudem, dass Charlotte kein ernsthaftes Problem mehr darstelle. Was hatte er wohl mit ihr gemacht? Egal. Jetzt musste er einfach nur gut und zufrieden aussehen, das beeindruckte die Menschen immer am nachhaltigsten.

Strahlend schenkte er einem Pressemann ein Glas Champagner ein und bot ihm zugleich das ›Du‹ an.

Dieser stotterte vor Überraschung und nahm an, stolz wie ein aufgeblasener Pfau.

Und noch einer im Sack, dachte Forster.

Ein anderer Journalist, der schon lange Jahre in Berlin für Reuters arbeitete, trat an das Tischchen. »Wollen sie die neuen Umfragewerte kommentieren, Herr Bundeskanzler?«

»Nun, ich freue mich natürlich. Offensichtlich setzten nie zuvor so viele Bürger ihr Vertrauen in mich.«

»Das liegt wohl am Attentat, oder meinen sie ...«

»Ach hören sie doch auf, sie alter Defätist.« Tina Helmbusch schüttelte in gespielter Entrüstung den Kopf. »Ich sage, dass die Menschen ihn schon immer liebten, das aber erst in dieser Krise begriffen.« Die zierliche Frau, die mit ihren dreiundsechzig Jahren stets gern und gut die große Dame gab, nahm ein Schnittchen vom Tablett. »Das – und sie zitieren mich gefälligst nicht damit – können sie mit pubertierenden Teenagern vergleichen, die jeden Tag aufs Neue ihre Eltern beschimpfen. Wenn dann der Vater einen Herzinfarkt erleidet, merken sie plötzlich, was wirklich zählt und wer sich die ganze Zeit aufopferungsvoll um sie gekümmert hat.«

»Danke für diese Einlassungen! Das Protokoll braucht ja auch Inhalt,« ätzte der Pressemann und wandte sich wieder an Forster. »Mir stellt sich weiterhin die Frage, wo sie gegenwärtig in den Umfragen stünden, Herr Bundeskanzler, ohne die Suche nach den Terroristen. Die überdeckt alle Querelen in ihrem Kabinett, falls ich das richtig sehe. Plus-Drei – diesen Wert hatte immerhin nur ihr Vorgänger nach der Wende zum letzten Mal.«

»Herr ... Thomas, stimmt das?«

Der Andere nickte knapp.

Forster kannte natürlich den Namen. Ohne vorzügliches Gedächtnis erreichte man in der Spitzenpolitik überhaupt nichts. Aber er wollte diesem hartnäckigen Bastard zeigen, dass er sich nicht an ihn erinnern musste. »Herr Thomas, ich kenne diesen Zynismus nur zu gut und er langweilt mich. Also bloß zwei Dinge: Erstens schoss noch nie jemand auf einen amtierenden Kanzler und zweitens würde ich sehr gerne Sachthemen erörtern, falls ihnen das zumutbar erscheint.« Er wandte sich an einen anderen Journalisten, der neben seiner Referentin stand. »Was sagt denn die schreibende Zunft zu den Einlassungen unseres Kollegen aus Moskau?«

Geschmeichelt erging sich der Angesprochene in einem hastigen, umständlichen Monolog über die Grundbedingungen russisch-deutscher Beziehungen.

Und wieder ein Fisch am Haken, dachte Forster, als Helmbusch ihm verstohlen zulächelte. Eitelkeit – kaum ein Konzept ließ sich leichter ausrechnen. Zuzusehen, wie die Menschen sich veränderten, an Statur gewannen, wenn ein höhergestelltes Männchen sie bestätigte, glich einem Rückblick in die Evolutionsgeschichte ihrer Gattung. Was unterschied sie schon von einer Horde Primaten, die ihre gruppeninterne Hierarchie jeden Tag erneut festlegen musste? Allerdings funktionierte das nur zwischen Männern. Frauen konnten die

Eitelkeit sozial tiefer gestellter Männer nicht bestätigen, weil die Männchen den Weibchen diese Kompetenz nicht zubilligten. Natürlich schmeichelten auch Frauen, und zwar sehr erfolgreich. Wer aber der schnellste und stärkste Jäger war, das machten Männchen unter sich aus. Den modernen Menschen gab es nach Forsters fester Überzeugung nicht, hatte es nie gegeben. Er war derselbe Wilde geblieben, der sich bloß irgendwann den moralischen Maulkorb und die Handschellen der Rationalität hatte anlegen lassen. Das hatte die Emanzipationsbewegung nie begriffen, und sogar Marx hatte es nicht sehen wollen. Im Kern hatte sich der Mensch nie geändert. Darum faselte dieser aufgeblasene Schreiberling von Dingen, die er gar nicht beurteilen konnte, und warf ihm, dem weit höhergestellten Männchen, dabei verschwörerische Blicke zu. Deshalb gab auch Bodo Maibach, der fette Bundespräsident, am anderen Ende des Saales den unnahbaren Übervater. An ihm ließ sich hervorragend zeigen, in welchem Umfang Triebe einen Charakter steuerten. Aus dem protestantischen Bildungsbürgertum stammend, sah er in Werten die festen Normen eines Spiels, das nach Forsters Meinung keine Regeln kannte. Und trotzdem war sogar das Staatsoberhaupt zeit seines Lebens letztlich nur dem Wunsch gefolgt, einmal ganz oben stehen zu dürfen. Feist stand er da, bildete zumindest das optische Gravitationszentrum des Raumes. Jedes seiner Worte wohl gewählt, stets auf der angestrengten Suche nach unverbindlichen, warmherzigen Floskeln, die gutwillige Zuhörer zur Identifikation einluden. Erster Mann im Staat ... Forster hätte fast die Augen verdreht. Dieser Idiot hatte schnell vergessen, wie und warum er an das Amt gekommen war: allein durch ihn und nur, weil Maibach von den Altvorderen die geringste Hausmacht aufbieten konnte und deshalb am ungefährlichsten schien. Am Ende blieb er von ihm genauso abhängig wie Meyer, Helmbusch oder wer auch immer. Und Forster kannte den Grund: Der einzige Unterschied zwischen ihm und allen übrigen eitlen Manschettenträgern bestand darin, dass er sich keinerlei

Illusionen hingab. Ja, er wusste, wieso er unbedingt diesen Job haben wollte. Schließlich war er so eitel wie jeder andere. Allerdings war er sich dessen bewusst, weshalb man ihm eben nicht erfolgreich schmeicheln, ihn nicht so einfach ausrechnen konnte.

Der höchste bundesdeutsche Würdenträger gab ihm ein Zeichen. Er winkte ihn tatsächlich zu sich. Welche Befriedigung musste es für den fetten Mann bedeuten, dass niemand außer ihm den Bundeskanzler so behandeln durfte – und das vermeintlich ungestraft? Seine Referentin hatte die Geste ebenfalls gesehen, aber Forster erwiderte ihr Grinsen nicht. Stattdessen folgte er der Aufforderung und ging durch den Saal. Er hatte nie einen Schatten besessen, über den er hätte springen müssen, ein wesentliches Geheimnis seines Erfolges. Für das Protokoll ordnete er sich gerne unter, solange nur jeder wusste, bei wem die eigentliche Macht lag.

Beim Nähertreten bemerkte er Maibachs rote Stirn und die leicht zitternden Hände. Der alte Gockel hat schon wieder getrunken, amüsierte er sich. Der aufgedunsene Schädel, die kleinen blauen, rot geäderten Augen und der geschwollene Hals erinnerten ihn immer an einen Champagnerkorken kurz vorm Knallen. Er sollte den Karikaturisten einmal einen Tipp geben.

»Herr Bundespräsident, sie wollten mich sprechen?« Forster nickte in die Runde der Presseleute und Stabsmitarbeiter. Befriedigt stellte er fest, dass an Maibachs Tischchen nur die zweite Journalisten-Garnitur versammelt war, und amüsierte sich sogleich über diesen irrelevanten, weil eitlen Gedanken.

»Ah, schön, dass sie Zeit finden.« Mit einem angedeuteten Lächeln wandte sich das Staatsoberhaupt den Umstehenden zu. »Ich bitte vielmals um Verzeihung, aber ich muss mit dem Bundeskanzler einige Worte wechseln. Unter vier Augen.«

Leise Entschuldigungen murmelnd, verließen die Düpierten schnell den Tisch und strebten in alle Richtungen davon.

Typisch für ihn, dachte Forster. Nicht, dass er in einen Nebenraum bat, nein, er wollte natürlich den Kotau genießen. Kein Wunder, dass Maibach mit der Vorliebe für solch teure und sinnlose Triumphe im Mittelfeld stecken geblieben war. Denn die Mitarbeiter und Journalisten, die er gerade vorgeführt hatte, würden ihm die Geste nicht vergessen.

Maibach streckte sich zur vollen Länge eines stark übergewichtigen Hünen. »So geht das nicht mehr weiter!«

Jeden anderen hätten der Ton und die imposante Positur eingeschüchtert, doch Forster sah bloß eine aufgeplusterte Marionette. »Herr Bundespräsident?«

»Loyalität ist nicht alles. Mein Gewissen sagt mir, dass ich zu diesen Winkelzügen und Hinterhofintrigen in ihrem Kabinett nicht schweigen darf.« Er schnaufte schwer. »Schulz ist nicht korrupt, das wissen sie besser als ich. Und das mit ihrem Vater ... Mein Gott, sie schaden der Partei und unserer politischen Kultur. Das muss aufhören, und zwar schleunigst.«

Woher nahm dieser Gernegroß nur den Mut?, fragte sich Forster verwundert. »Ich kann sie beruhigen, Herr Bundespräsident.« Er wusste, dass der Andere seit seiner Wahl das sozialdemokratische ›Du‹ als Zumutung empfand. »Ob Schulz gekauft wurde? Keine Ahnung, das sollen Staatsanwaltschaft und Untersuchungsausschuss klären. Und ob er verrückt ist, beurteilt besser ein Psychologe. Natürlich bin ich ebenfalls nicht glücklich mit ...«

»Blödsinn!«, unterbrach ihn Maibach grob. »Verkaufen sie mich nicht für dumm! Schulz ist geistig so gesund wie ich. Und warum sollte er die Geschichte mit ihrem Vater auch erfinden? Wenn das tatsächlich wahr ist, und ich traue es ihnen zu, wäre das eine gigantische Katastrophe. Sobald es herauskommt ...«

Forster drückte einen Zeigefinger fest auf Maibachs linke Hand, die auf dem Tischchen lag. Als dieser sie wegzuziehen versuchte, verstärkte er nur den Druck. »Bodo, ich möchte, dass du dir ein paar Fakten vergegenwärtigst.« Er lächelte verbindlich. »Punkt A: Der vermeintliche Mord an meinem Vater erscheint so unglaublich, so abwegig in den Augen der Menschen, dass ich es gar nicht getan haben kann. Wieso auch? Es fehlt das überzeugende Motiv. Und B: Wie du ganz richtig bemerkst, wurdest du auf meinen Schultern in dieses Palais getragen. Nimmst du wirklich an, dass ich dich hier nicht wieder herausbekomme? Bist du so dumm? Meinst du, ich steige ohne Seil? Nur ein Beispiel: Dagmar Voss, erinnerst du dich? Deine erste Chefsekretärin, fürstlich abgefunden nach zwei Jahren intensiver Arbeit in deinem Büro. Ich glaube, das nennt man Missbrauch Abhängiger und das ist noch immer strafbar.«

Maibach schluckte wiederholt. »Woher ...«

»Tut das etwas zur Sache? Also, denk nach! Wenn du nicht die Klappe hältst, schadest du nicht nur deiner sogenannten politischen Kultur, sondern vor allem dir selbst. Bedenke das, sobald du das nächste Mal den Drang verspürst, bei den Erwachsenen mitzuspielen.« Er sah Meyer am Eingang zu einem Nebenzimmer. Das Zeichen war dezent, aber unmissverständlich. Ohne ein weiteres Wort ließ er Maibach stehen, der auf die Hälfte seiner ursprünglichen Größe geschrumpft zu sein schien. Das hat einmal wirklich gut getan, dachte er befriedigt.

Mit besorgter Miene zog ihn sein Berater in den Nebenraum, dann klappte er ein Handy auf. »Menzius ist dran, Herr Bundeskanzler.«

Überrascht hob er die Brauen. Das war unerwartet. Was wollte sie jetzt noch? Er blickte Meyer fragend an.

»Nein, sie hat nichts gesagt, will sie nur sprechen.«

»Na gut, geben sie her.«

»Charlotte, hallo! Wie geht's dir? Wo bist du? Ich habe dich bereits mehrfach angerufen, aber du warst nicht da. Ich hoffe, du nimmst mir die hässliche Szene in deiner Wohnung nicht allzu übel. Das war wirklich unverzeihlich.«

»Spar dir die Blumen, Richard. Wir sollten uns treffen.«

Sie klang entschlossen, fand er, auf jeden Fall verändert. »Gerne, gibt es einen bestimmten Grund?«

»Einen bestimmten Grund?« In ihrer leisen Stimme lag ein gefährlicher Unterton. »Ich möchte meine Tochter wiederhaben.«

»Wo ist sie denn?«

»Als ob du das nicht wüsstest!«, schrie sie. »Thorwald hat sie.«

»Oh. Hör zu, das ahnte ich wirklich nicht, doch ich werde das erledigen. Vertrau´ mir.«

Sie schwieg kurz. »Wieso sollte ich jemandem glauben, der seinen eigenen Vater umgebracht ...«

»Charlotte, entweder du schweigst oder ich breche das Gespräch sofort ab.« Er sprach schnell, war hoch konzentriert. »Egal, was Felix dir erzählt hat, – ich versichere dir, dass ich mit dem Tod meines Vaters nicht das Geringste zu tun hatte. Und Elises Entführung geht ganz allein auf Thorwalds Kappe, wenn er es überhaupt war. Wir haben uns oft geholfen, ja. Aber er reagiert häufig über. Glaubst du denn, er hätte das in meinem Auftrag getan? Glaubst du wirklich, dass ich den mächtigsten Industrieboss dieses Landes kontrolliere? Überlege! Das Gegenteil kommt der Sache näher. Thorwald zieht die Strippen. Er war es auch, der deinem Redakteur einen Posten versprochen hat. Jetzt hast du nur noch mich. Doch wir können uns gegenseitig unterstützen. Hörst du?!«

Sie schwieg, atmete hörbar. Offenbar war sie verunsichert.

»Ich meine es ernst, Charlotte. Lass mich helfen. Vielleicht bekommen wir ja eine zweite Chance ...«

Er wartete.

»Na gut, hol mich ab. Aber wirklich du selbst. Versprichst du das?«

»Keine Frage, natürlich. Ich gehe doch jetzt kein Risiko mehr ein. Und ich rede sofort mit Thorwald. Wenn alles klappt, bringe ich Elise sogar schon mit. Wo bist du?«

»Ich ...« Sie schien mit sich zu kämpfen. »Ich bin am Hafen, am Westhafen. Drittes Dock.«

Forster warf Meyer, der mitgehört hatte, einen kurzen Blick zu. »Okay, ´werde ich finden. In einer Stunde bin ich da. Versprich mir, dass du wartest.«

»Ja, ich verspreche es.«

»Ich habe dich immer noch sehr gern, Charlotte.«

— — —

Weiterhin in Betrieb wurde heutzutage im Westhafen nur ein Bruchteil der Tonnage ausgeschifft, die früher zur Versorgung der Metropole hatte herangeschafft werden müssen. Dennoch blieb das stolze Relikt aus den Tagen, als in Berlin mehr als nur die Bürokratie boomte, ein in seiner schieren Größe überwältigendes Industrie-Museum. Nun, weit nach Mitternacht, war das Areal vollkommen verlassen und stockdunkel. Charlotte stand unter einem uralten verrosteten Hebekran und fror in ihrem klammen Mantel wieder einmal erbärmlich. Der gemächlich fallende Nieselregen sickerte in frustrierender Regelmäßigkeit ihren Nacken herunter und ließ sie jedes Mal erschauern. *Reiß dich zusammen, Mädchen. Denk´ an Elise! Wenn es nicht klappt ...* Entschlossen verdrängte sie den Gedanken. Längst an die Dunkelheit gewöhnt, schweifte ihr Blick umher, suchte die Fenster der umliegenden Gebäude und die Straße ab, die vom Tiergarten hereinführte. Sie stampfte mit den Füßen auf, ehe sie zu ihrem einige Meter entfernt geparkten Wagen ging. Als sie die Tür öffnete, musste sie vor der plötzlichen Helligkeit kurz die Augen zusammenkneifen. Dann schaute sie auf die Digital-Uhr und drückte die Tür wieder zu. *Warum verspätet er sich? Beobachten sie mich bereits?* Charlotte rieb sich ungeduldig die Hände, verfluchte sich, dass sie nur die hübschen, aber lächerlich dünnen Handschuhe mit den abgeschnittenen Fingern mitgenommen hatte. Immerhin fühlte sie das beruhigende Gewicht in der Innentasche ihres Mantels, das bei jeder Bewegung sacht gegen ihre linke Brust schlug. Auf der Stelle scharrend und tretend, wandte sie sich um und fixierte ein bestimmtes vier Stockwerke hohes Lagerhaus, ein riesiges Klinker-Ungetüm. Nie war sie derart abhängig gewesen von einem anderen Menschen wie heute Nacht und sie hasste es. *Er wird helfen. Es liegt in seinem Interesse. Oder?*

Scheinwerferkegel flammten an der Ecke des großen Silos auf und kamen schnell näher. Dahinter folgten zwei weitere Limousinen, wenige Sekunden später erschien ein viertes Fahrzeug. Als das Licht Charlotte erfasste, drehte sie sich geblendet zur Seite. Der Fahrer des ersten Autos, ein schwerer Audi, drosselte die Geschwindigkeit, legte den Rückwärtsgang ein und setzte an die Kanalmauer zurück. Nachdem auch die übrigen Wagen in einiger Entfernung zum Stehen gekommen waren, öffneten sich die Türen des Audis. Vier Leibwächter stiegen aus. Charlotte lächelte bitter. *Das nennt sich also Vertrauen.* Die Personenschützer suchten zunächst die Umgebung ab, wobei einer laut polternd über einen Ziegelhaufen stolperte und fluchend auf den Knien landete.

»Idiot«, knurrte einer der anderen.

Schließlich versammelten sich die Leute um die zweite Limousine. Die hintere Seitenscheibe glitt hinab. Nach kurzer Unterredung drehte sich eine massige Gestalt zu ihr um.

Immer noch geblendet erkannte Charlotte das Gesicht nicht.

Der Mann kam auf sie zu.

Bitte, lass' es Heinrichs sein!

Er kam näher.

»Guten Abend, Frau Menzius.« Der tiefe Bass wirkte wie ein starkes Beruhigungsmittel. Heinrichs sprach so laut, dass auch die bei den Wagen Wartenden ihn hören mussten. »Es tut mir leid, aber ich erhielt Anweisung, sie zu durchsuchen.«

Sie spielte die Entrüstete und trat einen Schritt zurück. »Muss das wirklich sein?«

Er blieb stehen, seine Züge waren von den Scheinwerfern abgewandt und nicht zu lesen. »Absolut. Meine Kollegen da hinten sind nämlich etwas nervös. Wissen sie,« er machte eine ausholende Handbewegung, »der Bundeskanzler besucht nicht jeden Tag solche Örtlichkeiten.«

Charlotte zuckte resigniert mit den Schultern, ehe sie die Arme hob.

»Na schön, nur benehmen sie sich gefälligst.«

»Keine Sorge.« Heinrichs klang belustigt. Mit dem ersten Griff hatte er den rechteckigen Kasten in ihrer Manteltasche entdeckt. Er zog ihn nicht heraus, befühlte ihn bloß ausführlich. Dann klopfte er ihren Rücken ab und beugte dabei den Kopf an ihr Ohr. »Recht groß für ein Diktiergerät,« wisperte er ihr zu, »finden sie nicht?«

»Ich besitze nur eins, und das ist zwölf Jahre alt. Beim nächsten Mal dürfen sie mir ihres leihen.«

Er murmelte irgendetwas von ›Vertrauen‹ und ›Versauen sie es nicht‹, wandte sich schließlich ab und lief zu seinen wartenden Kollegen zurück. »Sie ist in Ordnung. Herr Bundeskanzler, sie können aussteigen. Und die Motoren könnt ihr auch abschalten.«

Schlagartig wurde es wieder still auf dem Platz.

Charlotte spürte die Kälte nicht mehr, die von ihrem Körper Besitz ergriffen hatte, sondern starrte gebannt in Richtung der zweiten Limousine. Darin musste er sitzen. Und wenn er jetzt ausstieg, bekam sie eine echte Chance.

Endlich, eine Tür öffnete sich.

Ja, es war Forster. Gemessenen Schrittes umrundete er den Wagen, warf Heinrichs einen kurzen Blick zu und ging ihr dann entgegen.

Als er noch fünf Meter von ihr entfernt war, flüsterte sie etwas. Er konnte sie nicht gehört haben, also wiederholte sie die Worte, diesmal viel zu laut. »Bleib stehen!«

Er gehorchte und breitete die Hände aus. »Charlotte, was ist denn los? Ich dachte, ich sollte dich hier nur abholen. Wenn ich diesen Ort allerdings gekannt hätte, wäre ich nie darauf eingegangen. Du scheinst eine dramatische Ader zu besitzen.«

»Wo ist Elise?«

»Oh, natürlich, du bist besorgt.« Er kam einen Schritt näher. »Es ist alles in Ordnung. Sie schläft in dem Haus am See. Sie war einfach viel zu müde und wollte nicht mehr mitkommen. Es geht ihr gut. Thorwald hat ihr nichts angetan.«

»Wie schön.«

Ihre rechte Hand verschwand im Inneren des Mantels, ertastete den schweren Kasten und versuchte die Schnalle zu lösen. Aber auch diese schien das Drama zu lieben, denn sie klemmte, und zwar hartnäckig. *Das darf nicht wahr sein ...* Panik überfiel Charlotte, wallte in ihr hoch. *So etwas ..., das kann wirklich nur mir passieren.* Verbissen bemühte sie sich weiter.

Das Metall schnitt in ihre Finger.

»Wenn du möchtest, können wir sofort zu ihr fahren. Um deinen Wagen wird sich jemand kümmern.« Er bot ihr den Arm.

Mit einem leisen Knacks brach die Schnalle ab. Sie war zu angespannt, sonst hätte sie vor Erleichterung geseufzt, dann spürte sie warmes Blut auf ihrer Haut. *Egal, denk' an das Wesentliche.* Ruckartig zog sie die Waffe heraus und zielte auf ihn.

Forster zuckte erschrocken zusammen und wich einen Schritt zurück.

»Bleib stehen,« rief sie so laut, dass alle sie hören konnten, »meine Hände zittern vielleicht, aber das Ding ist geladen und entsichert. Und auf diese Entfernung würde auch ein Blinder kaum vorbeischießen.«

Bei den parkenden Wagen brach ein kurzer Tumult los, bis sich die Männer plötzlich nur noch langsam, fast bedächtig bewegten. Sie schienen ihr zu glauben.

»Charlotte ...« Forster streckte die offenen Handflächen vor, klang nicht besonders erregt. »Was soll denn das? Hast du die Nerven verloren? Komm' schon, steck die ...«

»Sei ruhig!« Ihre Hand zuckte nach oben, bis der Lauf der Waffe genau zwischen seine Augen wies. »Hör´ mir zu! Hört mir alle zu! Ich drücke ab.« Da sich ihre Stimme überschlagen hatte, musste sie es erneut versuchen. »Ich werde ihn töten, bedenkenlos, falls irgendeiner von euch Gorillas Mist baut oder die Polizei ruft. Ist das klar?« *Liebe Güte, ich klinge tatsächlich wie eine Gangsterbraut.* Die Gedanken rasten orientierungslos durch ihren Schädel.

»Frau Menzius,« rief Heinrichs, der bei den Wagen stand, »das ist nicht fair. Sie wollten nur ein Diktiergerät mitnehmen, das hatten sie versprochen ...«

»WAAS?« Forster drehte sich um und versuchte den Chef des Personenschutzes neben den Scheinwerfern auszumachen. »Elender Verräter! Sie sind gefeuert! Michaelis, entwaffnen sie ihn! Sie kriegen seinen Job. Herzlichen Glückwunsch.«

Widerstandslos ließ sich Heinrichs die Pistole abnehmen und zu einem der Fahrzeuge führen. Charlotte wollte ihm etwas zurufen, biss sich dann aber auf die Lippen. *Das macht jetzt keinen Sinn mehr. Zurück kann ich sowieso nicht, nur das Beste daraus machen. Und wenn es klappt, profitiert er auch davon.*

Forster wandte sich wieder zu ihr. »Leg´ die Waffe weg, ich beschwöre dich.« Er klang weder zornig noch ängstlich, vielleicht ein wenig erregt. »Leg´ sie langsam auf den Boden. Diese Männer sind darauf trainiert, zu töten!«

Ist das Schweiß da auf seiner Stirn? Sie reagierte nicht.

»Ich wollte mit dir glücklich sein. Zählt das gar nichts? Du hast dich verrannt. Glaub´ mir: Ich hatte mit Pauls Tod nichts zu tun und mit der Entführung deiner Tochter auch nicht. Denk´ bitte an das Mädchen! Soll es alleine groß werden? Elise hat doch schon keinen Vater mehr, jedenfalls keinen, der die Rede wert wäre.«

»Sei still!«, platzte es aus ihr heraus. »Was meinst du denn, an ...« Aus den Augenwinkeln sah sie Michaelis, der sich langsam nach rechts bewegte. »Halt!« Als der neue erste Personenschützer nicht gehorchte, schrie sie: »Bleiben sie endlich stehen!«

»Nur die Ruhe ...« Beschwichtigend hob der Mann die Hände.

Als sie den Kopf wandte, sah sie etwas Metallisches aufblitzen, nur wenige Meter entfernt. Instinktiv ließ sie sich zur Seite fallen und wurde doch fast umgeworfen. Ein Knall, plötzlicher Schmerz trieb ihr Tränen in die Augen.

Jemand hatte auf sie geschossen! War sie getroffen? Im Nebel des Schocks, der sie umwaberte, hörte sie nur Forster.

»Waffen runter, ihr Idioten! Schluss damit!«

Ein Pochen an der Schulter. Sie lag auf dem Boden und suchte einen klaren Gedanken zu fassen. *Wieso lässt er mich nicht umbringen? Will er das Aufsehen vermeiden? Nein, die denken, dass ich ernsthaft verletzt bin.* Sie versuchte den Arm anzuwinkeln, und es gelang, wenngleich es wehtat. *Vielleicht nur ein Streifschuss ...*

Forster kam auf sie zu. Im Hintergrund sah sie die Leibwächter warten.

»Charlotte, hörst du mich?«

Sie gab ein kurzes Röcheln von sich.

»Oh verdammt! Das kann ich wirklich nicht brauchen. Ruft einen Notarzt!«

Sobald er an ihrer Seite niederkniete, handelte sie – wieder instinktiv. Abrupt presste sie den Lauf der Waffe auf sein Bein und drückte ab. Aufschreiend fiel er neben sie, dann warf sie sich auf ihn.

Das Inferno brach los.

Erregte Schreie, aus etlichen Richtungen peitschten Schüsse über ihre Köpfe hinweg. *Du musst dich wehren, sonst knallen die dich einfach ab ...* Sie schoss zweimal in die Luft. Unter ihr schrie Forster.

»Hören sie?«, rief sie in die Nacht. »Der Kanzler ist getroffen. Wenn sie mich töten wollen, versuchen sie es. Aber wir zwei bleiben hier am Boden liegen, nah beieinander. Ihr Risiko.«

Stille.

»Treten sie vor die Scheinwerfer des ersten Wagens.«
Keiner der Männer reagierte.

Charlotte schob sich ein Stück weg von Forster, der gekrümmt auf dem Asphalt lag, schwer keuchte und beide Hände auf die Wunde presste. »Kommen sie ins Licht. JETZT.« Sie konnte kaum glauben, dass sie sich selbst gehört hatte. *Wann war ich jemals so zornig? Liegt das am Entzug?*

Endlich kamen sie, zehn Gestalten, alle in dunklen Mänteln. Sie erkannte Meyer, der neben den anderen wie ein Zwerg aussah.

Der Berater ergriff das Wort. »Frau Menzius, so geht das auf keinen Fall. Sie sind beide getroffen. Und wir werden nicht tatenlos zusehen, wie der Kanzler verblutet.«

»Das dauert schon noch länger. Aber sollten sie nicht genau dort stehen bleiben, ist er tatsächlich ein toter Mann. Das schwöre ich bei dem Leben meiner Tochter. Und jetzt hören sie mir zu. Ich möchte zwei Dinge: Lassen sie Elise mit meiner Mutter zusammen ausfliegen.«

»Ich bitte sie, so funktioniert das nicht ...«

»Sie verlieren doch automatisch ihren Job, wenn er stirbt, nicht wahr? Also diskutieren sie nicht mit mir.«

Als der Andere nicht antwortete, klang Forsters Stöhnen umso lauter.

Verdammt ... Offenbar benötigte sie überzeugendere Argumente. Mit Wucht trat sie gegen das verletzte Bein des Mannes, der ihr Leben zerstört hatte. Die aufgestaute Wut half ihr, seine Schreie zu ignorieren.

»Sag´ du es!«, zischte sie ihm zu.

Forster wirkte schwer angeschlagen, aber er gehorchte. »Hören sie, Meyer?«, krächzte er. »Tun sie es einfach. Sie meint es ernst.«

Nach kurzem Schweigen: »Jawohl, Chef. Brauchen sie Hilfe?«

»Vergessen sie das jetzt. Charlotte, ich ...«

»Sei still, ich bin noch nicht fertig. Meyer! Meine Mutter soll mich anrufen, sobald sie in der Luft sind. Haben sie verstanden?«

»Laut und deutlich. Es wird bereits veranlasst. Sie erwähnten einen zweiten Punkt ...«

»Ja, ich möchte, dass sie umgehend Jürgen Thorwald herbringen.«

»Was? Wie stellen sie sich das denn vor. Herr Thorwald ist Vorstandschef eines ...«

»Bitte, ersparen sie uns das! Bringen sie ihn her. Ich weiß, dass er zurzeit in Berlin ist. Und ich denke, er hat als allerletzter ein Interesse daran, dass der Kanzler hier von der Bühne abtritt.«

»Was willst du von ihm?« Forster schien sich ein wenig erholt zu haben und klang nun ruhiger.

»Ich möchte nicht darüber diskutieren. Tut es einfach!«

Forster versuchte, in ihrem Gesicht etwas zu erkennen. »Du machst alles kaputt. Hast du mir denn kein Wort geglaubt? Schau´ mal zu den Wagen rüber. Zwei Männer fehlen, die holen ihre Nachtsichtgewehre. Die Dunkelheit schützt dich nicht mehr lange. Charlotte! Du bist so gut wie tot, falls du jetzt nicht aufgibst.« Und einige Sekunden später: »Hörst du mir überhaupt zu?!«

Als sie schwieg, schüttelte er den Kopf. »Wohl nicht,« murmelte er. Unvermittelt drehte er sich zu seinem Berater, der im Scheinwerferlicht wartete. »Tun sie es. Wenn er nicht will, geben sie mir den Hörer. Und Meyer: Einen weiteren Skandal kann ich mir nicht leisten, also bitte keine Leichen in meiner Anwesenheit.«

Während Charlotte über seine Schultern hinweg zu den Leibwächtern starrte, hatte sie eine Idee. »Heinrichs soll kommen!«

Forster protestierte. »Der Verräter ist gefeuert!«

»Eben.«

»Das wird dir auch nicht helfen ...«

»Was hast du zu verlieren? Und ich kann dir jederzeit wieder gegen das Bein treten ...«

Er überlegte einen Moment, bis er Meyer schließlich den Befehl gab.

Einer der Personenschützer holte Heinrichs aus dem Wagen. Der Riese kam schnell näher.

Sein ehemaliger Chef funkelte ihn an. »Warum haben sie das getan, Mann? Sie werden ihres Lebens nicht mehr froh. War ihnen das nicht klar?«

»Ach seien sie still. Ich wusste nichts von der Waffe, doch nun bin ich fast erleichtert. Endlich kann ich sie und ihre schmutzigen Methoden, diesen ganzen Mist, hinter mir lassen. Alleine hätte ich nie den Mut aufgebracht, aber jetzt – jetzt ist es genug.«

»Ach ja?« Forster klang höhnisch. Ob er Angst hatte, war nicht zu erkennen, da er mit dem Rücken zu den Scheinwerfern lag. »Und wie soll es weitergehen? Haben sie wenigstens darüber nachgedacht?«

»Es tut mir wirklich leid.« Charlotte nickte dem riesigen Schatten zu. »Das müssen sie mir einfach glauben. Mir blieb keine Wahl. Verstehen sie?«

»Schon in Ordnung. Jedenfalls unternehmen die Männer vorerst nichts mehr. Sie sind beide verletzt, oder? Darf ein Arzt kommen?«

Charlotte schaute Forster an und runzelte die Stirn.

Heinrichs winkte ab. »Ja, mir wäre das Risiko wohl auch zu groß. Aber ich könnte mit dem Verbandskasten aushelfen.«

Es wurde immer kälter, doch das war nicht wichtig. Während sie auf Thorwald und den Anruf warteten, betätigte sich Heinrichs als Sanitäter, desinfizierte und bandagierte die Wunden. Die Kugel hatte Charlotte tatsächlich nur an der Schulter gestreift. Forsters Bein sah hingegen schlimm aus.

»Der Druckverband stillt die Blutung,« teilte ihr Heinrichs lakonisch mit, »aber er muss in spätestens drei Stunden in einem Krankenhaus sein.«

Charlotte nahm es nickend zur Kenntnis.

Die Zeit verging.

»Wieso hast du deinen Vater töten lassen, Richard?«
Er stöhnte. »Nicht schon wieder ...«
»Ich weiß von deiner Schwester und ihm. Also sag´ es einfach. Ich will es endlich wissen.«
Er warf Heinrichs, der neben ihnen saß, einen düsteren Blick zu, zuckte dann aber mit den Schultern. »Eigentlich egal, was sie hören. Sie sind sowieso fertig.«
»Wenn sie es sagen ...« Der ehemalige Chef des Personenschutzes gähnte ausgiebig.
Nicht sehr überzeugend ...
»Meine Mutter hat also geredet.« Forster nickte. »Ja, sie neigte nie zur Diskretion ...«
»Kannst du lauter sprechen? Ich versteh´ dich kaum.«
Er schnaubte. »Ich habe ihn nicht umgebracht. Warum auch? Falls Helgas Tod das Motiv gewesen wäre, hätte ich das doch viel früher tun können. Und die Interviews? Das Geseire eines Alkoholikers, sicher nicht schön für die PR, aber noch lange kein Grund, ein solches Risiko einzugehen.«
»Wer war es dann? Thorwald?«
Schweigen.
»Richard, mein Leben ist vorbei, das wissen wir alle,« stellte sie lapidar fest. »Also werde ich dich erschießen können, wenn es sein muss.« *Bin ich das wirklich?*
Forster starrte sie an. »Jürgen hat mich erpresst. Er ließ meinen Vater umbringen, danach hatte er mich in der Hand.«
Stress und Erschöpfung fielen in einer Sekunde von ihr ab. *Endlich!* »Wieso?«
»Ich besaß zumindest ein gewisses Motiv und er nicht. Welche Verbindung gab es schon zwischen den beiden? Keine.« Er klang resigniert. »Vom ersten Tag meiner Regierungszeit war ich von ihm abhängig.«
»Und Schulz?«
»Alles seine Idee. Er wollte mit allen Mitteln verhindern, dass ein Konkurrent unsere für ihn sehr lukrative Beziehung gefährdet.«

Charlotte glaubte ihm. »Und dein Vater, wie starb er genau?«

»Ich weiß es nicht wirklich. Jedenfalls engagierte Jürgen einen gescheiterten Habenichts, dem man notfalls die Schuld in die Schuhe schieben konnte. Dein Mann war ein williges Opfer.«

Sie schluckte bittere Galle. Hatte sie so viel Offenheit erwartet? Aber warum hätte er auch schweigen sollen? Ihr oder Heinrichs würde ohnehin niemand glauben.

Oh Robert, was hast du getan?

Sie schwiegen wieder eine Weile, bis in der Ferne Motorengeräusch zu hören war. Wenige Sekunden vergingen, dann sah Charlotte die Scheinwerfer einer Wagenkolonne. *Er betreibt den gleichen Aufwand um seine Person wie Richard.*

Die Wagen hielten und zehn weitere Männer stiegen aus.

»Hallo?« Meyers Stimme hallte über den Platz. »Dr. Thorwald kommt jetzt zu ihnen. Unbewaffnet, versteht sich.«

»Gut, was ist mit meiner Mutter?«

»Jeden Augenblick müsste Heinrichs Handy klingeln. Und, Frau Menzius, mehr Zugeständnisse wird es nicht geben. Ich möchte ...«

»Ich glaube, sie überschreiten ihre Kompetenzen,« sagte sie scharf.

Ein fröhliches Glockenspiel erklang.

Es klappt tatsächlich ... Heinrichs gab ihr das Handy, und während sie dem Konzernchef entgegenblickte, den sie nur aus dem Fernsehen kannte, hörte sie unendlich erleichtert Ingrids hysterischen Redeschwall.

»Was passiert ...«

»Ist Elise bei dir?«

»Ja, aber Kind, was ...«

Charlotte wusste, dass sie ihre Mutter nicht beruhigen konnte, daher versuchte sie es gar nicht. Und Elise wollte sie nicht sprechen, nicht vor Forster. Zuletzt ließ sie noch den Piloten anweisen, solange in der Luft zu bleiben, bis sie sich wieder meldete, dann beendete sie das Gespräch.

Thorwald trat direkt neben Heinrichs, sein Gesicht zur Hälfte vom Scheinwerferlicht beleuchtet. Rote Haare, untersetzte Statur und hektische, abgehakte Bewegungen – so sah also der Mann aus, dessen Stimme sie im Schlaf hörte. *›Kugelblitz‹, allzu passend.*

»Einen schönen Abend, Frau Menzius.« Die Augen, klar und kalt wie Glas, erfassten den am Boden kauernden Forster mit einem Blick, ohne ihn zu begrüßen. »Anscheinend schreiben sie gerade Geschichte, und zwar mit Blut.« Er lachte polternd. »Wie kann ich ihnen behilflich sein?«

»Wir werden es sehen.« Sie spürte Angst vor diesem Mann, den sie nicht einschätzen konnte. »Wieso ließen sie Paul Forster umbringen?« Sie klang nervös und war es auch.

»Können sie mir einen Grund verraten, warum ich auf diese Frage antworten sollte?« Aus den Worten sprach der blanke Hohn.

»Aus demselben Grund, der sie hergeführt hat. Forster gibt ihnen die Schuld. Sie sollen ihn mit der Tat erpresst haben.«

Er zeigte keine Reaktion, blickte nicht einmal zum Kanzler. »Aha. Nun, es wird sie kaum überraschen, wenn ich versichere, dass es sich anders verhielt.« Er rieb die Hände aneinander, hielt sie dann vor den Mund und wärmte sie mit seinem Atem. »Ich weiß nicht, wie gut sie den Bundeskanzler kennen. Sicher, sie haben miteinander geschlafen, aber kennen sie ihn?« Er musterte sie scharf. »Ich kenne ihn jedenfalls seit über vierzig Jahren und kann sagen, dass ich in meinem Leben nie einem skrupelloseren Menschen begegnet bin.«

Forster stierte weiterhin auf den Boden und schüttelte nur leicht den Kopf.

»Er hat mich in der Schule ausgebootet und mir meine Freundin weggenommen, seine spätere Frau. Schon in dieser Zeit ging er mit Konkurrenten nicht gerade zimperlich um, scheute auch geschmacklose Inszenierungen nicht, wenn er öffentliches Interesse erregen konnte. All das wissen sie doch bereits, und sie glauben diesem Mann immer noch ein Wort? Dann werden sie mir meine Version sowieso nicht abnehmen.«

Er ist gut. »Versuchen sie es einfach ...«

»Damals, vor dem Tod des alten Säufers pflegten wir keinen persönlichen Kontakt und sahen uns nur bei offiziellen Anlässen. Nachdem Doro und ich uns wieder gefunden hatten, zeigte Richard verständlicherweise kein Interesse an einem näheren Umgang. Dann kam die Geschichte mit den Interviews und Richard bekam kalte Füße. Jedenfalls rief er mich wenige Tage nach dem zweiten Interview an und drückte mir die Pistole auf die Brust.«

»Ja?«

»Alles, was jetzt kommt, werde ich leugnen. Falls sie die Informationen dennoch verwenden, trinken meine Anwälte ihr Blut.«

Das kann ich mir denken. »Also?«

»Richard hatte entdeckt, dass mein Unternehmen beim Aufkauf ostdeutscher Produktionsanlagen zu viel Subventionen erhalten hatte. Wir hätten das Geld zurückzahlen müssen, wenn er damit an die Öffentlichkeit gegangen wäre. Er kannte natürlich unsere damalige Finanzlage, wusste, dass die Kriegskasse nach den vorangegangenen Fusionen nahezu erschöpft war. Es gab keinen Spielraum, und im Fall der Veröffentlichung hätte ich als Erster meinen Hut genommen. Dennoch zögerte ich lange, weil er Unerhörtes verlangte. Ich sollte einen gescheiterten Mann suchen, ihm den Auftrag zum Mord geben und schließlich versorgen.« Er senkte kurz den Kopf und blickte sie dann an.

Ist das Mitleid?

»Ich ging am Ende darauf ein, auch zum Schaden ihrer Familie, insgesamt wohl der größte Fehler meines Lebens. Es tut und tat mir sehr, sehr leid, Frau Menzius.«

Sprachlos starrte sie ihn an.

Neben ihr richtete sich Forster etwas auf. »Verlogener Dreckskerl. Charlotte, ein Blick in das Archiv wird dir beweisen, dass ich erst nach dem Mord an meinem Vater in den Aufsichtsrat von TWB eintrat. Wie sollte ich denn da von dem Subventionsbetrug erfahren haben? Nein, ich konnte ihn gar nicht erpressen.«

Thorwald fuhr sich durch die roten Locken, er schien wütend. »Diese Lügen helfen dir nicht mehr! Du kanntest die Zahlen, warst doch bereits Ministerpräsident ...«

»Bitte, Charlotte!«, unterbrach Forster grob. »Es war umgekehrt! Ich war damals schon in seiner Hand, musste bei der Vergabe der Subvention massiv für TWB Partei ergreifen. Und ...«

»Aber mit was? Womit setzte er dich unter Druck?« Charlotte schwirrte der Kopf, und als sie Forsters verschlossenen Gesichtsausdruck bemerkte, winkte sie müde ab. »Ach, ich will es eigentlich gar nicht mehr wissen. Nur eine Sache noch: Wenn Richard sie wirklich erpresste, Thorwald, warum kamen sie dann?«

»Keine Wahl,« antwortete der Konzernchef achselzuckend. »Wir bleiben oben oder saufen zusammen ab, so ist das. Darüber hinaus nehmen sie doch nicht an, dass irgendetwas von dem hier Gesagten jemals an die Öffentlichkeit dringt. Oder sind sie so naiv?«

Charlotte rieb sich vorsichtig die schmerzende Schulter, wo die Kugel sie gestreift hatte. *Nach all den Verdrehungen und glatten Lügen vielleicht die erste Wahrheit, die ich in der letzten halben Stunde gehört habe.*

– – –

Hans-Dieter Rothe: Gesprächsnotiz 243/96

Mit der Kleinen telefoniert. Ist immer noch mit meinem Auto unterwegs, will zu ihrem Mann fahren und ihn ausquetschen. Kann mir nicht vorstellen, dass er etwas damit zu tun hat. Verrennt sie sich da? Sie weiß, dass das Kanzleramt mich unter Druck setzt, bat mich, zum Schein darauf einzugehen. Ich lass´ mich also kaufen ... Kein gutes Gefühl bei der Sache.

Hans-Dieter Rothe: Gesprächsnotiz 244/96
Achim rief an: Das BKA stellte damals im Stillen Nachforschungen zum Unfall an. An Roberts Wagen waren keine Blutspuren! Er kann nicht der Täter gewesen sein. Pech für ihn bleibt aber weiterhin, dass er besoffen war. Das wird wohl nichts mehr mit den beiden. Ich sollte meine Chancen wahren.

Hans-Dieter Rothe: Gesprächsnotiz 245/96
Die machen Ernst. Charlotte erzählte mir von der Entführung. Sie war zunächst skeptisch, als ich ihr die Informationen aus dem BKA gab, schien jedoch erleichtert.

Eine andere Geschichte ist dieses ominöse Attentat: weiterhin kein Verdächtiger, nicht die geringste Spur. Und das Bekennerschreiben der RAF-Nachfolger ist insofern eigenartig, da der harte Kern als aufgelöst galt. Früher sind diese Idioten auch nie solch ein Risiko eingegangen. Wer steht denn am Zaun des Bundeskanzleramts? Lachhaft! Als ich Charlotte davon berichtete, meinte sie, dass Forsters Ex irgendwas gesagt hat, an das sie sich allerdings nicht erinnern kann. Sie hört die Kassetten noch einmal ab.

Ihr sogenannter Plan dürfte mächtig daneben gehen. Sich auf diesen Heinrichs zu verlassen! Und mir gefällt die Rolle überhaupt nicht, die ich in der Geschichte spielen soll.

– – –

Charlotte starrte abwechselnd Thorwald und Forster an, wusste nicht, was sie glauben sollte. *Das sind Monster ... Und wer ist der Skrupellosere und hat den anderen benutzt?* Sie hatte nicht einmal mehr eine Ahnung. Und war es denn noch wichtig? War nicht schon genug gelogen worden? *Nein, etwas muss ich noch klären, für Robert und vor allem Elise.* »Wer saß am Steuer?«

Forster presste die Lippen aufeinander und schwieg.

»Vor vier Jahren?« Thorwald rieb wieder seine Finger gegeneinander. »Auch wenn es schwer zu akzeptieren ist ... Aber sie wissen es bereits.«

Unvermittelt hob Charlotte die Waffe.

Neben ihr zuckte Heinrichs zusammen. »Bitte, Frau Menzius, es ist schon schlimm genug ...«

»WER SASS AM STEUER?«

Thorwald reagierte erst, als sich ihr Finger um den Abzug krümmte. »Ich ... ich weiß es wirklich nicht ...«

»Vorsicht!«

Heinrichs riss sie zu Boden und der Schuss ging knapp an ihr vorbei. Im Fallen zog der Riese eine Waffe, die er offenbar vor den anderen versteckt hatte, und feuerte zweimal in die Dunkelheit. Ein Stöhnen und dann ein Aufprall. Eine Sekunde später stand Heinrichs wieder auf und lief zu dem Verletzten, der sich in den letzten Minuten angeschlichen haben musste.

»Meyer, sie Idiot!«, rief der Hüne über den Platz. »Wenn sie weiter feuern lassen, gefährden sie Forster!«

Nach einem Moment hörten sie die verunsicherte Stimme des Beraters: »Ich gab den Befehl nicht.«

»Kommen sie her!«, Heinrichs winkte Charlotte. »Ich glaube, sie kriegen ihren Fahrer. Und bringen sie Thorwald mit, die Jungs werden nicht auf ihn schießen.«

Als Charlotte gemeinsam mit dem TWB-Boss näher trat, erkannte sie den Leibwächter sofort. *Das ist der Mann, den Richard vor der Pressekonferenz zur Schnecke machte.* Er schien schwer getroffen zu sein.

Heinrichs kniete neben ihm. »Bauchschuss. Jetzt brauchen wir wirklich einen Notarzt.«

»Ja, natürlich. Wie heißt er?«

»Michaelis, seit elf Jahren mit mir für Forster zuständig.« Er sah nicht auf. »Na, Horst. Du hast den Alten überfahren, nicht?«

Der Verletzte, blond, hager und in den Dreißigern, starrte an seinem Kollegen vorbei in die Dunkelheit und schwieg verstockt. Brutal drückte Heinrichs ihm einen Finger in die Wunde und der Mann bäumte sich brüllend auf.

Schockiert versuchte Charlotte den Riesen zurückzureißen, doch dieser schüttelte sie ab wie eine lästige Fliege. »Lassen sie mich, er redet sonst nie. Horst, hör mir zu. Wenn du nicht sofort den Mund aufmachst, wird es viel schlimmer ...«

Michaelis litt sichtlich. Die zu Schlitzen zusammengezogen Augen blickten von Heinrichs zu Thorwald und wieder zu seinem ehemaligen Chef. »Also ... gut.« Er ächzte beim Reden, zwang sich, einigermaßen deutlich zu sprechen. »Ja, ... war der ... Fahrer.« Trotzig starrte er an Charlotte vorbei. Als sie sich umdrehte, bemerkte sie noch gerade, wie Thorwald lautlose Worte mit den Lippen formte und abrupt damit aufhörte, als er ihrem Blick begegnete.

Heinrichs schüttelte den Kopf. »Ich habe es immer vermutet, aber nie glauben wollen.« Seine Stimme klang kalt. Er schien sehr enttäuscht. »Wer gab dir den Auftrag?«

Michaelis grinste schief. »Wer ... wohl?! Der ... Kanzler natürlich.«

»Das ist eine verdammte LÜGE!« Forster war herangehumpelt, das Gesicht zur zornigen Fratze verzogen.

»Nein, ... es ist ... wahr. Ihr Mann ...«, Michaelis konnte sie anscheinend nicht ansehen, »... einfach ... Pech. Er kam uns ... entgegen, und wir ... sahen ihn ... nicht. Zu schnell. Er wich ... aus, sonst ... alle ... draufgegangen. Mädchen ... schien tot. Wir ... flößten ihm ... noch Schnaps ... ein und ... dampften ab. Es ... es tut ... mir leid.«

Heinrichs schnaubte. »Bisschen spät, Kollege. Verdammt, Horst, warum nur?«

»... brauchte ... Geld ...« Er schloss die Augen und spuckte Blut, dann sackte sein Kopf zur Seite.

»Es geht zu Ende,« knurrte Heinrichs. »Der Doc muss nicht mehr kommen«

Charlotte sah auf den Sterbenden hinunter. »Also hatte die Anstellung gar nichts mit dem Unfall zu tun?«, fragte sie Thorwald tonlos.

»Hören sie,« er trat von hinten an sie heran, »die ganze Sache ist bitter, aber es lässt sich jetzt nichts mehr daran ändern, und ...«

»Spar´ dir die Tränen!«, unterbrach Forster rüde. »Sonst wird mir schlecht, ...«

»Halt´s Maul!« Thorwald zeigte mit dem Finger auf ihn, brüllte eine Beleidigung, dann schrien sich die Männer an.

Während endlich die Masken fielen, dachte Charlotte an Elise, den kleinen, süßen Kopf, der in dieser Nacht zerschmettert worden war.

Sie haben uns alles genommen ...

Michaelis starb still.

Erst nach einer Weile sah sie wieder die beiden eitlen Pfauen, die vor ihr herumstolzierten und aufeinander einhackten. Der Hass ließ sie zittern. Langsam hob sie die Waffe, bis sich eine andere Hand auf ihre schob.

»Das sind sie nicht wert.« Heinrich schaute sie mitleidig an. Sobald sie widerstrebend nickte, wies er auf den Toten. »Horst war mal ein guter Freund ...« Er starrte zu Forster und Thorwald, das Gesicht von Wut verzerrt. »Menschenschinder!« Er ging zu ihnen und stieß den TWB-Boss hart vor die Brust. »Hat er das mit Rommelskirchen auch für sie erledigt? Irgendeine Nutte bestochen, dass sie dem alten Mann etwas in den Drink rührt?«

»Wovon reden sie?« Thorwald trat einen Schritt zurück.

»Wissen sie eigentlich, ob Michaelis am Tag des Attentats Dienst hatte?«, fragte Charlotte.

»Er hatte frei,« antwortete Heinrichs. »Wieso ist das wichtig?«

»Weil ich mich frage, warum er dann im Kanzleramt war und Forster ihn derart zusammenstauchte.« Sie drehte sich zur Seite. »Du hast schon früher mit dramatischen Inszenierungen deine Popularität gesteigert, nicht wahr, Richard? Ich denke da an diese Schlägerei mit den Rechtsradikalen. Das kam dir damals sehr zupass, meinte deine Ex ...«

238

»Was willst du noch?« Er schaute sie aus müden Augen an. »Wollen wir diese Farce nicht beenden?«

»Das Attentat war gar keines ...« Angeekelt wandte sie sich ab. »Mein Gott, wie erträgst du dich nur selbst?«

Forster kam näher. »Gib mir die Waffe und lass´ dich abführen. Du weißt jetzt, was du wissen wolltest, und niemand sonst wird es je erfahren.«

»Tut mir leid, doch das stimmt nicht.« Sie drehte sich zur Klinkerfassade des großen Lagerhauses.

Er lachte leise. »Meinst du denn, wir nehmen dir das Diktiergerät nicht weg?«

»Richard, ich trage kein Diktiergerät bei mir, bin auch nicht verkabelt. Das hätte alles nicht geholfen. Nein, ich habe etwas viel Besseres.« Sie starrte zu dem Fenster im obersten Stockwerk des Hauses und winkte. »Hadi, hast du alles?« Als prompt ein Scheinwerfer unter dem Giebel aufleuchtete, wandte sie sich mit einem triumphierenden Lächeln zu den wartenden Männern um. »Da oben sitzt mein Lieblings-Redakteur und er hat unser gesamtes Gespräch mit einer unverschämt teuren Digital-Kamera nebst Richtmikrofon verfolgt. Das Video kursiert schon im Internet. Die ganze Welt kann jetzt über euch urteilen. Ich muss es nicht mehr tun.«

In Sekundenschnelle verlor Forsters Gesicht alle Farbe, er schien zu schrumpfen, dann wandte er sich ruckartig an Thorwald. »Ich dachte, du hättest den Kerl gekauft,« zischte er.

Anstatt zu antworten, starrte der Konzernchef mit offenem Mund zu dem Fenster hoch.

»Schießen sie!« Mit überschnappender Stimme schrie Meyer die Leibwächter an, die bei den Wagen warteten. »Worauf warten sie noch?!«

Keiner der wartenden Personenschützer reagierte. Die Männer wussten offenbar nicht mehr, wem ihre Loyalität gelten sollte.

Forster winkte müde ab. »Hören sie auf! Es ist vorbei,«.

Aber sein Berater gehorchte nicht. Er griff in den Mantel des Nächststehenden und riss die Pistole aus dem Halfter. »Dann eben so.«

»Stopp!«, brüllte Heinrichs über den Platz. Breitbeinig stand der Riese neben Charlotte und zielte auf Meyers Hinterkopf. »Für heute wurde genug geschossen. Wenn sie anlegen, sterben sie!«

Der kleine Mann erstarrte, schien mit sich zu kämpfen. Schließlich gab er die Waffe zurück, drehte sich langsam um und hob die leeren Hände. »Herr Bundeskanzler, soll ich ... wenigstens dementieren?«

»Was wollen sie denn noch dementieren, sie Idiot?« Forster lachte bitter auf. »Etwa Bilder? Begreifen sie doch, es ist vorbei.«

Für Meyer brach offensichtlich eine Welt zusammen. An den Kanzler hatte er sein Schicksal gekettet und mit ihm stürzte er nun ins Bodenlose. Weinend fiel er auf die Knie, stammelte unzusammenhängendes Zeug.

»Ich wusste es.« Resigniert schaute Forster auf den nassen Asphalt. »Ich wusste, dass das irgendwann passieren würde.«

Thorwald trat grinsend neben ihn. »Ich auch ...«

Forsters Schultern verkrampften sich. Ruckartig hob er die Faust und presste sie gegen die Stirn. »Weshalb, verdammt, konntest du mich dann nicht in Ruhe lassen, wolltest mich unbedingt kontrollieren?«

Der Andere blickte versonnen auf seine Füße, bis er den Kopf hob. Hass stand in seinen Augen. »Allein schon die Tatsache, dass du diese borniert Frage stellst ... Ich würde es jederzeit wieder tun.« Er wandte sich ab und ging zu den geparkten Wagen.

»Warum?« schrie Forster ihm nach. »Wieso musstest du alles kaputtmachen?«

Thorwald antwortete nicht mehr und erst Heinrichs drohender Bass ließ ihn zögern.

»Wohin wollen sie?«

»Ich fahre nach Hause und gehe schlafen. Was dagegen?«

»Sie können doch nicht ...«

»Ich kann. Ich bin nicht verurteilt. Das mag sich ändern oder auch nicht, aber noch bin ich ein freier Mann, und als solcher würde ich nun gerne mein Bett aufsuchen.« Er herrschte die wartenden Leibwächter an, dann setzte er sich in einen der parkenden Wagen.

Als die Kolonne anfuhr, humpelte Forster auf Charlotte zu. Mit blutunterlaufenen Augen starrte er sie an. »Und du? Musste das sein? Wir wären glücklich geworden!«

Sie fühlte sich ausgehöhlt und leer, unendlich müde und deprimiert. Es kostete sie enorme Kraft, ihn überhaupt anzusehen. *Immer noch ein Lügner, aber nur ein Schatten seiner selbst. Ein billiges Klischee, bloß trifft es den Nagel auf den Kopf. Wieder eine Plattitüde ...* Sie grinste. Die Schulter schmerzte. *War mir jemals so kalt?* Hinter dichtem Nebel hörte sie eine Sirene, der Notarztwagen. *Wieso kommt er erst jetzt?* Michaelis schien schon vor Stunden gestorben zu sein. *Ich schulde ihm eine Antwort oder nicht?* Langsam öffnete sie den Mund, wusste jedoch nicht mehr, was sie sagen wollte. *Ist es wirklich nötig gewesen? Warum konnten wir nicht glücklich werden? Wegen Elise? Oder weil er mich geschlagen hat? Oder waren es all die Lügen? Ja, vielleicht ...* Jene unzähligen Lügen, die ihr Leben vergiftet hatten. Bedächtig schloss sie die Lippen wieder, wandte sich schulterzuckend ab – und stöhnte auf vor Schmerz. Im nächsten Augenblick erstarrte sie.

»Nein!«

Mitten zwischen Rettungssanitätern und Polizisten stand er. Lächelnd und groß, so groß.

»Wieso ...«, ihre Stimme brach, » ... bist du hier?«

»Oh, Hadi rief mich an und ich schaue auch Fernsehen, weißt du?« Er klang unwirklich. »Und heute Abend gibt es nur ein einziges Programm.«

Sie spürte nicht, wie ihre Beine unter ihr nachgaben. Erst als er sie hochhob und auf den Armen trug, fiel ihr eine Antwort für Forster ein. »Danke, dass ich ihn wiederhabe,« murmelte sie leise, erschöpft – und verwirrt.

»Was sagst du?«

Doch Charlotte antwortete nicht mehr. Sie schlief an seiner Brust. Robert drückte sie noch fester an sich und schaute auf. Forster beachtete er nicht, der Kanzler wirkte geschlagen und bot einen Anblick, der peinlich berührte.

Heinrichs gab den Polizisten einen Wink, sie durchzulassen. »Sie haben eine tapfere Frau.«

»Ja, aber sie müssten erst mal die Tochter sehen ...«

Erster Klasse

Robert stand an der Hotelbar und genoss einen Espresso. Jeden Morgen war er hier, wartete auf die neuesten Zeitungen aus Deutschland und las von den weiter fortschreitenden Ermittlungen zum größten Skandal der deutschen Nachkriegsgeschichte. Er musste das schon deshalb tun, weil er sich, wenn er neben Charlotte aufwachte, immer wieder fragte, ob das alles wirklich passierte. Gestern erst zum Beispiel war das Verfahren zu den Leichen, die man in Thorwalds ausgebrannter Villa gefunden hatte, eingestellt worden. Und Felix Schulz wollte weiterhin nicht wissen, wo sich die Journalistin aufhielt, die am Berliner Westhafen eine Männerfreundschaft zerstört hatte. Geschenkte Zeit und ein netter Zug des gar nicht mehr so neuen Bundeskanzlers. Heute gab es zu den Schlagzeilen noch eine Dreingabe, einen mit Adler gesiegelten Brief aus dickem Büttenpapier.

Als er die Einladung des Bundespräsidenten gelesen hatte, blickte er zum Pool, wo Elise leise brummelnd mit einer Kasperle-Handpuppe spielte. Daneben lag ihre Mutter auf einem Liegestuhl und sonnte sich.

Zuerst waren sie sehr vorsichtig miteinander umgegangen, aber schließlich hatten sie über ihre Tochter erneut zueinandergefunden. Und seitdem entdeckten sie jeden Tag staunend wieder, was sie einmal verbunden hatte. Ob es sie interessierte, dass sie das Bundesverdienstkreuz bekommen sollte, sogar erster Klasse?

Die sanften Wellen des glasklaren Wassers spiegelten sich auf ihren Hüften, der Bikini saß knapp. Er hätte sie den ganzen Tag ansehen können. Als sich ihre Blicke trafen, schenkte sie ihm ein zufriedenes Lächeln.

Dank

– an alle, die mich ermutigten, sich durch die verschiedenen Fassungen kämpften und nicht mit Kritik sparten: Anne, Beate, Detlef, Holger, Lea, Lena und Luisa – ohne Euch wäre dieses Buch Stückwerk geblieben.

– an meine Frau und unsere Kindern für ihre liebevolle Unterstützung. Was soll ich sagen?

Wollen Sie mehr von Jan Erhard lesen?

Milchozean

Der erste historische Abenteuerroman über das legendäre Weltwunder.

Dschungel und Krieg gehorchen nur einem Gesetz: Ein bitteres Schicksal frisst die Familie und die ganze Welt eines kleinen Jungen. Arun ist zwar ein begnadeter Bogenschütze, aber nur ein Sklave, ein sprechendes Werkzeug der Khmer, und in einem verlorenen Land bedeutet sein Leid nichts. Verzweiflung wandelt sich in Zorn und aus Zorn entsteht der Durst nach Rache. Er liebt und trauert, er lernt den Wert des Wissens und der Freundschaft kennen und er kämpft gegen seine grausamen Herren um ein neues Leben. In seinem unbändigen Wunsch nach Freiheit bricht er jede Regel und verspottet sogar die Götter. Und als Arun aufsteht, beginnt die Geschichte des größten und schönsten Heiligtums auf Erden: Angkor.

Weltenschlange

Der zweite historische Abenteuerroman über das legendäre Weltwunder.

Er ist ein Sklave der Khmer, doch er bricht alle heiligen Regeln der Vorsehung und niemand darf es wissen. Er hat das Leben eines Fürsten gestohlen und betrügt die Götter jeden Tag. Aber wer die Unsterblichen verhöhnt, muss ihre Rache fürchten: Arun opfert einem wahnsinnigen Herrscher seinen Stolz, verliert den einzigen Freund und zahlt den Preis für das Geheimnis seiner Liebe. Er will aufgeben, wenn da nicht Chantrea wäre. Arun kämpft für seinen kleinen Sohn, führt einen aussichtslosen Krieg gegen zwei Könige, bis Chantrea vom Frevel seines Vaters erfährt. Nun muss sich der junge Mann entscheiden: Wird er Arun verachten oder erfüllt er die alte Prophezeiung und versöhnt die Götter mit einem unvergänglichen Geschenk, dem großartigsten Heiligtum aller Zeiten – Angkor Vat.

Zeitfracht Medien GmbH
Ferdinand-Jühlke-Straße 7
99095 Erfurt, Deutschland
produktsicherheit@kolibri360.de